收服小蠻妻

下

一染紅妝 著

風文創 455

目錄

第二十八章

新婚後第三天，是回門的日子，陳蕾早早地便起床，心裡想阿芙想得緊，那小傢伙也一向喜歡纏著她。

陳蕾以為自己起來得已經夠早了，想不到在和趙明軒回到娘家的時候，看著滿屋子的人，她愣了一下。

「喲，站在那愣什麼呢？還不快帶姑爺進來。」陳家大伯娘好笑地說。

除了自家弟弟、妹妹們，大伯、三叔和小姑一家子都過來了，一屋子裡大大小小的好是熱鬧。陳蕾鼻子一酸，她知道長輩們這是在給她長面子。

大伯娘也不理陳蕾，對趙明軒和氣地說：「大姑爺快過去炕上坐，你們爺兒幾個聊，我和她三嬸去做飯，今天咱們可得好好熱鬧一下。」

有這麼多長輩在，完全出乎趙明軒的意料之外，心裡不由得也正經了幾分，乾咳一聲，很敬重地和陳家長輩們閒聊起來，同時也知道了為什麼陳蕾會把陳家的長輩當作親人，因為他們值得。

陳蕾被大伯娘拉到廚房，阿蓉和阿薇也進來湊熱鬧，結果讓大伯娘打發到倉房拿吃食去了。

「阿蕾這幾天過得怎樣，大姑爺對妳可好？」大伯娘直盯著陳蕾說，不放過她臉上任何一絲表情。

陳蕾看大伯娘和三嬸都直勾勾地看著自己，臉上羞澀。「大伯娘、三嬸，他對我挺好的。」

大伯娘看陳蕾的臉色紅潤有光澤，眉眼間盡是嬌羞，想必這兩天過得不錯，便放心了不少。

「阿蕾，我聽說妳那婆婆很刻薄，沒對妳怎樣吧？」三嬸擔憂地問道。

陳蕾撓撓頭，本來不打算把那天的事說出來，轉念一想，大伯娘和三嬸都是有分寸的人，說了也讓她們好放心，便把那天的事一一道來。

還沒等大伯娘和三嬸做出反應，阿蓉和阿薇倒是先叫好了起來，阿蓉說：「姊夫真是好樣的。」

阿薇雖沒說什麼，眼裡也是贊同的。

「兩個小丫頭偷聽也不害臊，不是叫妳們去拿東西嗎？」大伯娘板起臉訓道。

三嬸趕忙緩頰說：「大嫂，這兩個丫頭也不小了，是該聽聽。」

大伯娘這才停了罵。「別偷懶，趕緊拿菜去。」

阿蓉吐了吐舌頭，拉著阿薇出去了。

小姑留在屋裡看孩子，廚房裡就大伯娘、三嬸和陳蕾一起忙活，阿蓉和阿薇在一旁挑菜，聽著屋裡的爺兒們傳來陣陣笑聲，大伯娘直了直腰，對三嬸說：「我看大姑爺也是個好的，可不是那種不講理的人。」

三嬸點點頭。「可不是，咱們阿蕾是有福氣的。」

自三叔弄出那麼一大樁事後，大伯娘心裡可憐三嬸，也不愛沒事就調侃她了，如今兩人的關係頗是融洽。

三嬸的身子是徹底傷了，陳蕾成親的時候都幫不上忙，現在看著三嬸氣色不錯，大概沒什麼大礙了，陳蕾放心不少。

娘兒們幾個在廚房邊聊邊忙，也不覺得累，弄了兩桌菜，爺兒們一桌，幾個女人和孩子們一桌，很熱鬧。

吃飯間，陳蕾看著大堂哥和二堂哥都在，對大伯娘說：「大伯娘可是為了我，沒讓大哥和二哥去鎮裡幹活。」

大伯娘拍腿說：「這正是該撐場面的時候，咱們家的人可到齊了啊！」

陳蕾心裡暖暖的。「大伯娘，妳放心，等大哥和二哥娶媳婦兒時，我一定會給個大紅包。」

陳家兩位堂哥在鎮上待了幾年，眼界也變高了，看不上村裡的姑娘，一心打算娶鎮上的姑娘，是以婚事一直拖著。

「哎喲，這可好，我們家阿蓉成親的時候也不能少了。」大伯娘樂呵地說。

「娘。」阿蓉在一旁惱羞地嚷道。

小姑坐在一邊看著，眼神有些暗淡，瞅著坐在自己身旁的閨女，心裡嘆了口氣，她多希望閨女能夠活潑一些。

趙明軒的酒量極好，那可是在軍營裡練出來的，結果讓灌酒的爺兒們幾個走路直打晃。娘兒們幾個扶著他們到房裡的炕上歇著後，才回來閒聊。

阿芙好不容易逮住機會，小不點一蹭一蹭地爬到陳蕾懷裡，眼睛眨呀眨地問：「阿姊，妳今天回來後是不是就不走了？」

阿芙的話惹得屋裡眾人大笑起來。

陳蕾摸摸她的頭，說：「阿芙若是想阿姊了，就到隔壁找阿姊，還是一樣的。」

阿芙不是很明白，但知道自己想見阿姊，還是隨時都能夠見到那就行了。

「阿蕾，打算什麼時候讓阿薇姊弟幾個搬去那邊？」大伯娘問道。

陳家小姑這時也望了過來。

陳蕾笑了笑說：「年後吧，過年時小松還要守孝。」

小松是兒子，照理說要守兩年孝，這個年還是必須在舊家守的。

大伯娘點點頭說道：「這是應該的。」

能確定下來阿薇姊弟什麼時候搬，陳家小姑也算是有了盼頭，精神也好了不少，說道：「今兒個我看桌上的那些鹹菜，可都是阿蕾做的？」

陳蕾點點頭。「秋收前沒事做了些，小姑若是愛吃，就讓阿薇給妳盛些回去。」

「不了，哪好意思又吃又拿的，只是我看阿蕾妳做的這鹹菜，比鎮上賣的那些都好吃，就問問。」

大伯娘一拍腿說道：「可不是，阿蕾醃的鹹菜顏色好看得緊，味道也好。」

「拿到鎮上，應該能賣錢吧？」陳家小姑尋思地問。

大伯娘和三嬸對視一眼，又看了看陳蕾，不知該不該說。

陳蕾看她們這樣子，笑了出來。「這鹹菜好醃是好醃，可能不能賣出去就不好說，再說，咱們在鎮上也沒有熟識的店家可以幫著賣呀！」

大伯娘和三嬸一聽也是，不免失落，大伯娘嘆口氣，又釋然道：「這事說來也不好弄，阿蕾如今嫁了人，可是趙家的人，若是咱們要阿蕾幫著掙錢，在趙家那邊也不好說。」

待晚上回家後，陳蕾跟趙明軒提起這事，其實鹹菜之所以醃得比別人家好吃，完全是因為小作坊裡的東西都是精品，醃出來的鹹菜自然好吃。

趙明軒也知道這點，陳蕾平時用小作坊裡的調味料做出來的菜，都是極好吃的，真想賣鹹菜，就只能說是自己調製的醬汁秘方，才不致引人懷疑。

「妳若是想幫大伯和三叔一家，也沒什麼，想找店鋪幫忙賣的話，我有認識的人，也不怕。」趙明軒說道。

陳蕾好奇地問：「咦，你才回來多久，就有人脈了？」

趙明軒咳了一聲，說道：「還記得我那幾個兄弟嗎？」

陳蕾眼睛一亮。「難不成？」

趙明軒點點頭，說道：「出生入死幾回，都成了親兄弟，二哥……他保下來的兄弟們，在京城裡還是要思量一番的，我回來後，他們早就打好這邊的關係。」

陳蕾驚訝了好一會兒，突然道：「這麼說，你也算是有靠山了。」

趙明軒點了下陳蕾的鼻子。「日子還是要自己過。」

陳蕾點點頭。「我懂。」

趙明軒一笑，他多少瞭解陳蕾，她不是那種趨炎附勢之人。

「哎，這事先擱著，就是要弄鹹菜，也得等開春後，再說，若是你家那邊的知道了，會不會鬧起來？」陳蕾今天開口問，就是要防止趙家的人挑撥，傷了兩人之間的感情，那就不值了。

趙明軒摸著陳蕾的頭說道：「以後妳想做就做，不必顧慮太多，妳相公分得清內外。」

陳蕾嘻嘻一笑。「熄燈睡覺。」

趙明軒眼裡閃過一絲玩味，轉過身把炕桌上的蠟燭吹滅，翻身就撲向了床上的可人兒。

「啊，今天好累，唔……」

現在大事都忙完了，也就剩下過年，陳蕾尋思著要趁年前去鎮上一趟。

跟趙明軒說了後，他似乎才想起來什麼，去櫃子裡翻出個布兜，遞給陳蕾。她接過來問道：「什麼東西？」

趙明軒沒說，陳蕾打開一看，竟是一大疊的銀票和不少白銀。陳蕾眼睛發亮，拿著那厚厚一疊的銀票說：「我也是能把錢鋪滿一炕的土豪了。」

趙明軒有些聽不懂，但看著自家媳婦兒那小財迷的樣子，樂道：「在鎮上的錢莊裡還有一箱的金銀首飾，一直沒拿回來，妳看是直接賣了，還是拿回來放著？」

陳蕾疑惑。「你怎麼會有這麼多錢，還有一箱的金銀首飾？」

趙明軒乾咳一聲，略作正經地說道：「以二哥的身分，自是要除掉不少對手，這抄家的活計可不能便宜他人。」

陳蕾恍然大悟，自古以來抄家的活計，都是油水多多的，她突然覺得拿在手裡的銀票有些燙手了。

趙明軒拍了拍她的頭，說道：「妳相公拿的錢都是他們該給的，這身上的疤有不少也是他們留下的。」說到這，語氣已是森寒。

王位之爭得死多少人啊！陳蕾慶幸趙明軒還能活到現在，放下手裡的銀票，抱著趙明軒說：「還好，你退出了。」

趙明軒神色略有複雜，看著懷裡嬌弱的媳婦，吐了口氣。「是呀！還好回來了。」

陳蕾到底不是那種視金錢如糞土的性格，情緒低沈沒多久，便開始開心數銀票了，數下來就有快三萬兩的銀票，她眼睛亮到不行地說：「抄的那些家，絕對是貪官、貪官呀！」

趙明軒聽了，解釋道：「其中有不少大家族，一個家族連根拔起就有幾十戶人家，這些人都是非富即貴的。」

陳蕾點了點頭，紅樓夢中，賈家光蓋座大觀園便花費了百萬銀兩，說來林家最後那些家底不全都填進大觀園裡了，可見這大戶人家若是被抄家，那其中的油水可不是一星半點兒。陳蕾突然想著，這活兒落在趙明軒兄弟幾人手裡，怕也惹不少人眼紅了吧！要不然也不會被將軍府的那件事牽連進去，果然朝堂之上不是那般好站住腳的。

「那些金銀首飾能賣得出去嗎？」陳蕾問道，那些東西想來也是別人戴過的，她頗是忌諱，不如賣了錢實惠。

趙明軒思量了一會兒，說道：「若一起賣出去，怕是賣不出什麼好價錢。」

「那就分批賣吧！」

趙明軒點頭，也是看出陳蕾心中的忌諱，想著先在錢莊裡慢慢放著便是。

雖說趙明軒拿出這般多銀子，陳蕾還是不想靠他養，最起碼，弟弟、妹妹們要靠她自己來養活。

趙明軒也不攔她，讓她去做自己想做的事。

陳蕾從阿薇和阿蓉那拿回一批絡子，又把要賣的石頭糖和奶糖都打包好，如今自家就有馬車，來去方便，左右冬天也沒事，趙明軒隨時都能當車伕。

到繡鋪時，老闆娘看到陳蕾好開心，抓著她聊了半天，才發現陳蕾的變化，看她盤起了小媳婦兒頭，懵了一下，恍然說道：「我說呢，妳這丫頭怎麼這麼久沒來，原來是有喜事，讓我擔心了許久，還想著妳這丫頭莫不是去找別家做買賣了；可仔細一想，這鎮上哪裡還有我這麼實在的人呢？」

陳蕾不禁一笑。「老闆娘妳可真會說笑。」

老闆娘打量了一直站在陳蕾身後的趙明軒兩眼，點點頭，對她說：「丫頭，妳大娘我看人還是準的，妳呀，是個有福的。」

「承老闆娘吉言了。」

陳蕾又和老闆娘說笑了一會兒，把上次的錢結清，記好這次送來的繡品件數，兩口子這才被放行。出來後，陳蕾就跟趙明軒說當初來繡鋪時，遭老闆娘嫌棄的事情。

趙明軒看陳蕾表情生動地述說，聽完後，眼裡有些讚賞。自家的小媳婦兒不是那種斤斤計較、小肚雞腸之人，做人就該有量，也難怪那老闆娘對陳蕾好，他看得出來老闆娘是把陳蕾當作孩子那般關心。

陳蕾說完，也不禁感慨時光飛逝，來了一年多，發生好多事，也認識了不少人。

到了香品軒，小二眼尖地看到陳蕾，滿臉熱情地想上前招呼，可看到她身後一臉冷峻的趙明軒，有些嚇到，硬是把笑臉壓下幾分。「姑娘怎麼這麼久才來？」

「糊塗，沒看出姑娘這是有喜事了嗎？」付掌櫃站在小二身後說道。

小二這才注意到陳蕾的穿著打扮，尷尬地撓撓頭。

陳蕾介紹付掌櫃跟趙明軒彼此認識後，付掌櫃才小心翼翼地說：「姑娘來得正好，我正有事與妳商量。」

「怎麼？可是賣不動了？」陳蕾覺得除了這事，掌櫃還能跟她商量什麼。

「這倒不是，我拿出來給姑娘看看，姑娘便知道了。」付掌櫃說完，投給小二一個眼神，小二心領神會的跑去拿東西了。

待小二拿過來一個油紙包打開給陳蕾看後，她不禁咋舌，古人的智慧就是厲害，已經有人做出奶糖了！

拿起一顆嚐了後，陳蕾搖搖頭，說：「這糖的味道不是很甜，還有嚼勁也不足，不過奶香味卻不錯。」

付掌櫃點點頭。「果然姑娘這糖是用奶子做的。」

陳蕾點點頭，問：「掌櫃的，可是受了影響？」

付掌櫃嘆口氣說：「這糖角子雖沒妳做的好吃，卻有不少人喜歡，賣得又比咱們的價錢還便宜三成。」

陳蕾點點頭，有些人不喜吃甜，若是作坊做出來的糖和山寨奶糖比起來，應該會喜歡吃山寨的。陳蕾又拿起一顆放進口中嚼了起來，眼睛一亮，這人好聰明，加了少許的鹽讓奶味香純了不少，厲害！糖角子本來就是小孩子愛吃一些，之前能賣那麼高的價錢，無非是因為新鮮，現在有了翻版，再想賣這麼貴，可就難了。

小二過一會兒，又拿了個罐子過來，打開一看，是白糖！雖不如作坊裡的白糖，但陳蕾嚐了後，不得不說這白糖也很甜，看來白糖技術已經引進北方了。陳蕾並沒怎麼失望，古人能研製出白糖，對她來說反倒安全。

「掌櫃的可是想讓糖角子降一些賣價？」

付掌櫃點點頭，說：「正想和姑娘商量這事，妳看咱們之前的合同……」

陳蕾笑說：「自然還是老規矩，掌櫃降價，我萬沒有再拿之前價錢的道理。」

付掌櫃笑了笑，說：「那降兩成，姑娘沒有虧吧。」

陳蕾搖搖頭。「還能承受。」

從香品軒出來後，陳蕾不禁嘆氣道：「如今的生意也不好做呀！」

趙明軒看陳蕾長吁短嘆的樣子，不禁好笑。

到了前面街上，好是熱鬧，人群熙熙攘攘的，叫賣聲不絕，趙明軒帶著陳蕾四處逛。

「瓜子咧，又香又大粒的瓜子咧！」

陳蕾停下腳步，趙明軒也跟著停下來，疑惑地問：「要買瓜子嗎？」

她搖搖頭，看著攤子上只有賣炒熟的瓜子和生瓜子，並沒有五香瓜子，疑惑地問：「你可吃過五香口味的瓜子？」

趙明軒搖搖頭。「五香？在京城裡是有鹹味瓜子，味道一般。」

陳蕾皺了下鼻子，估計這時候還沒人研究出五香瓜子，鹹味瓜子也不過是炒瓜子的時候放些鹽，其實就是瓜子殼有些鹹味，吃多了口乾。

陳蕾眼睛一亮，在心中想著。小作坊能買到煮瓜子的調味包嗎？

「從煮到烘製……妳確定要親自動手？還不如升級作坊，到時候可以隨意烘製任何口味，比妳自己做的好吃多了。」小助理潑了陳蕾一盆冷水。

陳蕾翻了個白眼，打算回家再說。

「我們先逛，回家再跟你說一個好主意。」陳蕾開心地說。

趙明軒也不著急，反正自家媳婦兒有什麼事都會跟他商量，兩人繼續東逛逛、西看看。

陳蕾心想趙明軒的櫃子裡沒幾件衣裳，她一直打算幫他多做幾身合穿的衣裳，於是帶著他來到布店。

陳蕾算了下，快過年了，弟弟、妹妹們也要添些新衣服，加上自己和趙明軒的。她買了幾疋布後，又買了些棉花，再買些白棉布，打算做一些被子和褥子，家裡就兩套被子和褥子，不大夠用。

之後兩人一起吃了點小吃，又買了些吃食，打算帶回去給弟妹們，便乘著馬車回村。

到家後，只見阿芙遠遠地跑過來，她這一年沒少長個子，如今連院門也開得動了，一進來就喊道：「阿姊，二姊做好飯了，讓我叫你們過去吃呢！」

陳蕾趕忙跑過去，把阿芙抱進屋裡。阿薇知道他們去鎮上，可能是怕他們回來再做飯就晚了，所以也做了他們的分。

陳蕾把買好的布疋分一些出來，又拿出在鎮上買的吃食，全讓趙明軒拿著，她則抱著阿芙，一起來到隔壁娘家。

阿薇看自家老姊成了親還給他們買東西，拉著陳蕾到一邊偷偷地說：「姊，妳都成親了還給娘家買東西，不怕被說呀？我現在打絡子也能賺錢，夠讓阿芙和小松吃好穿好。」

陳蕾看得出阿薇是擔心她，便安慰道：「我自個兒能賺錢不說，妳姊夫也不缺錢，成親前我也跟他說好了，你們姊弟幾個我都要管到底，他也同意了。」

阿薇皺眉，眼裡仍有些不贊同，看了看小松正纏著趙明軒在房裡說話，她便小聲地說：「不管怎樣，還是少往家裡帶東西了，次數多了不好，鄉親看到了定會說閒話。」

陳蕾看阿薇又要嘮叨的樣子，連忙道：「好了，我知道了，快端飯吧，都餓死了。」

「呸，都快過年了還說這些不吉利的話。」阿薇又碎唸了一番。

陳蕾無語。真是的，到底誰才是姊姊？

第二十九章

小倆口飯後和弟弟、妹妹們說了會兒話，便回去了，拿了塊大一點的煤丟進火爐，洗漱後，就上炕了。

寒冷的冬天鑽進熱呼呼的被窩，實在太幸福了，陳蕾瞇著眼睛好舒服，想起今天的事，雙眼在月光下閃著亮晶晶的光芒。

陳蕾按捺不住興奮地問：「還記得我說的瓜子嗎？」

「妳這麼一說我才想起來，怎麼，又有賺錢的想法了？」

陳蕾翻個身，把被子壓得嚴嚴實實地，只露出一個小腦袋。「在我們那個時代，瓜子已經能做出好幾種味道，有五香、奶油、綠茶、紅茶、話梅呀，還有香蕉味的，好多好多種吶。」

陳蕾想著想著，口水不禁滴下來。

趙明軒是習武之人，即便是天黑視力也比常人要好些，看著陳蕾亮晶晶的眼睛，就知道這丫頭是饞了。「妳的小作坊能做出來？打算賣嗎？」

陳蕾點點頭，說道：「有這個打算，正好快過年了，說不定能賣得好一些，我想會有人家願意買來嚐鮮的。」

趙明軒點點頭。「不過這瓜子一斤可賣不了多少錢，若是想賣，怕是要做出足夠的量才行。」

陳蕾點點頭，又說：「說得也是，我問過了小助理，一天能做二十斤。」

趙明軒笑了笑，自家小媳婦兒願意折騰，他也就陪著，伸出手把陳蕾摟到懷裡，心疼地說：「行了，明日再說，先睡吧，折騰一天也累了吧。」

陳蕾打了個哈欠說：「可不是吶。」然後閉上眼睛，沒一會兒就睡著了。

趙明軒看著陳蕾睡得香甜，心裡一暖，親了下她的額頭，也閉上眼睛睡覺了。

既然想做，就要馬上執行！陳蕾花了一百兩銀子把作坊升級，正打算做一批五香瓜子嚐嚐，作坊卻又要她付十兩銀子。

陳蕾皺眉，怒氣沖沖地問道：「不是說花一百兩就可以隨意開啟食品製作了嗎，怎麼還要錢？」

「由於升級過晚，系統已重新調整，以後商鋪每二十天可開啟一次新的食品，作坊每三個月可開啟一次，每次開啟時，須另付固定金額；另外提醒主人，固定金額為每次十兩。」

陳蕾此時已不知說什麼好，這分明就是故意的！

可是都已經花了一百兩，沒辦法，只好再花十兩銀子開啟五香瓜子的製作；好在瓜子的加工不用每個味道都開一次製作，不然單靠賣瓜子，何時才能賺回本。

作坊製作一斤瓜子就要二十文錢，陳蕾覺得有些貴，問了小助理，得知從外面買瓜子回來加工也可以。她算了一下，加工一斤瓜子只要十文，收一斤瓜子才四文錢，後來一想收了瓜子加工後再賣出去，以後也好解釋，就決定收瓜子了。

先做了些五香瓜子出來，開心地給趙明軒獻寶去了。

趙明軒看著陳蕾那得意的樣子直覺好笑，嚐了幾顆瓜子後，點點頭。「是不錯。」

陳蕾笑了笑，小作坊出品定差不了的，陳蕾也嚐幾顆，滿意地點了點頭，比現代的瓜子還要好吃，真不錯。

大伯娘正好進院子，在門外喊道：「阿蕾，在不在？」

陳蕾放下瓜子，忙跑去開門。「大伯娘快進來。」

大伯娘應了一聲，兩、三步就進了屋，跺跺腳把鞋子上的雪跺乾淨，又拍掉身上的雪，這才進了屋裡。「外面可下了不小的雪，明年定是個好兆頭。」

俗話說瑞雪兆豐年，陳蕾也點點頭。「肯定是的。」

「阿蕾，大伯娘今天找妳商量點事。」

「大伯娘，啥事？」陳蕾笑著問，順手把裝瓜子的小竹筐遞給大伯娘。「大伯娘妳嚐嚐這瓜子，邊吃邊說。」

大伯娘搖搖頭。「阿蕾，妳先放那，等大伯娘先跟妳說完再吃。」

陳蕾點點頭，把小竹筐放到一邊，看大伯娘的臉色有幾分嚴肅，不禁好笑，大伯娘很少有這般表情的。

大伯娘想了想，還是說出口了。「阿蕾，妳手頭可有錢？」

陳蕾點點頭，有些好奇大伯家可是出事了，不然怎麼會跑過來問自己有錢沒有？「有一些，大伯娘，家裡可是出事了？」

大伯娘笑了笑說：「妳大堂哥和二堂哥想在鎮上開鋪子，他們哥兒倆雖說在鎮上幹了幾年，可咱們家今天有點事、明天有點事的，也沒攢下什麼錢來，如今妳大堂哥和二堂哥年紀也不小了，都想著要掙點錢娶媳婦兒呢！」

陳蕾點頭，大堂哥和二堂哥在鎮上待久了，心氣也不同了，一心想走出村裡在鎮上扎根，這也沒什麼錯。「那，大堂哥和二堂哥準備開什麼鋪子？」

「正好，妳常去鎮上，眼界比大伯娘遠一些，妳大堂哥說是咱們北方的乾果不多，南邊那些個乾果、小吃多，他們哥兒倆輪流去南邊進貨過來賣，說是能賺錢。」大伯娘一心想要阿蕾幫她出個主意。

陳蕾去了鎮上幾回，乾果的確是很少，像現在要過年了，不說果脯，乾貨也不過是瓜子、花生，北方這邊無論是氣候還是條件，都注定沒有南邊的物種豐富，很多稀罕玩意兒都沒有。

「大伯娘，我也不知道這鋪子能行不，還是要看大堂哥和二堂哥的能力，若是有這能力，選來的貨能賣出去，那定能掙錢。」陳蕾也不敢肯定，南北交通不方便，進貨一路上要打點不少小鬼，全看兩人的本事。

大伯娘聽了陳蕾這話心裡也沒譜，嘆口氣。要照他們兩老的意思，在村裡種地成家才踏實，可兒子心氣高，他們也不忍心攔著。

陳蕾看大伯娘這表情笑了笑，說道：「大伯娘還差多少錢？」

「唉，咱們家攢了三十兩銀子，鎮上的鋪子一年租金正好三十兩，妳大堂哥打算第一次去南邊要多弄一點貨，少說也要帶個三十兩銀子去。」

陳蕾點點頭，三十兩銀子對她來說也不算什麼，大伯一家都不是那種喜歡跟別人借錢的人，估計是實在不想耽誤了大堂哥和二堂哥，大伯娘才會向她開口。不說是親戚，那時自己成親，大伯一家也是忙裡忙外的，她理當借這些錢給大伯娘；就算大堂哥和二堂哥把錢虧了，她也不怕，做生意本來就有風險，只要大堂哥和二堂哥有這個上進心就夠了。

「行呢，大伯娘妳嚐嚐這瓜子，我給妳拿錢去。」

「唉，阿蕾妳放心，一有了錢大伯娘定會還妳。」大伯娘看陳蕾這般爽快，心裡很欣慰，這丫頭，他們沒白疼啊！

陳蕾把錢遞給大伯娘，又問道：「大伯娘，要我給妳拿個荷包裝起來嗎？」

大伯娘搖搖頭，接過錢直接放到衣裳裡收好。

陳蕾總算把自己的瓜子推銷出去，大伯娘吃了後，眼睛一亮。「哎喲，這瓜子怎麼弄的，這麼好吃！」

陳蕾一笑。「大伯娘，這是我煮的，打算過幾天在村子裡收瓜子，然後做了拿去鎮上賣。」

大伯娘點頭說道：「嗯，鎮上的人家還是願意買這個吃的，要是在咱們村裡可賣不出去。」

陳蕾點點頭，鎮上有許多酒樓和戲樓，這些瓜子是有些銷路。

大伯娘是個知人情世故的，如今陳蕾已經嫁出去，按理來說，今天她來借錢都是過於臉厚皮的，更不可能再開口去問陳蕾怎麼做瓜子的。誇了陳蕾幾句心靈手巧後，看著也差不多時候，便開口說要回去了。

陳蕾起身去送大伯娘，到了門口，大伯娘說：「行了，就別送了，大伯娘會幫妳把院門關好。阿蕾，放心，一有錢了大伯娘就還妳，差不了的。」

陳蕾無奈一笑，大伯娘這話前前後後都說好幾遍了。「大伯娘，我知道了，妳別急，做生意也需要手頭裡有錢周轉，到時候妳可別逼大堂哥他們，萬一為了還錢把生意做死了，可就不好了。」

大伯娘聽了點點頭。「行了，妳回去吧，不用送了。」

陳蕾笑著看人走遠了才回屋。

而陳家大伯娘一進家門口，大兒子陳箐就急忙問：「娘，阿蕾那借了多少？」

大伯娘看著兩個兒子和當家的都睜大眼睛看著自己，嚇了一跳。「我看你們就知道銀子，剛才怎麼沒一個人肯跟我去？現在還好意思過來問我，我可是連口水都還沒喝上。」

二兒子陳山立刻乖覺地去倒了碗水端過來。「娘，喝水。」

大伯娘被二兒子逗樂了，喝完水說道：「阿蕾借了三十兩銀子。」

爺兒們三個都瞪大了眼睛，阿箐和阿山對視一眼，彼此都看到了眼中的激動與喜悅。

陳家大伯張了張嘴，衝著兩個兒子說：「別光顧著開心，這錢可得儘早還上，你們當哥哥的欠妹妹錢，心裡可要有個底，以後誰敢欺負了老二家那幾個孩子，都別認我這個爹。」

阿箐哥兒倆一聽，立即正色表態。「爹，你放心，都是一起玩到大的，跟親的弟弟、妹妹一樣，我們心裡有數。」

大伯這才點點頭，嘆口氣，老二兩口子若是還在，這會兒定是可以享福了，可惜啊！

此時，陳家小姑坐在屋裡，聽著外頭大哥一家的熱鬧，又接著繡起手裡的帕子，眉宇間盡是憂愁。

大伯娘過兩天又去了陳蕾那，原來是大伯娘借錢那天，陳蕾給她裝了點瓜子回去，都是自家人，大伯娘也沒推辭，拿回家後，爺兒們幾個一嚐都說好吃。

大伯還是愛吃炒的瓜子，感覺比五香的香，各人口味不同，大堂哥和二堂哥吃了卻是眼睛一亮，他們準備賣乾貨，聽說南邊就有鹹味的瓜子，還準備收購一些，如今自家妹妹能做得出來，怎麼說也要把貨給批進來。

所以大伯娘又找了陳蕾說瓜子的事。陳蕾聽了後沈思片刻，其實她還是想把瓜子送到香品軒，彼此合作久了，有了默契，且香品軒賣東西的價格，也比小鋪子的價格多上許多。

這讓陳蕾有些為難。「大伯娘，我想先把瓜子賣到別的鋪子裡，等瓜子賣紅火了，再給大堂哥他們賣，更容易一些不是？」

大伯娘對生意也不是很懂，聽陳蕾這麼說，便笑著說道：「妳說得也對，行吶，這鋪子得年後才能運轉，年後妳不忘了他們就行。」

陳蕾笑笑。「大伯娘放心呢。」

等大伯娘走了後，陳蕾皺了皺眉，都是親戚不給大堂哥他們是不太好。她嘆口氣，果然經商後，利益也是看重了，成了個大俗人。

趙明軒看著自家小媳婦一會兒一個表情，很是好笑。「怎麼，為難了？」

陳蕾摸摸鼻子把自己的想法說出來，說她俗氣也就認了，這瓜子本來就是薄利多銷，她花了一百兩升級，到現在還心疼呢！不快點把錢賺回來怎麼可以。

趙明軒點了點她的鼻子說：「我記得妳作坊裡的東西，比平時的還要好吃一些？」

陳蕾點點頭。「你是說我收來的瓜子賣給大堂哥，作坊自己做的瓜子賣給香品軒？」

趙明軒點點頭。「像香品軒那種鋪子的客源，多是大戶人家，我看咱們家今年收來的瓜子，做出來後有不少是壞的。」

陳蕾立刻就懂了，覺得這樣頗是可行，她點點頭說：「也是，這樣兩邊都說得過去。」

趙明軒笑了笑，自家媳婦兒天天想著賺錢，對他來說壓力也大呀！看來是要考慮、考慮那件事了……

就要過年了，陳家大堂哥和二堂哥打算年後再把鋪子開起來，在年前要先把貨都準備好。

陳蕾這邊只先做出五香和奶油口味的瓜子，打算慢慢增加口味，等年後她還打算弄蘋果味的奶糖，酸溜溜的好吃，之所以現在沒弄，就是因為已有了山寨奶糖，她若一下子就拿出蘋果味的奶糖，難免遭人眼紅，還是穩妥一些為好。

五香和奶油口味瓜子送到香品軒的時候，付掌櫃很高興，畢竟陳蕾只要拿來什麼新鮮貨，他的店就能紅一陣；若不是她每次送的量都不多，其他家分店可也都想要從他這分一些貨去賣，像這奶糖就讓不少分店掌櫃的眼紅，私底下也沒少打探來處。

別家鋪子也做出奶糖後，付掌櫃身上的壓力不小，之前不少對他眼紅的掌櫃都開始落井下石，因此付掌櫃這回打算主推陳蕾送來的瓜子，讓瓜子好好紅上一陣子。

陳蕾一個月能給付掌櫃送四百斤瓜子，剩下的時間打算做些收回來的瓜子，留著給大堂哥賣。

由於瓜子的數量不算多，付掌櫃打算趁著過年前提高價格賣，瓜子一斤要價四十文錢，年後再看看是不是要降價。陳蕾依舊是拿一半價錢，也算不錯了，一個月下來也能賺八兩銀子。

別看瓜子才賺這點，奶糖和石頭糖一個月也能賺將近二十兩，沒事陳蕾再繡個雙面繡，這麼下來一年賺的銀兩也挺可觀的。

生活也不能天天想著賺錢不是？過年前該買的還是要買，年貨、鞭炮樣樣不能少了去。

成親後，陳蕾從小作坊買的東西想怎麼放、就怎麼放，自由得很。

這天陳蕾買了十斤羊肉，便花去一兩銀子，不禁咋舌，這羊肉可真貴。可惜羊肉還要再經過加工才能變成肉餡，為了省十兩銀子，她把剁肉餡的活兒交給趙明軒。

趙明軒是習武之人，剁點肉餡簡單，後面還有十斤牛肉等著他剁呢！

陳蕾喜歡吃羊肉，作坊裡買來的羊肉雖然貴，卻不用再特別處理，作坊已經把羊肉裡的腥膻味去掉，保證絕對鮮嫩可口。

切點大蔥，拌入剁好的羊肉裡，再撒上調味料，一大盆香噴噴的羊肉餡就完成了。跟小助理相處久了，小助理不時也會提點一下陳蕾，這盆餃子餡的調味配方還是多虧了小助理。

要冷凍的餃子一定要包好，不然冰的時候容易裂開。阿薇也過來幫陳蕾包餃子，看著那一大盆的肉直皺眉，勸陳蕾要節省些，顯然無效。

小餃子包得跟元寶似的，一個個白胖胖的很可愛，等一張草蓆上擺滿了餃子，趙明軒就拿到院子裡，放在小凳子上，等上一天就能收到缸裡去了。

這會兒是最熱鬧的時候，家家院裡都放滿了餃子，有的人家還會互問你家包的什麼餡呀？我家包了多少之類的。

若是走在路上聽誰家發出河東獅吼般的喊聲與小孩子的哭聲，不用想，多半是誰家的野孩子把餃子打翻了。

像陳蕾這樣用純肉餡包餃子的，若讓村裡人知道了，定會罵她不懂得過日子，好在是關起門來包餃子，也不怕別人看到。

陳蕾不禁感嘆吃個餃子也得注意，若是被傳出去，對她來說沒什麼，但阿薇和阿芙還是要嫁人的，古代女人可真不好做呀！

包完餃子自然是要叫弟弟、妹妹們過來吃一頓的，阿薇有些猶豫，怕趙明軒不喜。

本來陳蕾成親後就打算讓弟弟、妹妹們吃飯的時候來她這吃，可阿薇死活不同意，陳蕾過後想想阿薇也是大姑娘了，的確是要避嫌，所以做了些好吃的才會叫弟弟、妹妹們過來。

趙明軒若是小氣的，當初可不會把那一疊銀票全給她。陳蕾只勸阿薇別多想，她姊姊能掙錢，不差他們吃一、兩口飯的。

阿薇拗不過陳蕾，再加上阿芙年紀小，喜歡纏著陳蕾，小松每天也還是過來跟趙明軒練武，也覺得跟自己家沒什麼差別，所以阿薇也只能隨大姊了。

當香噴噴的羊肉餃子出鍋，熱氣騰騰的，咬上一口，一股肉汁就流出來，又燙又鮮，讓人就算燙著也要把肉汁給吸進嘴裡。

趙明軒剁的肉餡恰到好處，鮮美滑嫩的餃子一口一個都不是問題。阿芙連醬油都懶得蘸了，說直接吃才好吃，陳蕾寵溺地看著她，讓她多吃一些。

自從成親後，說沒有變化是不可能的，姊弟幾人之間到底不像以前一起過日子那般，也不是說不親，就是人與人之間那種莫名的牽連，有了一絲微妙的變化。

包完羊肉，自然換包牛肉了。陳蕾切了些蘿蔔絲拌牛肉，這回不是純肉餡的，讓阿薇看了感覺好一些，若是再包一批純肉餡的，阿薇定會好好說說她。

阿薇並沒懷疑這肉是從哪裡來的，說來她從小到大，除了豬肉、雞肉，還真沒吃過羊肉和牛肉，吃著肉的味道不同，以為是姊夫獵回來的野味，想著這東西不是花錢買回來的，自家老姊這麼包餃子也就忍了。

牛肉餃子較有嚼勁，兩相比較起來，陳蕾還是偏愛羊肉，後來她又買了些豬肉，包酸菜豬肉餡的餃子。

別看包了這麼多，在村裡，陳蕾家包的餃子絕對是少的，這次包的餃子，還包括弟弟、妹妹們的分，她不過是圖個新鮮、應個景，要她過年後天天吃餃子，她可吃不完。

望著院子倉房裡滿滿幾缸的餃子，陳蕾頗有成就感。

包完餃子後，陳蕾又開始和麵炸小果子，去年家裡是那種情況，也沒什麼心情弄太多；今年是成親後的第一個過年，她總覺得要準備得豐盛一些，也算是個好兆頭。

第三十章

陳蕾這幾天一直在廚房裡搞她的零食大業，今兒個正忙活著呢，便看到小松過來了。

「姊，舅舅帶著舅媽來咱們家了。」

陳蕾一愣，眨了眨眼。「舅舅？」不是說跑了，一直沒回來嗎？

小松臉色不大好看地點點頭。陳蕾皺眉，這一家子怎麼回事，專挑年前、年後來鬧騰。

趙明軒正好進來，看姊弟倆的臉色不大好，問道：「怎麼了？」

陳蕾沒好氣地說：「舅舅和舅媽過來了。」

趙明軒還記得那舅媽的撒潑樣，冷笑了一下。「妳若是不想見他們，我去幫妳解決。」

陳蕾搖搖頭，怕舅舅他們又做出什麼，也不敢多留，趕緊跟小松回到娘家。

在門口沒聽到吵鬧聲，陳蕾鬆了口氣。進了屋裡，便看到阿薇站在一邊不說話，顯然不歡迎舅舅一家；而舅媽來鬧過兩回，阿芙人小卻記住了，站得離舅媽遠遠的，眨著大眼睛盯著他們看。

「阿蕾，這才一年，咋就嫁人了，看我這當舅舅的，都沒喝到妳的喜酒。」舅舅看陳蕾進來，客氣地說著，又看見跟在她身後走進來的趙明軒，不禁一愣。「這就是姑爺吧？」

趙明軒點了點頭，他一身的氣勢讓舅舅忌憚，坐在那裡明顯拘謹幾分。

「舅舅這次來，可是打算要那二十兩？」陳蕾直奔主題地問道。

舅舅一聽就罵起身旁的舅媽。「都是妳這臭婆子，趁我不在家欺負孩子們，良心被狗叼走了。」

舅媽低著頭坐在那，一聲不吭，完全沒有當初的潑辣勁。

陳蕾好笑地看著這兩口子演戲，拿了張凳子坐下，等舅舅的下文。

舅舅罵了一會兒，臉色尷尬地笑著說：「阿蕾，舅舅聽說妳如今有本事了，不說妳掙的錢，就是聽說妳那聘禮……」

「舅舅，什麼該說、什麼不該說，你是長輩，應該知道。」陳蕾沒好臉色地看著舅舅，眼神冷了下來。

舅舅又笑了笑。「阿蕾妳別多想，舅舅不是那意思，這不是怕妳還小不懂事，別讓陳家給騙了，正好姑爺在，可得跟丫頭對對數，別讓人騙了。」

陳蕾冷笑。「這是我陳家的事，舅舅不用操心。」

舅舅臉色訕訕的，低頭搓了搓手，片刻後抬頭，聲音低啞地說：「阿蕾，舅舅出去這一年也吃了不少苦，當初是我對不起妳、對不起妳娘。」

說實在的，看舅舅如今這模樣倒真是可憐，陳蕾雖然對舅舅沒什麼印象，可是現在細看，似乎是比記憶中還蒼老許多，頭髮也白了不少。

阿薇聽舅舅沙啞的話語，眼睛一紅，不知是委屈還是可憐舅舅。

舅舅這一年在外面的日子並不好過，他要本事沒本事，要體力沒體力，在外面撒潑耍賴誰會慣著他？不像以前，吃住有媳婦伺候，沒錢了妹子會借著。

那些債主找不到舅舅，從舅媽那也套不出錢，幾乎搬光了他們家裡值錢的東西。

當舅舅回到家，已經不像個家了，老婆、孩子吃不上飯，舅媽看到舅舅直接就哭了出來，邊哭邊罵。

可憐之人必有可恨之處，當初舅舅和舅媽哪怕是勤勞一點，日子也不會像今天這般。日子若是還想過，必須要挺過這個冬天，外面欠了錢，已經不可能再借，兩口子到底還是要來陳蕾這。

當舅舅講了些外面受的苦，又打出親情牌，陳蕾已經不知道該說啥了。在古代情義更重幾分，舅舅一家最親近的也就是他們家，如今大家都知道陳蕾家的日子過得挺好，若是眼睜看舅舅一家餓死，清楚的人說他們是自作孽，不清楚的呢……人言可畏啊！

陳蕾抿嘴。「舅舅說這麼多，無非是想我心軟；舅舅可知道，去年這個時候，舅媽過來又是要銀子、又是要房子的，那分明是要讓我們姊弟幾人無家可歸，凍死在外面。」說到這，她更是氣憤，若不是自己穿了過來，陳家這幾個孩子能不能活到今天都難說。

舅舅被堵得無話可說。舅媽抬起頭，張了張嘴沒說出話，許是這一年她也不好過，再加上看著趙明軒便忌憚了幾分，不敢狡辯。

其實陳蕾是真的不想再跟舅舅一家有牽連了，俗話說江山易改，本性難移，誰知道舅舅一家緩過來後，會不會又厚臉皮地今天借點錢、明天再要點錢。

一時大家都沈默下來，舅舅嘆口氣，說道：「之前我和妳舅媽的確是做得過分了些，也不求你們原諒，丫頭，舅舅今天來是有事的。」

「說吧！」陳蕾倒是要看看舅舅還能說什麼。

「當初妳娘嫁進陳家，給了不少嫁妝，如今妳娘不在了，這嫁妝……按理說我們家是要走向絕路了，妳娘的嫁妝我們是能收回來的。」舅舅說道。

陳蕾瞪大眼睛，不敢置信，舅舅真是……

阿薇也不敢置信地說：「舅舅，你怎麼開得了口？我娘那嫁妝都是要留給我弟弟的。」

「妳弟弟姓陳！」舅媽咬牙說道。

陳蕾也不生氣，反倒笑了起來。「舅舅那應該有我娘當初嫁妝的明細，不妨找出來，到時候當著陳家的長輩面前，咱們對一對。」

「姊，妳可知道這意味著什麼？咱娘是沒了，可她沒被休出陳家。舅舅你要我娘的嫁妝，可是要讓我娘從陳家族譜上除名？你這是讓她在地底下都不得安息啊！」阿薇喊道。

「阿薇，妳娘若是還在，絕對也不會讓我們一家餓死的。妳就當可憐、可憐舅舅，我今天又沒來要你們陳家的錢，這嫁妝本就該是我的。」

阿薇還想說些什麼，被陳蕾攔住了。「阿薇，別說了。」

「舅舅，我娘的嫁妝給你，不過咱們也得有個說法，我娘可不是被休，你今天要回嫁妝，也就是說張家不要這個女兒了是吧？」陳蕾說完，冰冷地看著舅舅。

舅舅看了看陳蕾，難堪地說：「阿蕾，妳非要做得這麼絕嗎？」

陳蕾輕笑一聲。「舅舅這話說得真好，我今天就問舅舅，你拿走我娘的嫁妝，可是也要她死了都不能安生？」

舅舅臉色鐵青，舅媽這時突然給陳蕾跪下，砰、砰、砰的磕了三個響頭，好在陳蕾反應快，躲開了這個禮。

「舅媽妳這是做什麼？」阿薇不悅地說，長輩給小輩磕頭，那小輩是要遭天譴的。

「阿蕾，妳如今也是有錢人了，就救救我們吧。」舅媽哭著說。

陳蕾是真佩服舅媽了，人家說大丈夫能屈能伸，她家舅媽比大丈夫還厲害。

趙明軒皺眉，上前幾步就把舅媽從地上拉起來，舅媽連想反抗都使不出力來。

舅舅趕忙上前，看著趙明軒冰冷的眼神也不敢說什麼，一時可憐地望著陳蕾，那表情彷彿在說「我們一家今年是死、是活，全看妳了」。

陳蕾長吐口氣。「舅舅，我爹娘已經不在了，你說要我娘的嫁妝，可以，除非你把我娘從張家逐出，若是你沒這本事，就別打我娘嫁妝的主意；或者我給舅舅五兩銀子，但是要找陳家長輩過來，還有我們村的村長，當著大家的面，舅舅拿了這錢，以後便不再是我們的舅舅了，從此為陌路人，以後橋歸橋、路歸路，大家互不相欠。」

陳蕾說完，屋裡的人都沈默不語。其實陳蕾說的兩條路，不論哪條都是要和舅舅斷了親戚關係。

「阿蕾，妳這是不認舅舅了？」舅舅這一年沒接觸過陳蕾，起初聽自家老婆說還不當一回事，沒想到一直軟弱可欺的外甥女，竟變得這般強硬，不禁驚訝。

陳蕾眼中毫無波瀾地看著舅舅。「舅舅當初把我推到灶臺上，看著我額頭流血，可有過一絲心疼？你那時非但不管我的死活，還把我家那兩隻活雞給偷走，我現在問問舅舅，你當時可把我當成外甥女？」

陳蕾不過是闡述一件事實，沒有怨恨，這般平靜無波的語氣，反倒讓人倍感壓力。舅舅張了張嘴，只能無奈地說：「那個時候的確是舅舅沒了良心。」

「舅舅今天能說出這話已是不錯了。舅舅可是聽說我掙了錢，還收了不少聘禮，所以想過來沾個光？」

舅舅有些心虛，臉色頗尷尬。

陳蕾不等他回話，繼續說道：「那舅舅可想過我如今已經是趙家的媳婦兒，你今天跟我要這銀子，可不是令我難堪？你和舅媽今天鬧這一齣，是要讓我的婆家看笑話嗎？從我爹娘沒了後，舅舅你說，你可做過一件對得起我們的事？」

舅舅已無話可說，這一年來的生活讓他清醒不少，若是以前陳蕾這般說，他早就鬧起來了，他嘆口氣說道：「也罷，之前是舅舅不對，若妳還信得過舅舅，就借舅舅點銀子，等舅舅有了錢就還妳，真要斷了親戚關係，妳這邊也傳不出好聽的話。」

陳蕾本來是想趁此機會，徹底跟舅舅一家斷了往來的，但舅舅這樣一說她倒不好拒絕了。若真是斷了親戚關係，難免鄉親不會說陳家的姑娘強勢，她是無所謂，但阿薇也差不多到了該嫁人的年紀，就怕之後婆家聽到這些流言，阿薇的日子會不好過。

這個舅舅也真是的，一開始為什麼不直接說要借錢？怕是也想著能拿了錢不用還。

「我只能借舅舅五兩銀子，舅舅也知道，我們的生活不容易，家裡沒一個有體力的，小松要唸書，阿芙還小，阿薇和我之前就靠著刺繡，是能賺幾個錢？舅舅這錢拿了，也好自為之吧！我讓小松立個借據，你信得過，就按個手印。」

當舅舅在小松寫的借據上按完手印，笑著說道：「小松如今也是個文人，看這字寫得真是好看。」

陳蕾不想多說什麼。「舅舅，這錢你拿好，我沒有第二次錢可借了，希望舅舅心裡有個底。」

舅舅訕訕地點頭，也知道自己在這不招人待見，便領著自家媳婦兒離開了。他那已經有些佝僂的背影看著讓人有幾分心酸，陳蕾不是無情的人，心裡也是有一些同情舅舅。

快到門口時，舅媽突然回過頭對阿薇說：「阿薇，那天是舅母不對，說的那些話妳別當真，那都是舅母瞎說的。」舅媽說完，又看了看陳蕾，沒有再說什麼，轉身跟舅舅出了屋。

阿薇低頭，眼睛紅彤彤的。

不管怎麼說，舅舅一家沒鬧起來已是不錯，陳蕾也不再多想，有些事本來就該順其自然，若是舅舅一家能變好，那自然是好事，若是本性難移，她也不怕他們再過來鬧。

在熱熱鬧鬧的氣氛下，陳蕾迎來了在古代的第二個除夕，然而今年的除夕卻有個會陪伴她一生的人在身旁，這個除夕對陳蕾來說，意義是無比特殊的。

除夕前兩天，趙老三就讓大兒子過來趙明軒這裡，說除夕必須回去，一家一起吃個團圓飯才行。

陳蕾本來打算和趙明軒帶上弟弟、妹妹們一起過年，卻忘了他雖已分家，但父親還在，除夕是要一起過的；雖不情願，卻也無奈，古代最重視孝意，她不能讓趙明軒揹了個不孝的名聲。

到了除夕那天，兩人換了一身新衣裳，趙明軒那身衣裳是陳蕾親手做的，不僅合身，還讓趙明軒冷硬的氣質柔和了不少，陳蕾看著頗是滿意。

趙明軒雖不說什麼，嘴角卻是一直上揚的，心裡熱呼呼的。

小倆口吃完早飯才出門，一到趙家，趙老三的媳婦兒趙李氏就不痛不癢地說：「總算過來了，我還想著讓老大媳婦兒去叫你們一聲呢，怕你們不記得要回來過年。」

「娘……」趙雲萱看自己老娘又在說風涼話，忙拉了她一下，然後不好意思地對陳蕾和趙明軒說：「二哥、二嫂你們先進去看看爹吧。」

趙明軒點頭，帶陳蕾進了屋，在廚房的趙李氏不悅地說：「妳攔著我幹什麼，我說的有錯？這都什麼時候了才過來，難不成還等著我做好飯伺候他們不成？那個剛嫁進來的還不知道早點過來幫忙做飯，真當自己是矜貴的主子呢！」

「娘妳少說兩句吧！說這麼多有什麼用，還平白得罪了二哥，二哥又不像大哥一樣聽話，妳這不是自找苦吃嗎？」趙雲萱嘴快地說，正好趙家大嫂進屋，不巧聽到後面那句話，心裡頗是不悅。

趙雲萱有些尷尬。「大嫂，妳別多想，我不是那意思。」

趙家大嫂沒說話，端著盆子準備洗菜。

趙李氏不悅了。「一大早的一個比一個晦氣，大過年的給誰臉色看呢？明年要是沒個好年景，看我不收拾她。」

趙李氏說話沒控制音量，在屋裡正跟趙老三打招呼的陳蕾和趙明軒，聽得頗清楚。

陳蕾和趙明軒臉色都不好了起來。趙老三心裡暗罵自家老婆是怎麼回事，一大早的就沒個消停，剛想扯嗓子說她兩句，便聽到廚房傳來摔盆子的聲音。

「我敬妳是婆婆，一直順著妳，可我也不是好欺負的，嫁進趙家這麼多年，我捫心自問沒有一點對妳不好，但妳可有把我當兒媳看？心情不好說罵就罵，連小姑都能損我兩句，這日子我也是過夠了！」趙家大嫂撕心裂肺地喊道，一直隱忍不發的人突然爆發起來，是很驚人的。

說來趙家大嫂這些年為了名聲，一直忍著。當趙明軒回來，為了媳婦兒直接分家出去，敬茶那天也是處處向著媳婦兒，同是趙家的兒媳婦，自己過的日子哪裡有人家過得舒心。大過年的婆婆又當面說罵就罵，這樣的日子，她實在是沒辦法過下去了。

廚房鬧出這麼大的動靜，屋裡的人也都坐不住，全都過來看看是怎麼回事。

趙李氏目瞪口呆地看著大兒媳，她欺壓了幾年的兒媳突然這般，她多少有些接受不了，怒氣攻心，作勢伸手就要打過去，臉色猙獰地罵道：「好妳個不孝的，看我今天不收拾了妳。」

好在趙雲萱還知道要拉住趙李氏，沒讓她打到人。

「趙明傑你是傻子嗎？你就由著你後娘這麼打我？我告訴你，她今天要是動我一下，我就和我肚子裡的一起死。」大嫂衝著趙家大哥喊道，眼裡滿是血絲和濃濃的失望。

他們兩口子成親幾年，一直沒有孩子，不然她何以受這老婆子欺負，過得這般委屈。

「老婆子趕緊給我停下！大媳婦有了身子怎麼不說？這可是我們趙家長孫，老婆子妳要是打壞了，就等著我收拾妳吧！」趙老三對趙李氏大聲斥責，又臉色嚴肅地說：「老大媳婦兒這是做啥？大過年的可不能吵鬧，趕緊把地收拾、收拾，看這一地的菜，做啥呢？」

趙老三這般，無非就是想粉飾太平罷了。

趙家大嫂卻站在那冷笑，對著趙老三說：「爹，你們趙家若是還想讓我像以前那般過日子，不可能！這日子我是過不下去了，今天爹和明傑給我個說法，若還是由著一個後娘來糟蹋我，就和離吧。」

趙家大兒媳一說完這話，屋裡所有人都是一愣。

陳蕾暗自咋舌，兔子急了都會咬人呢！趙李氏真是太把自己當回事了，如今弄得自己地位尷尬不說，若是真的和離了，村裡人不知道會怎麼非議趙李氏。有這麼一個刁婆婆，那趙明心便是訂了親沒準兒都得退，趙雲萱以後怕也是不好說親了。

趙李氏似乎才意識到事情不是她能掌控的了，便坐在地上撒潑起來。

「哎喲，都說後娘難當，我辛辛苦苦地把你們趙家的孩子拉扯大……」

陳蕾看著趙李氏坐在地上，如同舅媽一樣抑揚頓挫地叫罵著，嘆口氣，古代哪來這麼多不講理的瘋婆子？

「爹，開了春我就帶我媳婦兒出去過，李氏之前向我媳婦兒借了不少她的嫁妝，年後也該還了，我們趙家可不是貪媳婦嫁妝的人。爹，我兩口子這麼多年也為家裡幹了不少活，三弟和妹子都不能幹活，說句難聽的，兩個孩子有一半也是我養著的，這老房子我也不要了，你看到時候有什麼就給我們什麼吧，沒有的話我什麼不拿就分家也行，但我媳婦的嫁妝可不能少了，我不能讓人戳我脊梁骨。」一直沒有說話的趙明傑，突然噼哩啪啦地說了一堆，完全沒有了平時那老實的模樣。

而且趙明傑話裡話外都是肯定句，全然沒有一絲要商量的意思，剛才也直接管趙李氏叫李氏，不再是娘，也就是說以後再不認她了。

陳蕾有些玩味地看著趙明軒，見趙明軒點了點頭，陳蕾便笑著走到趙家大嫂身邊，扶著大嫂說：「大嫂有了孩子，怎麼不跟弟妹說一聲，這可是喜事，快別氣了，為了外人把身子氣壞，可就不好了。」

趙家大嫂的聲音還顫抖著，可見委屈到不行。「弟妹，妳是不知道，嫂子這幾年是怎麼熬的。當初來我們家說親時是句句好話，都說趙家繼室是個好的，我一開始還相信，如今可見識到什麼是後娘了；若是還得這麼過，我就怕我孩子生下來也活不長，到時候再娶個進來欺負我的孩子，我在下面都不得安生，要是這樣，孩子還不如不要。」

陳蕾語塞，大嫂的話雖不好聽，卻是在理。在這封建的古代社會，女人大多只能忍氣吞聲，若是真的一直這麼過下去，經年累月地憋著，活人也會被氣死。

第三十一章

趙老三被大兒媳說得滿臉通紅，伸手就給老大一巴掌。「你這媳婦兒是個有主意的，你個沒出息的管不了，還由著她來胡說？如今還聽你媳婦兒的想要分家，可是想被逐出家門嗎？」罵完又對大兒媳說：「我原以為妳是個好的，如今看來是家門不幸，老大你若是還認我這個爹，就把她給我休了，這孩子不要也罷，我們趙家可要不起，我兒子再找個媳婦兒也不是什麼難事。」

趙家大嫂聽了公公的話，臉色一白，被休出去與和離可是兩回事，她氣得渾身發抖。

「逐出家門？呵，你乾脆把我們兄弟倆都逐出去算了，這麼多年下來，我以為你能看得清一些，沒想到現在你還是這樣。李氏本來就不是我們的親娘，我大哥叫了她這麼多年的娘，可你看她是怎麼對待你大兒子的？人心都是肉長的，你非要到我們兄弟兩人不認你了，你才能清醒過來？還是說，我們兄弟是外人，你們一家四口才是一家人，我們兄弟活該順著你們，讓你們壓著？」趙明軒一句一句地說道，語氣裡已是有了波瀾。

陳蕾內心一抽，從來沒聽過趙明軒這樣隱忍中帶著憤怒的語氣，原來他不是不在乎，只是一直忍耐罷了。

今天怕是大哥和大嫂早就商量好的，只不過是順著點事來發揮，估摸著趙明軒也是看出來了。

趙老三有些欺軟怕硬，二兒子小時候還能打，可從軍回來後，那一身的威嚴和武功，早就讓他拿二兒子沒轍；可大兒子一直都是逆來順受，從沒忤逆過自己，所以今天他本想著要把事情壓下來，若是大兒子也分出去過，他真有些怕了，怕這個家就這麼散了。養兒、養兒，不就是為了防老，若大兒子出去了，以後還會管他嗎？所以今天才會說出休了大兒媳的話，卻被趙明軒的一番話給堵住。

趙老三的手抖啊抖，趙李氏已經忍不住坐在地上號哭了，趙李氏的兒子有些不悅，想出來理論一番，讓趙雲萱眼疾手快地拉住，使了個眼色，到底是沒讓他出來逞強。

「這大過年的就不能好好的，有什麼等過了年再說。」趙老三憋了半天，還想混過去，若是老大搬出去，以後只靠他們兩老，家裡這兩個小的就不好過了。

「爹，咱們趁著過年把事定下來吧，不然這年我們兩口子也過不好。」趙明傑說道。

趙家大嫂握著陳蕾的手用力了幾分，顯然也在害怕會分不成家。

趙老三頭一次看到大兒子這般堅定，不是說老實人做了決定更難改嗎？他是孩子的爹，自然是瞭解自己的大兒子。看了看大兒媳，再看看自家老婆子，終究只能嘆口氣。

「罷了，我老了惹人嫌棄，你們想搬就搬出去吧。」趙老三頹廢地說。

趙明傑眼睛略有些發紅，低著頭也不說什麼了。他媳婦兒看他這樣突然有些心疼，可心裡到底還是開心的，只要出去，這日子才有盼頭，那趙李氏分明就是隻吸血蟲，恨不得把他們兩口子的血吸乾，若是還住一起，不說錢攢不下來，沒準兒生了孩子還都要受苦。

「行了，都做飯吧，這年還是要好好過的。」趙老三又說道，說完就回屋了，臉色一直黑著。

趙李氏的臉色也不好看，本還想罵大兒媳兩句，不想望過去，大兒媳翻了個白眼就拉著陳蕾去洗菜了。趙李氏一時氣個半死，恨不得上前去呼她兩巴掌。

趙雲萱在一旁冷冷地說：「娘，如今已不是先前那般了，妳再對大嫂這樣，就真的把大哥也給得罪了。」

趙李氏一愣，看著女兒的眼神略有責怪，一時才想到，老大一家搬出去了，就剩他們兩老，是要怎麼養活兩個孩子？她還想把大兒媳的嫁妝全弄來給自己女兒添妝呢！趙李氏氣得直咬牙，那天殺的孽種怎麼沒死在外面，自趙明軒回來，這個家就被他攪和得不像樣。

分家的事定了，趙家大嫂心裡開心，跟陳蕾也有說有笑的，不像以前那般死氣沈沈。

趙李氏看她們還笑得出來，心裡更不舒服，也不做菜就在旁邊看著，陳蕾也不管她，反正做個飯也累不死人，犯不著跟她計較。

「哎喲，妳會不會過日子呀？倒這麼多油，就是再有錢也會讓妳這麼敗沒了。」陳蕾剛挖了一塊葷油，準備放鍋裡炒菜，趙李氏就在旁邊心疼地說道。

「弟妹沒事，這葷油還是妳大哥弄的呢！儘管用，大過年的就要弄得好吃點。」趙家大嫂在一旁說道。

「哎喲，這日子可怎麼過喲，兩個媳婦合起來欺負我，我若是老了，還不得被欺負死嗎？」說著一屁股又坐到了地上。

陳蕾看著趙李氏又在那撒潑，真是厭煩了，大過年的壞了一次心情也就算了，這樣一直下去，今年恐怕真是要不好過了，雖說不迷信，她心裡也是忌諱的。

陳蕾冷眼看著趙李氏，把手裡的鍋鏟「啪」地一聲扔到鍋裡，拍了拍手，說：「這飯誰吃誰做，我不伺候了。」說完，就大步流星地走了。

到了院裡，吸了口冷空氣，陳蕾才覺得舒服一些。她喜歡古代的田園生活，卻也對古代的封建思想感到無奈。她在現代是個孤兒，上無長輩，下無弟妹，一人吃飽就足矣，雖孤單卻也灑脫自由，如今被這些假仁假孝的觀念束縛著，實在覺得煩躁。

尤其是看到那種無理取鬧的哭叫場面，陳蕾真是厭煩到了極點，她不懂這些人腦子的結構，也無法忍受這般打也不是、罵也不是的情況，著實累人。

陳蕾一個人百無聊賴地走著，低頭踩著雪，發出咯吱咯吱的聲響。

陳蕾出去後，原本待在屋裡的趙老三來到廚房，不悅地喊道：「這又是怎麼了？」

趙明軒看陳蕾不在，皺眉問道：「大嫂，阿蕾呢？」

趙家大嫂瞥著趙李氏，沒好氣地說：「被氣走了。」

趙明軒臉色立即陰沈下來，看著趙李氏，那眼神彷彿恨不得殺了她似的。「我今天把話說在前頭，誰要是敢讓我趙明軒的女人再受到一分委屈，我絕不放過他！」

趙李氏的臉一下子白了，這次她是真的被嚇到了，也實實在在地看清了趙明軒是不能惹的，一時嚇得身子不由自主地顫抖起來。

趙明心和趙雲萱也被嚇到了，看著坐在地上的老娘，都忘了要去扶起來。

「你常說家和萬事興，可你也要看看家裡都有些什麼人，這個年你還是和她好好過吧！別說今年，便是以後的每個過年，也休想我再過來；當初你不養我，現在也別來罵我，要說不孝你儘管說，我趙明軒問心無愧！」趙明軒強硬地對趙老三說。

趙老三氣得手抖了半天，卻是一句話都說不出來。

趙明軒不再理他，邁著大步，出門追陳蕾去了。

當趙明軒看到陳蕾走在路上，低頭踩著雪玩，臉被凍得通紅，眼中有著一絲絲的失落，他一時心疼。

當陳蕾的手被一雙溫暖的手握住時，抬頭看見是趙明軒趕了過來，望著他深邃漆黑的眼眸，她噘起了嘴，心中有些委屈。

趙明軒的手掌大，很輕鬆地就把陳蕾一雙小手全都包住，放到嘴邊哈著氣，冰涼的手瞬間暖和不少，陳蕾一笑，輕輕地說：「真討厭。」

趙明軒也莞爾一笑。別看陳蕾平時嘻嘻笑笑的，心裡可堅強得很，從不依靠別人，即便趙明軒一直明著對她好，可她自己身上的擔子卻從不曾卸下來，有時候也讓趙明軒很無奈，心裡也有隱隱的失望。

此刻，能看到陳蕾真心地向他撒嬌，這是頭一次，趙明軒眼裡迸出異樣的光彩。「放心，相公替妳出氣了，看以後誰敢欺負我的媳婦兒。」

陳蕾一下子笑出來，眼睛有些濕潤，她緩緩地別過頭。「她真的是太潑婦了。」

趙明軒看陳蕾的手差不多暖和了，便放下她的手，牽在身旁，說：「妳平時那麼聰明，今天怎麼跟那種人認真起來了，不是說了不理她，凡事有我替妳擋著呢！」

「唔，以後再也不要跟她過年了，晦氣。」陳蕾嘟了嘟嘴說。

「好，不跟她過年。」

「嗯，以後再也不慣著她了。」

「嗯，不慣著。」

「我們去哪？」

「回妳娘家，不是一直想跟弟弟、妹妹們過年嗎？」

「真的？這樣會不會不太好……」

「那不去了？我們回家？」

「唔，看你也挺可憐的，我帶你回娘家過年去。」

「好！」

當陳蕾進屋，就看阿薇自己一人手忙腳亂地在廚房忙著，阿芙跟在旁邊，還在那說道：

「二姊，那不是洗菜水嗎？妳倒進鍋裡幹麼？」

趙明軒也進屋後，隨手把門關好，阿芙人小耳朵尖，聽見聲音，一轉過身就看到陳蕾，眼睛登時亮了起來。

小肉團一下子撲了過來。「阿姊，妳怎麼才過來！二姊笨死了，連菜都不會做。」

陳蕾順勢抱起阿芙，手上一沈，差點抱不住。看著白胖的阿芙，這小丫頭可長大了不少，她抱著阿芙，略感到奇怪地看向阿薇，正好阿薇也望了過來。

要說平時做做飯也沒什麼，可一到過年這天，阿薇心裡就不好受了。別人家過年熱熱鬧鬧的，他們家今年只有姊弟三個，她心裡發酸，一天下來魂不守舍的，當看到陳蕾，心裡的委屈一下全湧上來，眼睛也紅了。「姊，怎麼過來了？」

一年的相處下來，陳蕾也瞭解阿薇幾分，看阿薇這樣，頗是心疼。「被欺負過來了。」

阿薇一聽，立刻不高興了，瞬間戰鬥力飆升。「可是那老婆子欺負妳了？」說完阿薇就意識到姊夫也在，表情變得有些尷尬。

在看到趙明軒和陳蕾玩味的眼神後，阿薇的臉立即紅了起來，瞪了陳蕾一眼說：「還不過來做飯，想白吃不成？」

趙明軒接過陳蕾懷中的阿芙，進了正堂。陳蕾則挽起袖子，開始洗菜、切菜，沒一會兒就指揮著阿薇做這個、那個，開始主導起來。

姊妹兩人臉上喜氣洋洋的，這時才覺得有了年味，過年本來就該和自己喜歡的人在一起過，這才是團圓。

回到娘家，為了弟弟、妹妹們，陳蕾自是要好好做一頓年夜飯，左右自己的家就在隔壁而已，她回家裡幾趟拿了不少食材。阿薇好奇地問那些食材是從哪裡弄來的，陳蕾便全推到趙明軒身上，肉類就說是他打獵打回來的，菜就說是從鎮上買的。

除夕這天的年夜飯，不管家裡生活有多困難，都要弄個十幾道，然後吃到初五。在初五前是不開灶的，因此在冬天缺乏新鮮蔬菜的情況下，這十多道菜也幾乎全是肉，若真的做一桌子豬肉、雞肉，陳蕾做完飯，估計也飽了。

陳蕾喜歡吃蝦，所以早在前段時間，就在小作坊的商鋪裡，開啟了「明蝦」這樣食材，她最喜歡把蝦用水煮了，再蘸調味料吃。

爆炒或煎炸都會把蝦原本的鮮味給遮蓋住，還會影響蝦肉的口感，所以在嘗試了很多種吃法後，陳蕾還是喜歡水煮蝦，為此她又開啟了新的調味料。

陳蕾之前就從小作坊的倉庫裡拿出了好幾斤的明蝦，凍在院子外面，現在回家拿過來並不像一開始是活蹦亂跳的活蝦，也不會讓阿薇懷疑。放在一旁退好冰後，待水滾時下鍋，等到蝦變色，就可以撈起來了。

然後就是調味料了，這可是重點！先在鍋內放少許油，然後依序下蔥、薑翻炒，炒出香味後再放入適量的蠔油、海鮮醬、胡椒粉、醬油、雞精、白糖、芝麻醬等，炒兩下就可以出鍋了，把炒好的醬料放在一個小碗裡，鮮香美味的水煮蝦就完成了。

阿薇在一邊愣住了，看陳蕾拿出一堆調味料，心想一道菜就放這多調味料，實在是太奢侈了。

「難怪人家說妳敗家，妳這就是敗家沒錯！」阿薇忍不住又開始碎唸。

陳蕾瞪了阿薇一眼。「快去把肉切好。」

過年的菜多是帶有好兆頭，怎麼也不能少了。

要做四喜丸子，最重要的就是剁餡，肉餡不能剁得太細，否則口感會不紮實。把剁好的肉餡拌入蛋汁和花椒水，再加入米酒、鹽和太白粉，開始攪拌，直到拌出黏性就可以了，想要丸子鬆軟一些，還要把半個饅頭切碎再拌進去，最後捏出四個大小相當的丸子即可。

陳蕾從家裡拿來不少油，倒了大半鍋，要知道古時候村裡的鍋可是很大的，讓阿薇看得直心疼。陳蕾懶得理她，到底是自己妹妹，也不怕她說出去，看著阿薇那糾結的小臉，陳蕾心裡不禁有一絲愉悅。

待油熱了，便把丸子放進去炸得外酥內嫩，好在有兩個灶臺，陳蕾在另一個灶臺上又放上一個鍋子，倒入醬油、八角，蔥段煮滾後，再把炸好撈上來的丸子放進去收汁。

一時廚房裡香氣四溢，坐在屋裡的趙明軒摸摸鼻子，心想自家媳婦兒做的飯就是香。

東北的名菜裡有一道鍋包肉，陳蕾很喜歡吃，百吃不厭。

鍋包肉用料也不少，但做起來挺簡單，把切好的豬肉片醃一會兒，醃好後先沾上一層太白粉，然後在麵粉裡加入蛋清調成麵糊，接著把肉片再裹上一層麵糊，放到油鍋裡炸，炸成金黃色就可以出鍋了。

然後就是調醬料，鍋中放少許油，下蔥絲和薑絲、蒜片，炒出香味後再加入番茄醬，炒成漂亮的紅色，再倒入糖、醋、鹽和小半碗的開水，湯汁煮滾後澆在炸好的鍋包肉上，撒上一些香菜，就完成了，吃起來酸甜酥脆，好吃極了。

既然都弄了一鍋油，陳蕾索性又準備一些羊排，用調味料醃一會兒，便直接放入油鍋裡炸一下，待炸得香味四溢、內外都熟透後，就可以起鍋了。

陳蕾又拿了兩根解凍好的黃瓜，拌了道涼拌菜，再做一道拔絲地瓜，加上阿薇本就做好的幾道菜，正好湊了個雙數。

陳蕾猛然拍了下額頭，唉，她到底還是弄了一桌肉……

在這一年裡，陳家幾個孩子都吃得挺好，陳蕾總是想著法子給他們弄不同的花樣，因此見了這一桌菜，幾個孩子也沒有去年過年時那般的饞樣了，卻也吃得香甜，主要是一家能團圓，所以吃得特別開心。

外面鞭炮聲四起，陳家爹娘不在，頭年放鞭炮是為了迎接他們回來，後兩年卻是不能放鞭炮的，春聯也不能貼。姊弟幾人有點想爹娘了，陳蕾還好，畢竟她沒享受過父母的疼愛，也不會有多大的失落，可阿薇和小松卻明顯心情低落了一些。

陳蕾撓撓頭，回家把自己沒事時做的撲克牌拿了過來。阿芙還小不會玩，他們四個人正好可以一起玩接龍。

大家都學會了以後，玩得熱鬧。阿芙也沒鬧著要大家陪她玩，看大家玩牌看了一會兒，眼皮撐不住便睡著了。

一家子的人全是笑容滿面，這個年算是圓滿了。

玩累了，眾人紛紛回屋歇息一會兒，不然晚上守夜哪裡熬得住。陳蕾也累了，回到自己的房裡倍感親切，沒一會兒就睡著了。

趙明軒輕柔地撫摸著陳蕾的頭髮，看她睡得香甜，嘴角不禁上揚。往年過年的時候，是和兄弟們聚在一起喝酒，看著他們一個個的豪爽灑脫，其實心裡的苦只有自己知道。

有家和沒家到底是不一樣的，趙明軒輕吻陳蕾的額頭，他可是有了她，才有了家的。

陳蕾覺得還沒睡夠，就被噼哩啪啦的鞭炮聲吵醒。

起來一看，天色已經暗下來，一家人又吃了晚飯後，坐在炕上閒聊，看時間差不多了，便開始包餃子。

到了子時，外面的鞭炮聲才叫熱鬧，陳蕾和阿薇歡歡喜喜地下餃子，趙明軒則帶著小松和阿芙出去溜了一圈。等到餃子熟了，大家紛紛洗把臉，準備吃餃子。

陳蕾特意把阿芙抱到門框邊，比了下身高，在門框上做了個記號。

「嗯，等到明年我們再量一次，看阿芙有沒有好好吃飯。」陳蕾對阿芙笑著說道。

阿芙眨著水濛濛的大眼睛，說：「不是說年後讓我們搬新家嗎？」

陳蕾一愣，竟把這事忘了，陳蕾摸了摸阿芙的小腦袋。「那等搬新家的時候，我們再刻一個。」

阿芙點頭。「阿姊，阿芙會好好吃飯的。」

陳蕾笑著抱起阿芙。「走，吃餃子去。」

村裡守夜是越晚睡越好，陳蕾不太迷信，子時過了就和趙明軒回屋睡了。阿薇和小松早就睏了，也沒再堅持，都紛紛回屋睡了。

大年初一是小輩給長輩拜年，趙家的人雖然在除夕那天鬧得不愉快，但是趙家的親戚長輩也不少，說什麼還是要去拜個年的。

陳蕾小倆口和大哥兩口子，帶著趙明心和趙雲萱一起去拜年。

趙明心見到陳蕾和趙明軒時，連招呼都懶得打，脖子一扭，頗是不服氣的樣子。

趙明軒眼裡閃過一絲譏諷，也不看他，若不是顧念著那麼點血緣之親，這個弟弟還真入不了他的眼。

倒是趙雲萱當沒事一樣，叫了一聲。「二哥、二嫂。」

伸手不打笑臉人，陳蕾看不慣趙李氏，卻不會牽連到趙雲萱身上去。面子還是要給的，對趙雲萱笑了笑，說了幾句話也算是應付過去了。

陳蕾兩口子是新婚，要帶些東西去拜年，這是規矩。趙家長輩看兩口子都不是空手而來，很滿意，臉上都客氣不少。

趙家眾長輩得知趙明傑的媳婦兒有了身子，都是滿臉喜氣，對兩口子頗是照顧，看著長輩的臉色好了，兩口子也透露了年後會分家的消息。

那趙李氏的性子誰不知道，把大兒媳當丫鬟似的，趙家長輩自然心裡有數。如今大兒媳懷了趙家骨肉，再看他們家的老二趙明軒都分出去了，老大明傑要出去其實也沒什麼；趙家長輩雖聽著心裡不舒服，可一想起老三家那情況，也只能嘆口氣。

趙明心本來不大樂意大哥要分家的事，便在一旁冷嘲熱諷，兄弟不合在村裡最是忌諱，且讓人看不起，長輩們多少也對趙李氏的兒子有些不悅。趙雲萱在一邊尷尬地替哥哥解釋著，卻也無力回天。

陳蕾無奈搖頭，這趙明心還真是……豬一般的隊友啊……

第三十二章

要說村裡到處是親戚，也不是說假的。趙老四家的大兒媳曾不經意笑話過陳蕾，在陳蕾剛開始去鎮上時，但陳蕾嫁給了趙明軒，兩人倒成了妯娌。

陳蕾不是記小仇的人，而那時她剛來，人都記不全，哪會一直記著和誰鬧過不愉快。倒是趙老四家大兒子趙聰的媳婦兒見到陳蕾後，還特意說了兩句歉意的話，陳蕾想了半天才認出來，笑了笑也沒放在心裡。

趙聰的媳婦這人說是嘴碎，還不如說是愛管閒事外加八卦，一般這種人腦子也靈活，她娘家就是本村的，她的哥哥正好要搬去鎮上，可讓她得意了好幾天。

趙聰媳婦兒聽見趙明傑兩口子有意分家，她暗自琢磨了一下。她哥哥是個有本事的，掙了錢在前兩年就蓋好新房、娶了媳婦，如今在鎮上的工作越來越多了，回村的時間少，兩口子不想分開過，年前就在鎮上買了房子，打算年後就搬過去。這村裡的房子不值錢，可好歹是個新房，若是真的扔在那裡，也怪可惜的。

趙聰媳婦兒想著，還不如讓趙明傑兩口子把房子買去，她是看出趙明傑媳婦兒巴不得早點搬出去，若等到房子蓋好再搬，孩子都快生出來了，兩人搬出去不就是為了孩子嗎？

趙聰媳婦兒覺得可行，就把這事說給趙明傑兩口子聽。

趙明傑兩口子一聽，商量了一下，覺得左右都是新房子，買了也不虧，便讓趙聽媳婦兒去問問她哥哥，若要賣是怎麼個價錢？

趙聽媳婦兒歡歡喜喜地去了哥哥那，都是村裡人，蓋個房子也沒多少錢，就要了四兩銀子，其中有五百文錢是給趙聽媳婦兒的，當然，這個趙明傑兩口子是不知道的。

趙明傑兩口子覺得挺划算的，真的買地後再找人蓋房子，花的錢沒準兒還比這多，再加上都是村裡人，又有點親戚關係，趙明傑當初也幫人家蓋過房子，知道這房子蓋得結實。

要說老實人不鳴則已，一鳴驚人，趙明傑兩口子商量好了，直接就跟趙老三要銀子，因為全家的銀錢都是趙李氏在管的。

趙家之前分家，田地都是分好了的，依趙明傑的意思，就是給他四兩銀子，讓他去買房子，老房子和家裡剩下的錢就全歸三弟，他們也不多要。當然，趙李氏之前拿了他媳婦兒的嫁妝，說什麼也要還回來。

趙明傑一表態，趙老三臉上頹喪不已，他知道大兒子是鐵了心要分家，便嘆了口氣，剛想答應，坐在一邊的趙李氏卻不願意了。

趙李氏倒不是不同意分家，但當初就說好要給自己的兒子蓋新房，這老房子才是要傳給趙明傑兩口子的，很明顯趙李氏打算要搬去新房子，想把老房子留下來給趙明傑。

陳蕾愣愣地聽完大嫂的哭訴，心想這趙李氏果真是半點虧也不吃，她之前就覺得趙家房子不是一般的破，好奇地問了大嫂，才知道趙李氏一開始就知道那房子將來分家是會留給老大的，哪肯拿錢修房子。

陳蕾有些無語，問道：「大嫂，妳和大哥答應了？」

趙家大嫂嘆口氣。「到底是被她使喚了這麼多年，妳大哥哪裡鬥得過她。」

「妳肚子可是還有一個，快別生氣了，氣壞了肚子裡的，就有妳哭的，能分家就是再好不過了。」

「我就是怕他們一直拖著不搬。」

陳蕾一笑。「那倒好，他們不搬妳和大哥就搬去新房子，也就這麼兩間房子，都是趙家兒子，誰住都一樣。」

趙家大嫂一聽樂了，隨即又垂下頭。「就是心裡憋了口氣。」

陳蕾也跟著嘆口氣，心想趙老三這般偏心，她們當兒媳的也是沒轍。

好在趙老三也不是偏得沒心了，讓趙李氏把大兒媳的嫁妝還回去後，又把買完房子剩下的錢分出了三分之一給趙明傑兩口子。趙李氏也是個會看眼色的，看趙老三神色就知道沒有商量的餘地，便老老實實地把嫁妝還回去，可心裡有些不舒服，想著到時候要在老房子多住幾天，氣一氣大兒媳。

趙家大嫂哪裡看不出來，便想著陳蕾當時說的話，待趙聽媳婦兒的哥哥一家搬去了鎮上，她就作勢要收拾東西，說要先去那新房子幫忙收拾、收拾，順便住兩日，省得房子沒人看著不好。

家裡的錢和嫁妝都已經給了趙明傑兩口子，趙李氏哪敢讓他們兩口子先去新房，要是就這樣住進去，依趙老三那好面子的，肯定不會上門把兒子攆出去，嚇得趙李氏直罵人，趕忙收拾東西便搬去新房子了，趙家大嫂也算是吐了口惡氣。

趙家分家到底是不光彩，可既然搬了新家，按理是要請親朋好友吃一頓的。

趙家親戚齊聚一堂，都知道趙家大兒媳有喜了，飯桌上沒事就給趙家大嫂講講經驗，講著、講著就把矛頭指向陳蕾，都打趣著小倆口該努力了。

陳蕾略有些尷尬，敷衍地笑了笑。算一算當初穿越過來的時候，她十三歲，第一次過年就十四歲，她的生辰剛好是正月初十，因此第二次過年後沒幾天，她也十五了，在古代這個年紀嫁人、生孩子實屬再正常不過。

陳蕾頂著二十多歲的靈魂，結婚她能接受，生孩子她也能接受，但是她的這副身子可不行呀！古代多少女人因為生孩子而死的，有一半就是因為年紀小，身體受不了，陳蕾可不敢冒這個風險。

散了酒席回家後，陳蕾就拉著趙明軒，說出自己的想法。

其實飯桌上眾人打趣陳蕾的時候，趙明軒也有注意到，他本就心思縝密，一眼就看出陳蕾眼底的敷衍，難免多想，後來想想她定是有別的打算，不會不想給他生娃兒的。

這會兒聽了陳蕾說的話後，心裡一陣害怕，抱著陳蕾不許她再說了。

他可以等，或是說這輩子都不要孩子，卻不能沒了身邊的姑娘，這是要陪他一輩子的人，他不想讓她冒一絲絲的危險。

趙明軒難得激動地說：「沒事，生孩子的事晚幾年再說，別人說閒話有我頂著。」

陳蕾在趙明軒的懷裡扭了扭腦袋，她就知道，他捨不得她冒險。

在趙家搬家後，陳家姑姑也來找過陳蕾幾次，雖沒多說什麼，陳蕾卻看得出她的急切。陳蕾想著也已經過了年，就讓阿薇他們搬去新房子住吧！

因為是冬天，陳蕾和阿薇把新房子裡的火爐先燒了幾天，看著屋裡不潮濕了，才收拾、收拾，開始搬過去。有了新房子固然高興，可是要離開自己住了多年的家，難免不捨。

喬遷之喜，陳蕾和阿薇也請陳家長輩吃了一頓酒席，由陳蕾掌勺，飯菜做得自然好吃，陳家長輩滿口誇讚，誇著、誇著就把話題說到孩子上面，陳蕾仍舊敷衍過去，內心咆哮。

趁著開春前，陳家姑姑提出，想從阿薇那租幾畝田地。

阿薇轉過頭看了大姊一眼。陳蕾一笑，跟大伯、三叔還有姑姑說，自家弟弟、妹妹們目前還是先由她來養活，以後家裡的事還是她作主。

陳家大伯和三叔看了看趙明軒，他的臉上沒什麼異色，想著趙明軒心裡應該也不反對，便安心了，就跟陳蕾合計了一下。

陳蕾家原來的旱地還是由自家種，良田給姑姑種三畝，剩下的由大伯和三叔對半分，分成還是按照去年的比例來算。

陳蕾笑了笑，看著姑姑眼裡遮掩不住的憂慮，對姑姑說：「小姑，若是妳那的田種得不好，到時候我們再談分成的事，放心。」

姑姑這才安下心來，感激地看著陳蕾。

陳蕾笑了笑，看著姑姑身邊的小月妹妹，都住這麼久，性子還是沒改過來。她搖了搖頭，那方家也是造孽啊！

趙陳村位於北方，離京城不近也不遠，一般京城裡的消息傳不了多少過來。在古代，村子一般都封閉得很。

然而就在這迷信滿天飛的古代，京城裡卻發生了一件惹怒百姓們的大事。

在古代，正月十五這一天尤為重要，各城鎮都會舉辦廟會。

老百姓都聚在這一天拜神，祈求上天諸神保佑他們一年的平安喜樂、風調雨順。

京城裡更是隆重，廟會都要辦個三天三夜，各大世家也都會在廟會時辦酒宴，要說事情也就是壞在這個酒宴上。

天子應當與民同樂，因此皇上特派太子帶領眾世家去鎮國寺祈福。這種祈福一般來說，不過就是拜一拜神，然後找個庭院舉辦茶宴。

然而太子那天不知發了什麼神經，拜神的前一天夜裡喝醉不說，第二天也是滿身酒氣，應付地拜完神後，宴席間就不見人影。

待幾位大臣去尋時，好巧不巧地發現太子衣衫不整地睡在寺廟的神像前……

不知道當時眾位大臣是怎麼處理此事的，竟被尋常百姓看見，太子這事便被傳了開來，讓百姓們頗是不喜。

雖說傳到趙陳村時已是出了正月，但在村裡眾人口中，仍是討論得沸沸揚揚。村裡人無不是說太子沒有誠意，竟然喝了酒再去拜神，還有的人說太子其實是帶著哪家小姐，去了神像前欲行……

反正傳到最後，整個趙陳村都在祈求，希望神仙那天睡著了，別看到太子那一幕，就是看到了也別遷怒他們平民百姓，求著這一年能夠風調雨順。

當今太子是二皇子，陳蕾聽了犯事的人不是五皇子，安心許多，問趙明軒說：「這可是有人陷害？」

趙明軒勾嘴一笑。「怕是七皇子下的手。」

陳蕾搖搖頭，自古以來君王立太子，不是極為看重，就是拿太子當箭靶，最是無情帝王心呀！

年後不少人家上山撿柴，不是誰家都買得起煤的。

陳家姑姑剛搬家不久，大伯和三叔也給她送了些煤和柴火，姑姑雖收了些卻不想多要，怕麻煩哥哥們多了，嫂子們會不高興。

姑姑對村子也熟悉，想著大家都去撿柴，人多也不會有危險，但她捨不得女兒受凍，便打算把女兒放在阿薇那玩一會兒，一方面也是想讓女兒跟阿薇親近、親近，沒準兒阿薇就能解開心結，於是她帶著小月去了阿薇那。

姑姑都領上門了，阿薇也不可能把小月趕出去，只好不情不願地答應了。待姑姑離開後，阿薇看了眼坐在炕上很是不安的小月，心裡軟了許多，讓她和阿芙玩著，自己則坐在炕上打絡子。

小月很安靜，就坐在那看著阿芙玩。阿芙一開始還眨著眼睛看小月姊姊，可後來發現這個姊姊似乎並不想玩，就自己玩了。玩了一會兒，阿芙有些無聊，她今年五歲了，在村裡也認識了不少小夥伴，便對著阿薇說道：「二姊，我出去找張老二家的二妞玩去了。」

村裡孩子不像現代管得那麼嚴，阿薇聽阿芙說要出去玩，就給她穿好襖子，再戴上小帽子和手套，才讓她出去。

小月眨眨眼看著圓滾滾的阿芙，還笑出了聲。

阿芙覺得小月姊姊定是在笑話她，趕忙邁著小腿跑出屋子，阿薇跟在後面叫著讓她小心些，也沒聽到她回話，阿薇便轉身回了屋。

一進屋，只見小月用清澈的眼睛看著自己，也沒了剛才那般畏畏縮縮的表情，一時被她看得有些不好意思。

「小月可想打絡子？」阿薇問道。

小月聽了，眼裡閃過一絲亮光，可見是感興趣的，於是阿薇開始教她打絡子。

兩人一個教、一個學倒也和諧，阿薇對小月頗是溫柔，小月的乖巧也著實讓人心疼。

第三十三章

吃過午飯，陳蕾習慣睡午覺，剛要上炕躺一會兒，就聽到門開了的聲音，緊接著就是一個人影如流星般地跑進來，待陳蕾看清楚是阿薇時，阿薇那驚慌的表情，讓陳蕾心裡一驚。

「怎麼了？」

「姊，阿芙出事了，快點讓姊夫帶阿芙去鎮上看大夫。」

陳蕾只覺得腦子「嗡」的一聲，趕忙從炕上跳下來，連鞋子都沒穿就跑了出去。

趙明軒剛好進屋，迎面就看到陳蕾光著腳跑出來，差點撞到自己身上，再看陳蕾和阿薇的表情，便皺著眉頭說：「怎麼了？連鞋都不穿，跑出去把腳凍壞了怎麼辦？」

陳蕾哪裡還聽得懂他說什麼。「快備車，阿芙出事了，我們去鎮上找大夫。」

阿薇這時冷靜了不少，看陳蕾只穿襪子，趕忙去找鞋，剛把鞋拿出來就被趙明軒搶了過去，二話不說地幫陳蕾穿上鞋，這才讓陳蕾走出屋子。

陳蕾心急地衝向娘家，一進屋就看見躺在炕上、臉色通紅的阿芙，趕忙走了過去，只見阿芙的頭髮濕濕的，手腳冰涼，腦門卻熱得不行，陳蕾口氣不好地問道：「怎麼回事？」

「姊，阿芙今天說想出去玩，我就讓她去了，看該吃午飯了卻還沒回來，我就出去找她，沒想到剛到門口就見她被人抬了回來。村裡人說阿芙跟著孩子們玩，不小心掉進冰窟窿裡，若不是旁邊的小孩手腳快，抓了她一把，阿芙今天……」阿薇說完就哭了。

陳蕾嚇得臉色一白。如今開春天氣暖和不少，河上的冰已經不結實了，一群孩子在冰上玩耍可是危險得很，若掉進冰窟窿裡，順著河流被沖了下去，砸冰都來不及救人！阿芙現在能在她身邊，實屬萬幸。

「怎麼不去叫大夫？」陳蕾氣得火冒三丈，頗是責怪。

阿薇一臉慌亂，哭著說：「村裡的大夫正好出門了，我也是沒找到大夫，才想到要過去找妳跟姊夫的。」

聽到這，陳蕾也不想再責怪什麼了，趕緊找了條小褥子把阿芙包好，就抱了出去。正好趙明軒也弄好馬車趕過來，還特意拿了件陳蕾的襖子，讓她披上。

陳蕾心中滿是焦急，忙說：「走，我們快點去鎮上。」

趙明軒點頭，也沒多問，扶著陳蕾上了馬車，就駕車離去。

陳蕾看著阿芙那又紅又燙的臉，一陣心酸，眼睛都濕潤了，摸了下包在褥子裡的小身體，還是冰冰涼涼的，她只能用力地抱著阿芙，試圖讓她暖和起來，心裡不停地祈求上天，千萬別讓阿芙有事。

車子駕得飛快，到了鎮上，馬車不能進去街巷，趙明軒直接把阿芙抱下來。「我走得快些，先去春生堂那給阿芙看病，妳慢慢過來就是，別急。」

陳蕾點頭，讓趙明軒趕快去，看著他遠去的背影，鬆了口氣，腳下繼續走著。

待陳蕾到了春生堂，大夫已經在給阿芙診脈，之後開了藥方，說道：「好在及時送來，喝幾副藥也就沒事了，你們先把孩子放到暖爐邊的床鋪上去，把孩子的頭髮弄乾了，還有，這藥直接煎一副給孩子喝了後，你們再回去。」

趙明軒點頭，抱著阿芙去了床鋪。

陳蕾向大夫道了謝，跟正在抓藥的學徒要了條汗巾，趕忙去給阿芙擦頭髮。阿芙被包在褥子裡，頭髮到現在還濕著，陳蕾摸著那滾燙的小腦袋，再看著阿芙昏睡不醒的小臉蛋，心疼得眼淚直往下掉。

趙明軒拿藥回來後，就看到陳蕾還坐在那兒哭，他心疼不已，臉色也陰沈不少。

阿芙本來就惹人喜愛，就連趙明軒也早已把她當自家孩子看，如今看著阿芙昏睡不醒、小臉通紅的樣子，頗是不捨，嘆了口氣，便先出去端煎好的藥過來。

等灌了碗湯藥後，阿芙的燒才慢慢退下來。如今阿芙的身子已經暖和起來，陳蕾怕濕帕子直接放在額頭，阿芙會受不了那冷度，所以便守在一旁，時不時地給她擦擦額頭，直到阿芙額頭的熱度完全退了，陳蕾這才放下一顆心。

四、五歲的小孩子最容易把腦袋燒壞，陳蕾就怕這個，說阿芙是妹妹，還不如說是自己的閨女，阿芙若真的出了什麼事，她心裡這輩子都會過意不去。

這時候陳蕾才把阿芙掉進冰窟窿裡的事說給趙明軒聽，他聽了以後嚇一大跳，心有餘悸地看了眼阿芙，用寬厚的手掌輕柔地摸著阿芙的額頭。

阿芙睡得香甜，嘴裡還不時動著，彷彿夢到在吃什麼好料似的。趙明軒和陳蕾看到這一幕，兩人都不禁笑出聲。

陳蕾心想，這事其實也怪不了阿薇，只是經歷此事，她有點想把阿芙接到身邊來照顧了。

趙明軒看出陳蕾的心思，忍不住說：「這事不能怪阿薇，妳若是想把阿芙接過來，怕她會多想，再說經過這件事後，阿薇之後應該會多注意了，以後我們也要多教教阿芙，讓阿芙知道有些事是不能做的，否則很可能發生危險。」

陳蕾點了點頭，平時只顧著寵阿芙，倒沒教她多少，她年紀小又不懂，定是看著人家在冰上玩便也跟著玩。想到這，陳蕾後悔極了，以後可不能再疏忽了對這孩子的危機教育。

這會兒天已暗下來，陳蕾和趙明軒看著阿芙睡得香甜，決定在鎮上住下。

春生堂是鎮上數一數二的醫館，之前常有不少村裡的人家來看病，後來天色晚了也趕不回去，因此春生堂就在藥堂的後面設了客房。陳蕾和趙明軒便要了一間房住下，看第二天阿芙的病情怎樣，再決定回不回去。

折騰了半天，兩人也都累了，草草地吃了飯就回屋睡了。半夜陳蕾還總是驚醒，摸著阿芙的腦袋，發現溫度仍是正常才敢繼續睡。

清晨醒來，阿芙的精神已是好了不少，轉頭看到陳蕾就睡在身旁，有些愣住了，不過心裡很是開心，一雙大眼眨呀眨的。「阿姊！」

陳蕾一晚上折騰好幾次，過於疲累，因此睡到現在還沒醒，待聽到阿芙的叫聲，才迷迷糊糊地睜開眼睛，看到阿芙眨著眼的樣子，很是可愛。「看來妳是好多了。」

趙明軒早就起來了，在陳蕾起身時正好進來，手裡拿著藥，對著床上的姊妹倆說道：「大夫說這藥必須空腹喝，妳先餵阿芙喝藥，我去買些吃的回來。」

陳蕾點頭，開始幫阿芙洗漱，阿芙一直懵懵的，看了看周圍，好半天才說道：「阿姊，這是哪啊？」

陳蕾彈了一下阿芙的額頭，故作生氣地說：「還不是因為妳掉進冰窟窿裡，被救起來後燒得嚇人，這才來了鎮上的醫館。」

阿芙這才記起自己掉進冰窟窿裡的事，一下子鑽到陳蕾懷裡，一臉害怕的樣子。「阿姊，冰窟窿好嚇人。」

陳蕾看她小臉都嚇白了，忙拍著她的後背，哄道：「不怕、不怕，都過去了，以後不許再去冰上玩了，知道嗎？」

阿芙點頭，抱著陳蕾撒嬌道：「阿姊也不許生氣了。」

陳蕾一笑，捏著她的小鼻子說：「就知道賣乖。」

待趙明軒買了些包子回來，三人匆匆吃完。接著大夫給阿芙把了脈，說沒什麼大礙，陳蕾這才放心地帶著阿芙回家。

阿芙是第一次來到鎮上，一出醫館，這小腦袋就轉來轉去的，看看這又看看那，覺得好多東西看起來都好有趣啊！

陳蕾知道她好奇，本想帶她四處玩玩，又怕她身體受不住，這病剛好，畢竟身子還是虛弱的。

「阿芙，我們就在這條街逛逛，下回阿姊再帶妳過來玩好不好？」

阿芙一直都很乖巧聽話，點了點頭，也不覺得可惜，笑著說：「嗯。」

抱著阿芙的趙明軒摸了摸她的小腦袋，頗是寵溺。

走在街上，有個人突然跟趙明軒打招呼，陳蕾一愣，覺得這人好眼熟，仔細一看，不就是那小霸王洛一鳴嗎？沒想到，洛一鳴竟然和自家相公認識！

洛一鳴也認出陳蕾，跟她點了點頭。本是要請他們吃飯，卻被趙明軒拒絕了，說孩子病剛好，不便多留，這才就此拜別。

陳蕾看著趙明軒，好奇地問：「你們是怎麼認識的？」

趙明軒解釋道：「在我說要回家時，因為這個鎮是離我們村子最近的，京城那幾位兄弟就先跟這個鎮上的大戶人家打過招呼，所以我剛回來時，不少人來拉過關係，其中就有洛家。我和洛一鳴性子倒是相投，就這樣當起朋友了。」

陳蕾點點頭，也不大在意，便開始聊起別的事。

待回到村裡，陳蕾想著先把阿芙送回家，省得阿薇擔心；可到了娘家門口一看，門是鎖著的，納悶了一下，她拿出鑰匙打開門，進了屋後馬上冷得一陣哆嗦，屋裡一點熱氣都沒有，爐子裡也沒點火，不用說就知道，這屋裡應該一天沒人在了。

陳蕾皺眉，和趙明軒又去了大伯家，結果大伯一家也鎖著門，再返回來看，小姑家也是鎖著門。又去了三叔家，瞪著門上的鎖，陳蕾悶悶地說：「難不成全都撇下我們姊妹倆跑了嗎？」

阿芙看陳蕾氣悶的樣子，不禁咯咯地笑。趙明軒卻緊皺眉頭，覺得事情不單純。

陳蕾望著趙明軒說：「總不會又出了什麼事吧……」

雖擔憂，也不能出去滿村子找人，陳蕾讓趙明軒先在家照顧阿芙，自己則回娘家生了爐子，坐著等消息。

到了下午，大伯和大伯娘、三叔一家還有阿蓉、阿薇和小姑走了進來，小松關好院門，晚幾步才進來。看著一大家子人突然出現，陳蕾好奇地問：「這是幹什麼去了？我回來看一個人都沒有，還嚇一跳。」

一群人進來有的坐在牆邊，有的站在角落裡，卻沒一個說話的。陳蕾一愣，看大伯他們臉上盡顯疲態不說，還滿臉愧疚之色，她心裡咯噔一下，定是出事了。

「小松，怎麼了？」

小松艱難地說：「姊，小月丟了。」

陳蕾一聽懵了。*小月怎麼丟了，這大冷天的，怎麼會丟？*

小松眼睛痠澀地看著陳蕾。「阿芙出事那一會兒，二姊一直沒顧得上小月，等回屋，小月就不見了。」

陳蕾張嘴，驚訝了好半天，她去看阿芙時，的確沒看到屋裡有小月。

阿薇蹲在牆邊低著頭，手拽著衣裙，眼淚滴滴答答的往下掉。

發現小月不見後，阿薇就去找大伯，後來陳家長輩也都跟著一起找，村裡、山裡都找過了，就是沒找到。小月過了年就十二歲，在村裡都是快要說親的年紀，陳家也不敢弄出太大動靜，本來小姑就是被休回來的，小月若再惹了閒話，這娘兒倆也就不用活了。

陳家小姑壓抑了一天，在這一刻崩潰了，哇哇的大哭起來，拽著阿薇說：「妳恨我沒關係，可怎麼狠得下心這麼對小月，她一直把妳當姊姊看的啊！妳還我女兒！」

陳蕾上前把小姑拉開，護在阿薇身前。「小姑妳別急，這事也不能怪阿薇，那會兒阿芙也危險著呢，誰也不會想到小月那麼大的姑娘，在家還會丟了去。」

這事壓根兒不能怪阿薇，小月不小了，在村裡還要人看著，說出去都是笑話。陳蕾看小姑這般，也能諒解她是因為心急才怨阿薇，但若是一直怨阿薇，陳蕾可不能接受，小月能找回來還好，找不回來還要阿薇一輩子去承擔這個罪責不成？

「阿蕾，帶妳兩個妹妹做飯去，大家從昨天起就沒怎麼吃飯。」陳家大伯娘趕緊跳出來緩和氣氛。

陳蕾點頭，拉著阿薇和阿蓉去廚房後，只見阿蓉拍了拍胸口說：「哎喲，剛才小姑嚇我一跳，小月丟了也不能全怪阿薇呀！」

陳蕾皺著眉問道：「村裡都找遍了？」

阿蓉回說：「能找的都找遍了。小月那性格在村裡也沒幾個朋友，我和阿薇也挨家去找了，都沒見到。」

「當時沒看看腳印什麼的？」陳蕾又問道。

阿薇低頭不語，阿蓉在一旁說：「當時就有不少人送掉進冰窟窿的阿芙回來，後來妳和姊夫又進進出出的，院裡的腳印早就亂了，只好順著幾個清晰的去找，最後也斷了蹤跡。」

陳蕾嘆口氣，若是小月進了山，肯定能發現腳印，更何況大伯他們也進去山裡找過了的，小月應該是沒進山。過了一天也沒見到人回來，怕是碰到拐子了。

小月像姑姑，生得白嫩水靈，陳蕾最怕的就是小月這會兒已經被賣到什麼地方……

第三十四章

待眾人草草吃完飯，趙明軒已帶著阿芙一起過來陳蕾娘家，在把小月失蹤的事瞭解得差不多後，便說要去鎮上找朋友看看是否能幫忙。陳家長輩點點頭，現在唯一的希望也只有到鎮上去尋人了。

趙明軒出去時，陳蕾拉著他的手問：「可是能找到人幫忙？」

趙明軒和陳蕾想得差不多。「還記得洛一鳴嗎？他們家掌管鎮上的商行，這些拐子把人賣給牙子後，牙子也會跟商行打交道。我先去找洛一鳴，看能不能打聽出小月的下落。」

陳蕾點點頭。「路上小心點。」

趙明軒拍了拍陳蕾的頭，說：「放心吧！時間也不是很長，找回來的希望還是大一些。」

陳蕾點點頭，待看著趙明軒走後，又回屋對大伯說：「大伯，去方家看過了沒？」

「妳三叔去了，這事也不敢讓方家知道，妳三叔在外面盯了好久，也沒看到小月的身影。」

陳蕾嘆口氣，無法可想了，一屋子人坐在那等趙明軒的消息。

到了晚上，趙明軒都沒回來，陳蕾心裡七上八下的，怕他出了什麼事，屋裡人顯然也等得焦急。

陳家小姑又開始哭哭啼啼起來，她一哭，阿薇心裡更是自責，那蒼白的小臉讓陳蕾心疼，三嬸也勸得有些不耐煩了，大伯娘剛想發火，就聽到屋外有聲音。

待趙明軒一人進屋後，大家不免失望，陳家姑姑忍不住嘶喊道：「小月！我的小月！你們還我的孩子，沒了小月，你們讓我怎麼活。」

阿薇在一邊流著淚，身體一抖一抖的，阿芙上前拉著阿薇的手，說：「二姊，不哭，阿姊說了不是妳的錯。」

姑姑把阿芙的話聽了進去，突然轉身，猙獰地看著陳蕾姊妹三人。「小月丟了不是妳們的錯？妳們剋死我哥不夠，還要去剋我女兒嗎？我真是瞎了眼，才把小月留在妳們身邊！」

「夠了，妳若是不想找回女兒，就給我出去！」趙明軒眼神幽暗地看著陳家姑姑，陰沈地說道。

姑姑一聽，反倒沒有害怕與尷尬，眼神突然有了光彩。「可是有小月的下落了？」

趙明軒不說話，顯然是生氣了。

一時屋裡人都尷尬，陳家大伯娘這時出來緩頰道：「大姑爺別生氣，她姑姑就是這樣，腦子不大清楚，你出去一天也累了吧？快坐著歇一歇。阿蓉，去給妳姊夫倒杯熱茶過來，喝了好暖暖身子。」

陳蕾撇過頭，不再看姑姑。

趙明軒看著陳蕾的臉色沒什麼異樣，心中的火這才滅了幾分。當氣氛緩和了些，陳蕾才問趙明軒說：「事情怎麼樣了？」

趙明軒才說道：「我和一鳴兄去幾處牙子那打聽了一下，正好有個牙子，昨天收了個小丫頭，又碰上有戶人家要買丫鬟，就轉手賣了。」

「那可知道是賣給誰家了？」姑姑急忙地問道。

趙明軒瞥了陳家姑姑一眼。「我回來就是要告訴你們一聲，已經打聽出來了，只是天色晚了，得明天再去鎮上要人。」

眾人聽了鬆口氣，打聽到下落就好，一時臉上都有了笑意。

倒是姑姑又憂心地問：「可是要拿銀子贖回來？」

本來有些笑容的長輩們又皺起眉頭來，剛過完年，大夥兒家裡都沒錢了。

陳蕾冷笑一聲。「姑姑一直說這事怪我們，贖回小月的錢就我出吧！但是話也得說清楚，姑姑以後可別再拿莫須有的罪名往我們姊妹身上扣，小月都那麼大了，還要人看著？今天看姑姑是長輩，小月丟了妳心急，我就不計較了，若是以後還這般無理取鬧，就別怪我不留情面，不顧念妳是長輩。」

「可不是，孩子她姑姑今天可是犯渾了，怎麼能說出那種話？還不快些給阿蕾姊妹倆賠個禮，要不這長輩都沒個長輩樣了。」大伯娘在一邊說道。

大伯和三叔沒有說什麼，姑姑知道了女兒的消息也清醒不少，尷尬地說：「阿薇妳別怪姑姑，是姑姑糊塗了。」

事情算是告一段落，眾人也回去了。陳蕾讓阿薇別擔心，快進房去好好睡一覺，阿薇點點頭，仍是怏怏不樂的。

等屋裡人都走了，陳蕾交代小松照顧好阿薇和阿芙，便跟趙明軒一起關好屋門和院門，才問趙明軒道：「可是還有事？」

趙明軒點點頭，說：「買小月的人家不是大戶人家，就是個家裡有些田地的秀才家，他家媳婦兒懷了身子，想買個丫鬟伺候著。」

陳蕾歪頭不解。「那不是更好贖回來？」

趙明軒摸了摸鼻子。「秀才不在家，他家媳婦兒是個潑辣戶，左鄰右舍都不敢惹，聽說我們要贖人，便直接關了門。」

陳蕾眨了眨眼。「這是想做什麼？」

趙明軒喝了口水，猜測地說：「估計是想漲價，要不就是……」

陳蕾一懵，然後搖搖頭。「小月性子軟，就這麼一天，應該不會出大事。」

趙明軒也點點頭，頗是贊同。「行了，睡吧！明天再拿銀子把小月贖回來。」

陳蕾心疼地說：「這兩天可是把你折騰壞了。」

趙明軒看著陳蕾心疼的目光，心裡一暖。「那我可得要點補償……」

「唔……」陳蕾頓時覺得自家相公真是精力充沛啊！

而那秀才娘子其實是看趙明軒和洛一鳴的穿著不像窮人，得知他們過來贖人，轉念一想便關了門，打算先問問那丫頭家裡的情況。若是大戶人家她可不敢惹，但這小戶人家嘛，怎麼也得給個好價錢，給不出就先把人留下來伺候著，待她生完孩子再讓他們拿原價贖回去。

算盤打得不錯，可那丫頭一問三不知，秀才娘子臉都黑了，再看丫頭穿的衣服，略有些嫌棄，但這家裡人能找過來，怕也是有些本事，想了想還是多要些銀子好了。

所以當趙明軒過來時，秀才娘子一開口就是五十兩銀子，趙明軒和洛一鳴早就打聽到當初秀才買人，才花一兩銀子而已。

望著秀才娘子，趙明軒輕笑一聲，拿出十兩銀子，只說道：「現在還能拿十兩銀子，若是再不識趣，可就一分錢都別想要了。」

秀才娘子也是個有眼界的人，之前沒怎麼認真看趙明軒，這一看可嚇一跳，她一眼就看出趙明軒是從過軍的，趕緊拿了銀子就把小月送出來。

小月看到趙明軒倒是認出來了，表情明顯高興起來，很乖巧地跟著趙明軒走了。

陳家長輩見到小月，一顆心總算放下來。姑姑在看到女兒時，一下子衝過去抱住小月，哭道：「妳這孩子怎麼跑出去了，嚇死娘了妳知不知道。」

小月羞怯地說：「妹妹病了，要找大夫。」

屋裡眾人一時說不出話來，陳蕾也是黯然無語，果然是一筆糊塗帳。

姑姑也說不出話來，抱著小月就大哭起來。

「孩子回來是好事，快別哭了。」三嬸在一旁勸道，把小月從姑姑懷裡拉了出來，心疼地說：「我看看，沒有傷到吧？」

小月看著屋裡的人都在看她，有些害羞，搖搖頭，又回到自己娘親身邊了。

「行了，這事也算過去了。對了，姑爺是花了多少錢贖小月的？」大伯娘問道。

趙明軒也不想白花錢還不討好，便說：「十兩銀子。」

屋裡人倒吸一口氣。「啥，十兩？」

陳家姑姑沒想到會花這麼多錢，有些躊躇，可想著小月當時也是為了幫阿芙找大夫，不然也不會……不管怎樣，都已經花了十兩銀子，小月的事若再怪阿薇，那就說不過去了，因此姑姑也沒再多說些什麼。

「這不是搶錢嗎？」三嬸在一邊咋舌。

倒是陳蕾一笑。「算了，十兩就十兩吧，也讓她們姊妹倆長個記性，以後不能再亂跑了。」她說完，又捏了下阿芙的鼻子，阿芙噘著嘴表示抗議，深深覺得自己那事早已經過去，不該再提了。

陳蕾後來一想，即便小月當時是為了給阿芙找大夫，也不應該就全怪她們，畢竟那一會兒她跟阿薇都心繫著阿芙，哪裡顧得上小月，那麼大的姑娘會被拐走，也是出乎她們意料之外的。她和自家相公又找人幫忙、又花錢的，也算是仁至義盡了。

小月本來性子就軟弱膽小，經歷這事後，連屋都不願意出了，倒是喜歡去找阿薇學打絡子。阿薇因為心裡有一點愧疚，也願意教她。

這件事過後，陳家也恢復平靜。開春後，陳蕾問阿薇是不是還要養雞和豬，阿薇想了想還是養上一些，而陳蕾不靠這個掙錢，不過養一些來自己吃倒是不錯。

陳蕾和阿薇各抱了二十多隻雞，又抓了豬，阿薇抓了兩隻小豬仔，打算養好了年後可以賣錢。

雞和豬都弄好了，又開始下田翻地，等天氣徹底暖起來就可以播種了。

陳蕾的瓜子賣得不錯，她開始在村裡收瓜子，兩文錢一斤，不少人家開開心心地過來賣瓜子，還有腦筋動得快的，想把瓜子的做法套出來，都讓陳蕾給一一說退了。

陳家大堂哥從南邊來回進了幾次貨，小鋪子也進入正軌，還因陳蕾的瓜子紅了一陣子。這些特殊口味的瓜子只有香品軒和他家鋪子有，因此不少喜歡嚐鮮的，買不起貴的就去他的小鋪子上買。

這年前、年後花了不少銀子，說不心疼是假的，於是陳蕾在年後又開始繡起雙面繡，依舊是繡屏風，不過趙明軒不許她一天繡太久，速度比以往慢了許多，等屏風真的繡好時，趙家大嫂的肚子都大了起來。

陳蕾摸著她的肚子，頗感神奇地說：「這肚子大得可真快，前陣子還看不出來呢！」

趙家大嫂自從分了家，心情也好了，臉色紅潤有光澤，眉眼間盡是母性的慈愛。「可不是，等秋後這孩子也就出來了。」

陳蕾看大嫂溫柔地摸著肚子，便對著大嫂的肚子說：「小東西，你一出來可就熱鬧了，二嬸到時候再給你一份大禮。」

趙家大嫂一樂。「妳現在說他哪裡聽得懂。」

陳蕾信誓旦旦地說：「咱們現在說什麼，他肯定能聽到的。」

大嫂格格地笑著，也不反駁，但眼裡卻不信。陳蕾也不介意，摸了摸大嫂的肚子，再等兩年她也來生個孩子，到時候這世上就有個流著她血脈的孩子，無論是男孩還是女孩，她都會像世上大多數的母親一樣，不會嫌棄他，也絕不會拋棄他。

第三十五章

陳蕾對古代的科舉制度並不瞭解，聽村裡老夫子說今年有童試，然而小松入學晚，基礎學得並不是很紮實，夫子的意思是這次先不去考，待後年再去考。

小松後年也才十歲，在陳蕾看來不過是上小學的年紀，在現代時曾經聽過師姊們說笑，說古代的秀才可抵得上一個高中生了，現在這麼一想，倒是真的。

陳蕾問了小松的意思，小松雖贊同，可眼底有些失望，她對小松軟聲軟語地說道：「小松別灰心，你才上學多久，現在去考也不一定能考上，反而弄得更加失望，多努力兩年再去考也好，我們要敢於面對現實。」

小松望著陳蕾鼓勵的眼神，點了點頭，說道：「倒不是今年一定要去考，只是想著若能早點考取功名，就能讓阿姊少供兩年書。」

陳蕾輕輕一笑，拍著小松的腦袋說：「這點銀子算什麼，只要你想唸，阿姊就供著。」

小松眼眶微紅，重重地點頭。待陳蕾回去後，小松嘆口氣，眼裡有些迷茫。

繡完屏風後，陳蕾就送到繡鋪，老闆娘看到陳蕾，高興極了，跟自家人似地招呼著。

陳蕾這次繡的是梅花詩意圖，既古典又優雅，栩栩如生，彷彿真的梅花就在眼前。

老闆娘打開一看，直誇陳蕾手藝好，陳蕾含笑不語，待老闆娘說了好些話後，才開始商量這次的價錢。

多虧之前賣出去的雙面繡，繡鋪也小有名氣起來，不少人家來打聽雙面繡。老闆娘的嘴挺嚴實，不透露半點消息，倒把這雙面繡捧得是千金難求，不少大戶人家都搶著要訂雙面繡，老闆娘沒敢一口應下，只說是看賣主的意思。

老闆娘把這事說完後，問道：「丫頭，這次妳打算賣個什麼價錢？」

陳蕾笑著反問道：「老闆娘，妳跟我說了這麼多，沒有想法是不可能的吧！」

老闆娘瞪了陳蕾一眼，跟她小聲嘀咕道：「這陣子來打聽的幾家，有戶人家是咱們這小店不敢招惹的，不說人家在咱們鎮裡是大戶人家，即便在縣城也是有名的。」

陳蕾點點頭，問道：「給的什麼價錢？」

老闆娘一撇嘴，伸了三根手指，頗是嫌棄，嘀咕道：「還是個大戶人家，竟這般小氣，分明是搶嘛！」

陳蕾輕笑一聲，怕是這中間也有不少是拿了回扣的。

「既然這樣，便先賣了吧。」

老闆娘看了陳蕾一眼，頗是讚賞地說：「丫頭果然是個明理的，像我們這種小老百姓是磕不得那石頭的。」

「我懂，老闆娘放心吧。」陳蕾知道老闆娘是怕她年輕氣盛，會跟這種大家族較勁。她看得清事實，這個時代的權貴想對付老百姓，簡直就跟踩死螞蟻一樣容易，陳蕾還不至於在這件事上頭犯傻。

這次屏風只賣了三百兩就算了，還不能像前兩次那樣直接拿錢走人，要先給人家送過去，等人家滿意了才會給銀子。老闆娘因為有些過意不去，便只要了十兩銀子，算是來回跑腿、在中間打點的辛苦費。

好在那大戶人家講信用，陳蕾下次去鎮上，就把錢拿回來了，待陳蕾走時，老闆娘無奈地嘆了口氣。

陳蕾一直沒跟趙明軒說賣屏風的這件事，又正好到了間苗的時候，趙明軒去田裡幹活，因此陳蕾是跟村裡人來的。

她一出繡鋪就被人盯上了，這幾人都是高手，陳蕾自然沒發現，幾人跟著陳蕾到了村子，這才回去。

入春後，大夥兒便開始忙著田裡的活，陳蕾從鎮上回來後，也去幫著阿薇做農活，等忙完也是幾天後了。

畢竟嫁了人，陳蕾幫著阿薇還說得過去，再去幫陳家長輩就該被村裡人嘴碎了。不說可能會讓大伯和三叔臉上無光，趙明軒也定是不願意的，陳蕾幹活這幾天，可把趙明軒心疼死了，差點就把自家田地丟著不管去幫阿薇。

陳蕾幫阿薇弄完田地後，身子便力不從心，但她心疼趙明軒必須自己一人下田，便想著歇一天就去幫幫他。

陳蕾本是要去田裡送飯給趙明軒，不遠處正好來了一輛馬車，緊接著就停在自家門口。她略有疑惑，出門看馬車上下來一個婆子，穿著比村裡人好上不少，走路也頗有規矩，還有個白嫩水靈的姑娘跟在婆子的後面。

那婆子進來時還左右打量，眼裡高人一等，在看到走出門的陳蕾時，笑著問道：「可是趙家小娘子？」

陳蕾點點頭。「大娘是？」

那婆子一笑，說道：「娘子不領我進去坐坐嗎？我來可是有好事。」

伸手不打笑臉人，陳蕾不解她們的來意，就先客氣地笑著請她們進了屋。那婆子帶來的馬伕倒也是個懂規矩的，沒跟進屋來。

那婆子進了屋後，就誇道：「小娘子可真是能幹，瞧這屋子收拾得多乾淨。」

陳蕾笑了笑，沒有接話。

那婆子也不介意，對陳蕾說：「小娘子可知道縣城裡的張家？」

陳蕾略有疑惑地搖頭，她只去過鎮上，哪裡會認識縣城裡的人？又看了眼那婆子和小姑娘，心中閃過一個念頭。

果然，那婆子笑著說道：「小娘子應該記得前陣子賣出去的雙面繡屏風吧？就是我家買的。」

「大娘這次來，可是還要雙面繡？」繡鋪老闆娘不可能會把自己的事說出去，要是說出去，張家也不會拖到今天才找來了，如今張家找上來，怕是當初跟蹤過她。陳蕾心裡冷笑，這張家的來意定不單純。

那婆子深深地看了陳蕾一眼，說道：「這次倒不是，我家主子想請小娘子去府上住段時日，當個繡娘先生，我們府裡小姐也到了學女紅的年紀。」

「貴府千金，哪裡是我這種鄉野村婦能教得了的，就我那一點技術，在縣城裡可是拿不出手的。」

那婆子呵呵地笑著，聽出話外之意，聲音有些威嚴地說：「小娘子倒是謙虛，那雙面繡我們主子看過的，可是一個勁地誇小娘子比縣城裡的繡娘都好，快別謙虛了。我主子的意思是給娘子一千兩銀子，瞧，今天我把銀票都帶來了。」

世家千金有哪個精於女紅？這張家怕是找了不少心靈手巧的丫鬟，打算到時候跟府裡的姑娘一起學藝，等她們學會後，陳蕾這門生意也算是到盡頭了。

一千兩銀子就想要買雙面繡的技法？張家還真是精明。

那婆子看陳蕾不接銀票，眼裡透出一絲狠戾，皮笑肉不笑地說：「我把這一千兩銀票放在這，小娘子好好準備一下，後天我便派人過來接妳，我看小娘子是個聰明的，應該也知道能教我們府上的姑娘，那是幾世修來的福分。」

那婆子說完起身就走，原本跟在婆子後面的姑娘想了想，又轉身把銀票塞到陳蕾手中，笑著說：「小娘子也別多想，我家主子可是好人家，不會委屈了娘子的。」

陳蕾一笑，那姑娘也不再多說，便出了屋。陳蕾望著兩張五百兩的銀票出了一會兒神。

沒多久，陳蕾聽見門開的聲音，以為那婆子落下什麼才回來拿，不想一回頭，便看到趙明軒大步流星地走了進來。

剛想問趙明軒怎麼回來了，又聽到有人進來的聲音，順著看過去，一個身穿玄衣、面容硬朗的男子和一個七、八歲左右的男孩一起進了屋。

那男子身高比趙明軒還略高一些，雙目明亮，看到陳蕾望過來，立即笑著說道：「這便是弟妹吧。」

看此人的氣質便知是習武之人，那通身的氣派也不像是普通人，況且他叫自己弟妹，趙明軒只認了三個兄弟，於是陳蕾便猜出了對方的身分，就是被那男子炯炯有神、滿是好奇的目光看得有些尷尬。

陳蕾有些害羞地笑了笑。「沒錯的話，我應該叫你一聲三哥吧？」

那男子眼睛一亮。「我還以為這傢伙不會提我，沒想到還算是有良心，知道告訴弟妹他有三個哥哥呢。」

趙明軒的三哥莫宇是個幽默之人，很容易讓人覺得親切，陳蕾對他頗有好感。

「剛才發生了什麼事？我看那是張家的馬車。」趙明軒皺眉問道。

陳蕾看趙明軒眼裡滿是關心，她敢說她現在若是表現出一絲委屈，她家相公絕對會提著棍子去張家耍上一套棍法。

待陳蕾把雙面繡的前後事由說完，趙明軒的臉猶如寒冰。張家真是好樣的，還敢派人跟蹤自家媳婦兒，最可惡的是竟敢拿權勢壓人！

莫宇聽完後愣了片刻，然後疑惑地問：「弟妹是從南邊來的？」

陳蕾搖搖頭。「我自小愛在屋裡研究刺繡，那雙面繡是我自己琢磨出來的。」

莫宇了然地點點頭，頗是敬佩。「都說那雙面繡極難學成，如今南邊也不過就幾戶人家傳承了繡技，寶貝得很，不想弟妹這般聰慧，自己一人就鑽研出來了，在下佩服。」

陳蕾的臉一紅，內心極為尷尬。

趙明軒依舊皺著眉頭，語氣不悅地說：「放心，明日我便去解決此事。」

陳蕾一笑。「別說這個了，我給你們做飯去。」

陳蕾說完，對莫宇笑了一笑，便去廚房了。

待陳蕾離開後，莫宇衝著趙明軒說：「瞧你這臉黑的，那張家不是還沒把你媳婦搶走嗎？這事等我明日回去，就給你辦妥了，哪還需要你出手。」

趙明軒皺眉，莫宇好笑地說：「你還不瞭解我嗎？定是不會辦得比你差了去，不說別的，那桌上的一千兩，張家怕是要打水漂兒了。」

「你怎麼會到這來？」趙明軒不再說張家的事，打算就交給莫宇去辦。

「也不知太子今年犯了什麼邪，過年那會兒的事，想必你也知道了吧？」莫宇一臉幸災樂禍地說。

趙明軒點點頭。

「說來也真是犯邪，邊境那裡發生瘟疫，皇上派我過去，如今京城裡都說這是太子惹怒神明而降罪，傳了好一陣子，太子如今已被禁足在殿內。」

莫宇短短幾句話卻句句說到重點，不用多說趙明軒也知道，太子怕是要廢了。「怎麼會有瘟疫？你這次去可要多注意。」

北方邊境多蠻夷，莫宇這一趟去，也是去安排好軍營的工作就行，難得出京城，怎樣也要過來看看自家兄弟。

莫宇點了點頭，說道：「放心，軍營帶了藥過去，說來這瘟疫還是蠻夷傳過來的，他們那裡藥材稀少，一直不得治療，病情越加嚴重，這次皇上是想要徹底抑制瘟疫，因此還要給蠻夷送上藥材與藥方。」

趙明軒無奈搖頭，自古以來邊境之地最是混亂，怕這疫病也是蠻夷故意傳過來的。

「哦，對了，這孩子你可認得出來？」莫宇拉起坐在自己旁邊的男孩。

趙明軒起初沒注意到，現在仔細一看男孩，不禁一愣，不敢置信地看向莫宇。

莫宇點點頭。「這孩子是師父的庶弟，是師爺喝醉酒……沒有來得及登入族譜，這才保住了血脈。」

都是聰明人，有些話不用說透，這孩子當初八成是見不得光的，沒想到卻是將軍府最後的血脈。

第三十六章

趙明軒略顯激動地看著男孩，那男孩小小年紀便眉清目秀，雖說他的身分不光彩，可從那明亮清澈的眼神就看得出是個好苗子。趙明軒摸了摸男孩的身骨，很滿意，不愧是師父的弟弟，是個練武的好苗子。

趙明軒問：「今年幾歲，叫什麼？」

男孩看著趙明軒也不是很怕，聲音朗朗地說道：「我叫莫言，今年七歲。」

趙明軒很滿意地點頭。「可是記在了你爹名下？」

莫宇摸了摸鼻子。「那倒不是，記在族內的名下。」

趙明軒點點頭，莫家是權貴之家，突然冒出個孩子必然引起懷疑。

「說來，我想把孩子放在你這，這孩子是個好苗子，若荒廢了著實可惜，可若要我親自教他，他這容貌……」

趙明軒靜靜地看著莫宇，只見莫宇悠哉地喝著茶，一點也不像在煩惱的樣子。趙明軒輕笑一聲，轉過頭對男孩莫言說：「可願意和我學武？」

小孩子喜怒都表現在臉上，莫言一聽這話，立刻跪在地上，高興地說：「師父在上，請受徒兒一拜。」

「起來吧。」趙明軒說完後，又從腰間拿下一塊玉珮遞給少年。

莫宇微瞇著眼睛。「這玉珮……」

趙明軒搖搖頭。「算是給這孩子一個念想吧。」

男孩不解地看著兩人，拿不定注意，眼神略有求助地看向莫宇。

莫宇輕笑一聲，對莫言說：「接了吧，這玉珮原本分成四枚，是師父給我們師兄弟四人一人一枚的。」

經歷過一場劫難後，莫言的心性變得頗是成熟，聽懂了師父為何說留給自己一個念想，不禁雙眼紅潤，珍重地接過玉珮別在腰間。

陳蕾進屋正好看到莫言接過玉珮的場面，略有疑惑，她知道玉珮的來歷，趙明軒十分珍惜，怎麼會把玉珮送給這孩子？雖然疑惑卻也沒有當場就問。

待陳蕾準備好飯菜，便藉口去阿薇那裡，留他們三個在家裡吃。

莫宇吃了口菜，眼睛一亮，說道：「弟妹好手藝，難怪你這小子放著京城裡的大家小姐不要。」

「咳，別亂說。」

「說來老大的妹子，還在京城裡等著呢！」

趙明軒皺眉。「這話以後莫要提了。」

莫宇頗無趣地看著趙明軒。「當初師父的妹子也是……」說到此處，莫宇打住了話，嘆口氣說：「當初想不通你為何就此放棄了這般好的前程，現在看來，也不是錯的。」

趙明軒呵呵地笑著，舉起酒杯。「來，喝酒。」

「不打算回去了？」莫宇認真地問道，已沒了剛才吊兒郎當的樣子。

趙明軒放下酒杯，看著莫宇平靜地說：「我幫你們把莫言教好，其他的……就不必再說了。」

莫宇無奈地搖搖頭。他就知道，老四一旦做了決定，十頭牛都拉不回來。

待莫宇離開時，天色已黑，陳蕾好奇趙明軒怎麼不留他一宿，他喝了酒，天暗了路不好走，讓他就這樣回去也不怕出事。

趙明軒倒是不在意地說：「就這麼點酒，喝不醉他的，放心吧！」接著他轉身看向莫言，叫道：「莫言，過來，叫聲師母。」

陳蕾嚇了一跳，得知莫言的身分後，卻有些不知該說什麼好了。

說來莫言畢竟不是趙明軒師父的嫡親弟弟，當初在將軍府怕也是受過屈辱的，難免那孩子心裡會沒有疙瘩，趙明軒兄弟幾人對這孩子寄予希望，到底行不行呢？

陳蕾能想到的，趙明軒自然也都想到了，他安撫道：「待五皇子登基後，將軍府那件事早晚都要平反的，而且我看這孩子，是個頭腦清醒的。」他那幾個兄弟，看人的眼光還是不錯的。

陳蕾眼裡閃過一絲亮光，將軍府如今蒙冤，待平反那天，若是沒有血脈傳承，那軍權依舊是要掌握在他人手裡，可若是將軍府有血脈傳承，那這軍權就不一定落在別處了。這孩子便是對將軍府再有埋怨，可將來他依舊要靠著將軍府上位，當時的屈辱是將軍府給的，將來的榮耀也是將軍府給的，還有什麼好怨懟？原來是自己的想法過於局限了。

陳蕾嘆口氣，心裡有點可憐那孩子，趙明軒急忙接著說：「只要好好教導，這孩子不會走錯的。」

陳蕾還是憂心地說：「你們是認為五皇子一定能坐上那個位置？若是不能，這孩子該怎麼辦？」陳蕾畢竟是個俗人，不是聖母，不可能因為一絲憐惜，就把全家的性命都押進去。

「這個放心，他們送這孩子來的時候，是隱秘行事的，不會輕易被發現，再說來咱們這村子的路也著實不好找。」

陳蕾這才算是安心，看著趙明軒硬朗的面容，心也踏實了些，她相信他不會拿一家人的性命冒險的。

接下來兩天，陳蕾觀察了一下莫言，這孩子心思頗細膩，看著他那清澈的眼睛，陳蕾也不想再用大人的想法來看待這個孩子。

小松和莫言一起跟著趙明軒學武，兩人相處沒多久，就成了好兄弟，莫言更提出想和小松一起住的想法。

趙明軒自是樂意，莫言去了小松那，這家裡就又剩下他們小倆口，想幹什麼就幹什麼。不得不說莫宇辦事是俐落的，一天後，張家那婆子和小姑娘又來了，還拎著不少的東西進來。

那婆子一進屋，笑得跟一朵花似的，很是客氣地說：「哎喲，老婆子我之前不識貴人，冒犯了您，這次特意過來給小娘子賠個不是，這是我家主子特意備下的禮，還望小娘子海涵。」

陳蕾看那婆子很謹慎地站在原地，賠著笑臉，她輕笑了一聲說：「大娘先坐下。」

婆子這次倒沒像前一天來那般，一屁股就坐下了，只和氣地說：「可使不得，哪裡敢跟貴人平起平坐，之前是我這老婆子有眼不識泰山，冒犯了您，這次可不能再做錯了。」

陳蕾笑了笑，也沒再說什麼，起身去取出那一千兩銀票，走到婆子面前遞過去，說道：「我一直在等大娘過來取銀票呢！」

那老婆子略顯尷尬，望著銀票，眼裡有絲心疼一閃而過，虛笑道：「娘子有所不知，我家主子說這一千兩就當給您賠不是了，若是我拿回去，我家主子定會當您還生著氣，我這回去怕也……」婆子說完一臉請求地看著陳蕾。

陳蕾揚起嘴角，溫和地說：「看大娘說的，我不收這錢倒成了罪人，無功不受祿，我既然沒教貴府的千金，自然也不該收了這銀票，大娘還是趕快收起來吧！」

那婆子一哆嗦，作勢要跪下，讓陳蕾硬生生地托住。「大娘這是在幹什麼，我可受不起啊！」

那婆子一臉為難地說道：「小娘子那屏風繡得可真是好，我家主子說那三百兩太便宜了，因此還特意囑咐我這老婆子，讓小娘子一定要收下這錢。」

陳蕾看了那婆子兩眼，嘴角上揚，心裡卻還想逗逗這婆子。「那我收下便是，不過大娘帶來的這些東西還是拿回去吧！」

那婆子聽了陳蕾的前半句話才鬆了口氣，可聽到後半句，一顆心又提到了喉嚨。「哎喲，這送來的禮哪有退回去的道理，娘子行行好，饒了奴才吧！」

陳蕾把手裡的銀票捲好，放進袖子裡，才悠哉悠哉地說：「那就幫大娘這一次忙，這禮我就留下了。」

那婆子趕忙順著說了些好話，讓陳蕾聽得舒服不少，心裡之前憋著的氣也消了。待送走人後，陳蕾笑嘻嘻地拿出一千兩銀票，這見錢不要的習慣她著實沒有。

間苗過後，村裡的人又都歇了下來。趙家大哥兩口子商量了下，決定把自家房子修葺一番，便找了村裡的人過來幫忙。因趙家大嫂有身孕，幫這些人做飯便成了問題，既然都是妯娌親戚，陳蕾便主動說要幫她，趙家大嫂也叫了娘家的嫂子過來幫忙，所以不會讓陳蕾累到哪裡去，趙明軒也只好勉強答應了。

陳蕾總是嘲笑趙明軒這是把她當姑娘養著呢！趙明軒也不反駁，他心裡倒真希望可以讓陳蕾一整天什麼都不要幹，像大戶人家的姑娘似地享清福就好。

修葺房子比蓋房子快得多，人多力量大，兩、三天就修葺好了，雖不能跟新房子比，但是住著也舒服多了。趙家大嫂這幾天滿面紅光，陳蕾看著也替她高興，日子就是要過得舒心不是。

修葺房子的時候，有幾名漢子找上門，一問原來是跟趙明心訂親的王家家人。

陳蕾頗是疑惑，離成親的時候還早著，這會兒過來做什麼？

趙明傑帶著那些人去了趙老三那，陳蕾便也沒放在心上。

當聽趙明軒說是來退親的，陳蕾驚愕了好半天，呆呆地說道：「是許給別的人家了？」

趙明軒一愣，隨後無奈地笑著彈了下陳蕾的額頭。「想什麼呢！」

陳蕾捣著額頭，頗有理地說道：「不是許了別的人家，王家為什麼要退親？」要知道在古代男女可是不平等的，男方退親還可以有大把大把的姑娘去選，女方退親就……就算只訂了親，也算是別人家的人，退了婚的姑娘就像是被咬了一口的饅頭，不是餓得沒東西吃的話，誰會想要被咬了一口的饅頭呢？

趙明軒看著陳蕾那認真的樣子笑了笑，眼裡滿是寵溺。「有沒有許給別人家我是不知道，但三弟訂的那個姑娘生了重病，找了神婆過來看，說是和三弟的八字犯沖才會這樣。」

「訂親之前不是要合八字的嗎？當時沒說犯沖，現在又說犯沖，這不是變相的說三弟剋妻嗎？」雖說陳蕾對趙明心沒什麼好感，但也不是那種會跟著幸災樂禍的性子，還是頗為三弟感到不平的。

趙明軒搖搖頭，說：「八字是趙李氏去合的，王家不會知道。」

「那現在王家是怎麼個意思？」陳蕾問道。

趙明軒輕笑一聲，略是譏諷地說道：「人家說了來意後，那婆子就坐在地上撒潑打滾，我也懶得看就回來了。」

陳蕾的表情滿是古怪，這趙李氏真是……這麼大的事，光是坐在地上耍耍性子就能解決嗎？

畢竟不是一母所生的弟弟，陳蕾和趙明軒說完後，兩人也就不大在意了，沒想到隔天，趙老三卻找上門來。

趙老三一來，便自動地坐到了炕上，拿著煙桿子抽了兩口，然後嘆著氣，一臉愁容地問道：「老二，你手頭可是有銀子？」

趙明軒一挑眉，看著趙老三沒說話，趙老三又絮絮叨叨地說了好些話。

聽完趙老三的話，陳蕾總結了一下，就是趙李氏這次的撒潑打滾依舊沒什麼效果，人家放了話，要不出錢給那姑娘治病，要不就退婚；若是人家姑娘被趙明心剋死了，別說要拿回下聘的錢，女方家還要上門來討命。

趙家這門婚事鐵定不能退，姑娘的病也一定要治，否則那姑娘若真的在沒成親前就歸西了，趙明心這頂剋妻的帽子便是穩穩地扣在腦子上。

陳蕾咋舌，訂了親還能惹上這種麻煩，以後她家的孩子絕不能這麼早訂親，阿薇他們也是！

趙老三說得口乾舌燥，看著兩口子不說話，火氣便上來了。「現在家裡沒錢，你們兩口子看看，是不是拿一點出來！」

趙明軒氣極反笑。「我一個當小兵的，手裡能攢多少錢，又是蓋房子買地，又是娶媳婦兒的，你還指望我能出多少銀子？」

當初趙明軒成親送聘禮的時候，村裡人都有看到，趙李氏更是在趙老三耳邊吹了不少枕邊風，說老二有錢卻不給他們用。

趙老三兩口子去年給小兒子訂親，就花了家裡大半銀子，今年又是買房、又是分家，兩口子手裡的錢也沒剩多少，趙老三一直覺得二兒子有錢，這次才想到過來要點。

現在一聽二兒子說沒錢，趙老三懵了，瞪大眼睛看著趙明軒說：「你沒錢的話，當初還給那麼多聘禮？」

陳蕾聽了直翻白眼，這公公真是……

趙老三覺得二兒子太傻了，把錢都給了陳家，自己沒留，心裡頓時對陳蕾怨懟不少，看著陳蕾說：「阿軒他媳婦兒，這次妳幫著拿點錢出來。」

陳蕾聽了也沒給回應，低下頭不看趙老三。

「呵，咱們趙家竟落魄到要打兒媳婦嫁妝的主意是嗎？」趙明軒譏諷地說道。

趙老三老臉一紅，因臉黑倒是看不出來。「先幫你三弟解決了，有了錢就還你們。」

陳蕾略有懷疑地偷瞄著趙老三，怎麼看都不像會還的樣子。

「家裡的錢都是三弟他娘管著的吧？怎麼不跟她要去！」

趙老三看著二兒子那輕視的表情，有些惱怒地說：「我不過是來借點銀錢，你就推三阻四的，我問你，你是不是打算看著你三弟出事？」

趙明軒只是面無表情地說：「既然是三弟的事，就讓他自己過來跟我借這個錢，空口無憑，他來正好立個借據，別到時候給我坐地上撒潑耍賴。」

趙老三氣得盯著二兒子好一會兒，最後頗力不從心地說：「好，我讓你三弟過來給你立借據。」

說完趙老三也不願再待下去，大步流星地回了家。回家就被趙李氏追問，得知要自家兒子親自去借，還要立借據，她哪裡願意，好一番胡鬧後，趙老三也急了，大有不願再管的意思，趙李氏這才老實，讓趙明心過去借錢。

趙雲萱跟著趙明心一起來到二哥家中，多少牽制一下趙明心，不讓這小子又犯傻。等趙明心立好借據，趙明軒便讓陳蕾收好，又說了趙明心兩句，他們兄妹倆才離開，從頭到尾趙明心也沒敢說什麼。

王家那邊拿了銀子給女兒看病，還找神婆破了下和趙明心的八字，沒幾日病情倒真好轉了。看著女兒的病情好轉，王家更咬死了說他家姑娘的病就是趙明心剋的，又說錢已經花光了，話外話就是還要錢。

趙李氏被氣到不行，卻也只能應了王家的要求。

趙明心又垂頭喪氣地到趙明軒家借了二兩銀子，前前後後總共借了四兩銀子，陳蕾是沒指望要回來，不過看了這麼些笑話，心裡倒是出了口氣。

若說她不計較阿薇被退婚的事，那是不可能的。當初陳家爹娘剛去世，趙李氏就迫不及待地訂了王家這門親，不就是為了要甩開阿薇，現在看他們因這門親事不好過，自然解氣。

話說回來，當初王家找過來，還特意帶著一群人，一看便知這王家不是好惹的。這王家媳婦兒都還沒娶回家呢，若是娶回來呢？

以她對趙李氏的瞭解，只要王家姑娘一進門，她肯定要折騰人家姑娘，若是脾性好的還好，可若是有點脾氣的，再看看人家娘家的氣勢，不知道又要弄出多少事來。這趙明心看起來又是隨了趙老三的性子，怕是個有了媳婦兒便忘了娘的。

嘖，趙李氏找來找去，倒是給自己找了個不錯的親家。

說來陳蕾確實猜中不少，這王家還真不是省油的燈，王家不知從哪得來消息，知道趙家老二趙明軒給媳婦兒的聘禮很是體面，想著同是趙家的兒媳，當初趙明心下小聘時，與趙明軒差距之大，著實讓他們王家沒面子。

王家姑娘也是個有心性的，因為這件事憋出了病來，王家也不想讓趙家快活，這不就趁著閨女病了找事，想著能挖多少錢出來是多少；又聽那趙家婆子是個潑辣的，王家為了閨女以後嫁了可以不用受氣，也有著打壓一下的想法。

由此可見，趙李氏以後的日子，絕對是熱鬧非凡。

第三十七章

去年大伯娘和三嬸，原本商量著要做鹹菜賺錢，因此入春後，陳蕾給了她們一些意見，兩人便決定到鎮上買些蔬菜種子，買的品項不多，就只是種些能做鹹菜的種子。

如今陳蕾在小作坊裡的商鋪開啟了不少東西，本想再開一些南方那邊的蔬菜種子，可想想還是算了，這村裡的老人各個都對種田有著無限的愛好，她一個啥都不懂的總弄出些稀罕物種也不好，還是直接開啟蔬菜水果算了。雖說貴，卻又不是常吃，只要自己勤快一些，這點錢還是賺得回來的。

說來今年開春早，入春後卻連一場春雨都沒下過，村裡不少人都在嘀咕，不是說瑞雪兆豐年，如今也該是下兩場春雨的時候才對。好在趙陳村有幾條小河流穿插著流過，不至於那般缺水。

然而再兩個月後，老天爺還是沒下過一次雨時，村裡的百姓心裡倍感不踏實。村長聚集了村民準備祭天，好在不是像陳蕾想的那般，找些童男、童女當祭品，不過就是家家戶戶都出些貢品，在村口草場處對天長拜，村長再說上幾句祭語就好了。拜完貢品還是要拿回家的，給家裡的孩子吃，據說會有福氣。

當村裡大的小的、老的少的村民都齊聚在村口時，很是壯觀，陳蕾雖說不迷信，卻也被眾人虔誠的信仰所感染。她本是覺得新奇，但不由得也想祈求上天，下兩場雨讓他們這些小老百姓能過個衣食無憂的日子。

這一天，當小霸王洛一鳴乘著馬車，停在趙明軒家門口時，有不少好奇的鄉親聚過來看熱鬧。

當洛一鳴下車時，明顯聽到村裡人吸氣的聲音，他尷尬地摸了摸鼻子，這壞名聲也真是挺煩人的！

村裡人只要去鎮上賣過東西，誰不認識這個地頭蛇的，看到小霸王進了趙明軒家的院子裡，村民才敢出聲嚷嚷，一半是好奇小霸王到這裡來幹麼，一半是好奇這小霸王該不會是來找趙明軒麻煩的吧？

住在附近的王嬸看到這情況，有些心急，剛想跟在身邊的陳家姑姑說些什麼，便看陳家姑姑早就帶著女兒回家去，還特意關上院門。

王嬸皺眉，覺得陳家姑姑的舉動有些冷漠，她趕忙去了阿薇家。

而陳蕾看到洛一鳴過來，先是愣了一下，隨後對他笑了笑，就回房裡去了，留洛一鳴和趙明軒在正堂聊天。

剛進房沒多久就聽見外面門開了的聲音，陳蕾出去一看發現是阿薇。

阿薇進來時正好看到坐在凳子上的小霸王，小霸王也看到了她。兩人對視一眼，阿薇忙瞥開目光，有些慌亂，站在原地不知所措。

陳蕾見阿薇有些局促，不禁好笑，看著阿薇已漸漸發育的身材，陳蕾無奈地搖搖頭，她家妹妹也快是大姑娘，知道害羞了。

阿薇看到陳蕾出來，才淡定不少，走到陳蕾身邊，一起進了房裡。

洛一鳴沒想到又會見到這個丫頭，看她慌亂的模樣倒是有趣，等阿薇走進房裡後，洛一鳴才收回視線，低頭喝了口茶。

進了房後，阿薇就問道：「姊，他怎麼來了？沒事吧？要不要我去叫大伯他們過來。」

陳蕾噗哧一笑。「那小霸王就帶著一個家丁過來，就算他要生事，妳姊夫也應付得過來，瞧妳這緊張樣。」

阿薇臉一紅，嗔怒地說：「不跟妳說，我要回去了，是王嬸看了小霸王過來還擔心著，才跑去告訴我，要我過來看看的。」

陳蕾笑著送阿薇出去後，回頭看小霸王正在喝茶，並沒有看過來，就直接又走進房裡去了。

小霸王待了一個時辰後，便起身告辭，也沒要留下吃午飯的意思。待人走後，陳蕾好奇地問道：「他來可是有什麼事？」

趙明軒點頭說：「洛家打聽到衙門可能會換掉縣城裡的鹽商，現在不少人家都在走關係，洛家也想插一腳。」

這時代的鹽都是衙門在掌控的，讓誰當鹽商的權力只有衙門才有。一個縣城連帶著周邊的小鎮，能有一個鹽商就算不錯了，鹽商自古以來便是暴利，人人搶著要當，可說是僧多粥少。

陳蕾挑眉。「洛家想要找你幫忙？」

趙明軒看著陳蕾眼裡的擔憂，笑道：「倒也沒什麼，這一點事也不是不能成，洛家說是四六分成，我說考慮、考慮。」

洛家拿了鹽商的資格，可就是搶了別人家的利益，縣城裡的世家關係錯綜複雜，有些人家的背後更是仰仗著京城裡的皇親國戚，趙明軒好不容易才退出來，陳蕾著實擔心因為這件事，他又被捲進去，便說：「鹽商自古以來便是上面的錢袋子，這中間牽扯甚多，今日幫了洛家，勢必惹了他家，既是能沾得上這鹽商的，想來在京城中都有些人脈，如今你好不容易出了那龍潭虎穴，可別再牽扯進去。」

趙明軒一笑，這事對他來說沒什麼，京城裡有兄弟幾人在，他拿個小縣城裡的鹽商也無大礙；可看出陳蕾眼裡的擔憂，趙明軒止住了這些話，他不想他家媳婦兒因為這個整天提心弔膽，略是寵溺地說：「媳婦兒說得有道理，這事以後再說吧。」

陳蕾這才放下心，鹽商這件事便也就此放下了。

陳家大堂哥和二堂哥經營了快半年的小商鋪總算回本了，才攢了點銀子，大伯娘就馬上送過來陳蕾這裡。

看著大伯娘手裡的十兩銀子，陳蕾哭笑不得，大伯娘實在是太可愛了；若是大堂哥掙的錢多，大伯娘定會把三十兩銀子全還上，可看到十兩銀子，陳蕾就知道這是大伯一家省吃儉用省出來的。

陳蕾現在不缺錢用，大伯娘實在不必這麼急著還錢，勸了好久，大伯娘硬是要先還一部分，陳蕾拗不過她，只得接了銀子。

之後陳蕾跟趙明軒說了這件事，趙明軒只是無奈地搖搖頭，望著窗外出神。過了快兩個月，那邊卻沒有一點要還錢的意思，同樣是親戚……趙明軒的眼裡閃過一絲冷意，不再繼續想下去了。

到了七月分，也不過下了三次雨，村裡的田全靠河水灌溉，一時怨聲連連，今年的收成肯定是不好了。陳家長輩嘆氣，他們村子是還好，其他村怕是今年交了稅，便都吃不飽了，更別提還有多的糧食可以賣錢。

陳蕾知道雨水對收成會有那麼大的影響後，一陣唏噓，這雨若是再不下，那豈不是要餓死人？農民靠天吃飯，遇上這樣的天候，也只能嘆氣。

因沒下雨，今年的蘑菇都沒幾朵，陳蕾想吃蘑菇，也只能從小作坊裡的商鋪買；而今年的山杏也不如去年的好，陳蕾都懶得採了。

自從有了白糖，古人的智慧無窮盡地研發出好多吃食，就連糖精也弄出來了，陳蕾不得不佩服，也因此她的奶糖和石頭糖的價格一路下滑，都沒有瓜子賣得好。陳蕾左右琢磨了一下，決定再弄個綠茶和話梅口味的瓜子賣賣看，等瓜子也過了熱度，再想想還要賣什麼，她現在手邊有了些錢，也開始犯懶了。

陳家大伯娘剛還了銀子不到半個月，就有了一件喜事，便是大堂哥的親事訂了，訂下的人家便是他們對面鋪子裡的姑娘。

訂了親後，大伯擺了一桌酒菜，把自家人都叫過去，打算一起熱鬧一下。

陳蕾和阿薇過去幫忙做飯時，就聽大伯娘在跟三嬸誇著自家未來的兒媳，什麼長得秀氣呀，看著就是聰明的，反正怎麼誇是怎麼好。

陳蕾和阿薇忍笑了半天，也替大伯一家高興，大堂哥的年紀在村裡也算是不小了的，若再不成親，也免不了村裡人成天說一些閒言閒語。

三嬸和阿薇在院子裡摘菜時，陳蕾拉著大伯娘嘀咕道：「大伯娘，大哥訂親時花了不少錢吧？」

大伯娘聽了欣慰地說：「妳大哥這親家可是不錯，也知道他剛開鋪子錢用得快，說了小聘隨意就好，我想著到時候大聘再多給一些。」

「呃，大伯娘妳要是錢不夠跟我說，我先給妳湊一點，咱們自家人慢慢還沒什麼的。」

大伯娘點點頭，笑著說道：「行吶，這個我知道。」說完看看周圍，確定兒子都不在，便湊到陳蕾的耳邊，低聲說：「我跟妳說，我之所以這次給的聘禮少，也是在試探那人家好不好，都說鎮上的人看不起咱們鄉下人，我若是歡歡喜喜地給了銀子，倒好像妳大哥娶不著媳婦兒似的，到時候被人壓在底下那可不行。」

當母親和當婆婆的看法反差就是如此之大，大伯娘雖然滿意未來兒媳，可到底也是要多想幾分，鎮上的姑娘嬌貴，嫁給村裡人多少會覺得自己高上幾分。在外人看來，大堂哥這麼大的年紀娶了鎮上的姑娘，那就是高攀，所以大伯娘是怕親家也有了這種想法，以後處處打壓著大堂哥。

陳蕾暗自琢磨一下，也是，婆家娶媳婦兒都要先壓個那麼一、兩下的，真的能遇到那種把妳當自家閨女看待的婆婆，是少之又少。陳蕾不禁慶幸，好在她上面沒有人這麼壓她。

酒席上，大家恭喜完大堂哥後，就把矛頭指向二堂哥，打趣地問他何時要成親，二堂哥被問得滿臉通紅，一場酒席下來很是熱鬧。因都是自家人，這次吃飯沒有男女分桌，陳蕾被這歡樂的氣氛感染，好是開心，不經意地看了趙明軒兩眼，卻捕捉到他眼底的失落。

陳蕾一時心疼，不由自主地伸出手，握住了身旁的人。趙明軒望過來時，陳蕾溫柔地對他笑著說：「你還有我。」

趙明軒冷硬的面容瞬間瓦解，也對著陳蕾笑了，陳蕾這才放下心來。

親愛的，我沒辦法彌補你失去親情的痛，但是我可以用我這輩子的愛情來陪伴你。

第三十八章

陳蕾又繡完一幅雙面繡屏風後，老天爺也沒有一絲要下雨的意思。因趙陳村水源豐富，家家戶戶院中幾乎都挖了一口水井，夏季炎炎，水井的水位都下降不少，陳蕾此時才意識到事情的嚴重性。

跟趙明軒商量了一下，兩人打算去鎮上買點糧食，雖說他們小倆口不愁吃，可阿薇他們幾個孩子都是長身子的時候，尤其是小松和阿言兩個孩子要習武上學，腦力、體力都不斷地在消耗，更是能吃。陳蕾最怕的就是今年收成不好，往後想要買糧食都買不到，所以趁現在趕忙去買些糧食。

陳蕾既然擔心年後糧食不夠吃，自然也要去大伯家提個醒，她倒是來得巧，三叔和小姑一家也都在大伯家。

陳蕾逐個打過招呼後，大伯娘才關心地問道：「阿蕾可是有事？」

「也沒什麼事，這不就是看家裡的井水都下降了不少，怕這田地還會繼續旱下去，大伯你們要不要提前買點糧食？否則一到秋後，恐怕就買不到了。」

古代雖說交通不發達，卻也有運糧的商人，專門從收成好的地方，把糧食運到收成不好的地方，從中賺取利益，倒不至於讓人買不到糧食，可就是價錢會貴上一些。

大伯和三叔聽了陳蕾的話神色凝重，三叔心裡沒了主意，看著自家大哥是什麼想法。

大伯想了想，說道：「阿蕾說得也沒錯，前陣子老張家的回了娘家，說村裡喝水都有問題了，更別說糧食。咱們村現在看著還好，要是再不下雨，怕也是頂不住，估計秋後這收成肯定是不行，還不如提前買點糧食屯著；若是收成好了，看那幾個村子的情況，咱們這糧食也還賣得出去，收成不好正好留著自家吃。」

陳家大伯這麼一發話，也就是說要買糧食了。不過村裡人最喜歡一股腦兒地跟風，你家買了糧食他們也一窩蜂地去買，那倒也沒什麼，就怕有那種看你家有了糧食，自己家不買，想著若是自己家沒糧食了，再去誰家借借，來年有了收成再還回去，不說這中間的價差，真到了沒糧食的時候，誰還敢往外借，借了這家，之後換那家過來借怎麼辦？

大伯想著這件事還是隱秘進行得好，因陳蕾家有馬車，他抽了兩口煙說道：「阿蕾，我和妳三叔拿些銀子給妳，妳就按著如今的價格全買了糧食吧！孩子她姑姑，妳買不買？」

三叔因為農活不忙，也去了鎮上幹活，有陳家大堂哥幫忙找活兒，又能順便看著他，三嬸也放心。三叔原本就勤快，人家老闆也是好人，每次給的工錢都多了一些，三叔這半年下來也攢了不少錢。

姑姑原本就有在做做繡活什麼的，後來小月常去阿薇那裡，學了不少打絡子的編法，回去就教會了自家娘親，靠著打絡子，姑姑也攢了點銀錢，這事陳家人都是知道的。

眾人都看向陳家姑姑，姑姑表情尷尬地說：「大哥，我就先不買了。」她是覺得賺錢不容易，如今女兒大了，是到了該攢嫁妝的時候，又琢磨一下，家裡種的糧食應該也夠她們娘兒倆吃，她餓餓肚子，也能挺到明年的。

大伯點了點頭，也沒多說，等人都散了以後，大伯才跟大伯娘說道：「孩子他娘，家裡還有多少銀子？」

「不多了，就剩兩、三塊碎銀子。」

大伯敲了敲煙桿子，嘆著氣說：「一會兒妳把銀子都讓阿蕾拿去，我這小妹就是糊塗，在這節骨眼上便是把錢都拿來買糧食，就算將來糧食夠吃了，也能賣個好價錢，不夠吃的話，要是餓出病來了，就她手裡的那點銀子，連看病都不夠。」

大伯娘聽了皺眉，也沒轍，這小姑好歹是自己拉拔大的，雖說現在離了心，可到底是不想看她們娘兒倆過苦日子。自家老頭子是老大，弟弟、妹妹家有了難處，老大就得操心。她嘆口氣，起身去拿銀子，揣好就往陳蕾那去了。

陳蕾也是個機靈的，看大伯娘又拿了銀子出來，就知道這些銀子是要幫小姑買糧食的。嘆口氣，她這小姑也真是的，這時候還犯糊塗。

第二天陳蕾和趙明軒便去了鎮上，陳蕾去繡鋪賣屏風，趙明軒則載著瓜子準備去香品軒和大堂哥家的鋪子，因為陳蕾已經成親，還是要避一下嫌，現在香品軒那邊，基本上都是趙明軒去的。

到了繡鋪時，老闆娘看她又送來雙面繡，眼底有了些許的探究，陳蕾也不說什麼。張家的事跟老闆娘畢竟沒什麼關係，她無論去哪家賣雙面繡，結果都是會遇到張家這種事的。

老闆娘是個聰明的，有些事不用太追究，她一樣對陳蕾和和氣氣的，也沒多什麼嘴，就是閒聊著張家長、李家短的。陳蕾如今已習慣老闆娘的多話，倒也不在意。

因為有些人家許諾過價錢，老闆娘說了誰家什麼價格，讓陳蕾自己挑。陳蕾想了想，自是要賣給價格開得最高的人家，五百兩銀子！

老闆娘笑著點點頭，她依舊是從中收取一成的利益。

不過這次的銀子，同樣要等老闆娘把屏風送過去才能拿回來。陳蕾也不急，出了繡鋪便去大堂哥那裡，想著看能不能順便見到大堂哥未來的媳婦兒。

跟陳家大堂哥訂親的人家是開布店的，他家女兒偶爾也會出來接待女客，都是女人，聊起天來也方便一些。好在她嘴巧，長得又水靈，布疋襯著她的膚色很是亮眼，因此也賣出不少布疋。

陳蕾進了大堂哥家鋪子的時候，趙明軒也正好趕了過來。對面的姑娘看著陳蕾進了鋪子沒有買東西，就聊起天來，機警地看了兩眼，正好陳蕾也望了過去，兩人對視一下，陳蕾就知道應該是這姑娘了。

衝著對面的姑娘笑了笑，她繼續問大堂哥道：「怎麼，現在糧食漲價漲得厲害了？」

「我還想著過兩天要回家跟你們商量一下，是不是趕緊買些糧食回去，聽不少人說，許多村裡的麥子都已經枯死了。」

陳蕾驚訝，沒想到旱情這麼嚴重，忙說道：「我們這次過來，就是要買糧食的，大堂哥在鎮上可有認識的掌櫃，能賣個差不多的價錢？」

陳家大堂哥點頭，說是最近特意結交了不少糧鋪的掌櫃，雖說不會便宜到哪去，但可以買多少算多少。

其實陳蕾小作坊裡的商鋪，就可以買到米和麵粉，可自家有多少收成別人不知道，陳家長輩怎麼會不知道？若真的鬧災荒，陳蕾又沒買糧食，弟弟、妹妹卻都有吃的，多少都會讓人懷疑，再說商鋪裡的糧食都比現實的貴一些，能節省還是要節省些。

果然糧食漲得飛快，麵粉由原來的十文錢一斤，漲到二十文錢，而米由原來的二十文錢漲到了四十文錢，完全是雙倍的在漲。

靠著陳家大堂哥交涉，麵粉也不過降了四文錢，米降了十文錢，因為米在北方還是比較少人要吃的糧食，這一會兒也都是買麵粉的人比較多，買米的人家少之又少，所以才降得多一些。

陳蕾要了兩百斤的米，又問了不少雜糧的價格，也都是雙倍地漲，最後麵粉加上雜糧就買了將近五百斤。

把糧食都搬到馬車上，陳蕾也沒地方坐了，乾脆跟著趙明軒坐在駕馬的位置。回村後，分糧食不能在白天分，陳蕾和大伯、三叔算好誰家是多少糧食後，趁半夜天黑的時候，偷偷地運到各自的家中，活像在做賊似的，讓陳蕾哭笑不得。

然而讓陳蕾沒想到的是，災情遠比想像中的還要嚴重。

隔壁村子竟然發生了蝗災。

蝗災就是一波接一波的蝗蟲如入無人之境，只要是蝗蟲所到之處，所有的莊稼全都會被吃得一乾二淨，牠們吃完還會在土壤裡留下蟲卵，若是弄不好，這片地近兩年都無法耕種；然而更糟的是，蝗蟲會移動，一旦一個村子發生蝗災，附近的村子也全都跑不掉。

聽到消息時，趙陳村的村民們都人心惶惶，全家下田捉蟲，有的更是去山裡捉了鳥和鷹，打算養著來抓蟲。在這個沒有農藥的時代，老百姓只能用最笨拙、最原始的方法去保護自家的田地。

這一年似乎真的有如被神靈降罰一般，邊境的瘟疫、北邊的乾旱，又發生了蝗災，甚至有的村子裡已經無水可喝，一時流民四竄，趙陳村裡時不時的就會來一、兩個流民。

有的人家心善，施捨他們一口飯吃，不想這些流民得了好處，大有賴著不走的意思，一時讓村民原本有些憐憫的情分，也轉成了厭惡。

趙陳村雖沒被蝗災牽連太多，收成卻不理想，這些流民若是都聚集在村裡，那便成了隱患。人餓了，可是什麼事都能做得出來。

陳蕾自從看到越來越多的陌生人在趙陳村閒逛，心裡就隱隱地感覺不安，她怕這些流民為了找食物，晚上說不定就爬到誰家去。陳蕾擔憂阿薇他們，想了想不放心，便讓阿言和弟弟、妹妹們都搬過來一起住。

一開始阿薇還有點不情願，可是看著外面一個個臉色猙獰的流民，心裡也怕了。有趙明軒在，陳蕾感到踏實一些，阿薇和小松他們自然也是這樣認為，因此在小松勸了阿薇幾句之後，阿薇便點頭答應了。

家裡什麼都有，陳蕾讓他們只把衣服跟被褥搬過來就好。陳家長輩知道陳蕾把阿薇姊弟幾人接回去住，也放心不少，不然陳家大伯原本還想把幾個孩子接過去住呢！

流民的情況再這樣下去肯定會有危險，因此村長打算召集村民開始驅趕流民，並安排晚上巡邏的人，以避免流民的騷擾。

還沒等這事商量出來，老天爺終於下起了傾盆大雨。因為是夏天，流民隨便找個地方就睡，下起大雨，他們反倒沒了去處。流民大多也是從離趙陳村不遠處的村子來的，如今下起雨，讓他們反倒有了希望，最起碼不用擔心沒水喝，便都紛紛跑回家，拿著鍋碗瓢盆接起水來。

其實趙陳村附近的幾個村也沒受到蝗災多大的影響，多半是因為他們村裡沒有河流，很少人的家裡可以挖得出井水，別說要灌溉田地了，連喝水都是個問題。再加上臨近秋收，許多人家的糧食都是只夠到秋收前吃，沒想到乾旱來得這麼突然，再加上蝗災，一時幾乎讓所有人都絕望了。

如今鎮上的糧食已貴如金，他們除了選擇當流民別無他法，然而一場雨水的到來，讓眾人又燃起希望，紛紛跑回了自己的村裡，等待奇蹟的降臨。

一場雨水解決了趙陳村的流民危機，村長直感謝老天爺，然而，趙明軒和陳蕾卻不看好前景，麥子該枯死的已經枯死了，除了一些耐旱的農作物還有機會挽救，許多災民終究還是要餓肚子的。

陳蕾不瞭解農民，她不知道農民只要能看到一絲希望，都不願意放棄自家的田地。下了兩天兩夜的雨，終於有漸停的趨勢，趙陳村的村民估計這個冬天還能吃個半飽，可鄰近村子的情況卻不大好，更不要說那些受蝗災影響更大的村子了。

照這樣看來，即便鄰近村子的村民不當流民，那些從更遠的地方走過來的流民，他們都已經餓得沒有理智，定會搶奪糧食。其他幾個村子禁不起他們的搶奪，到最後，難保不會一致看準趙陳村，那時候趙陳村就是一塊肥肉，這是陳蕾和趙明軒得出來的結論。

好在村長並沒有安於現狀，顯然也想到以後可能會發生的事。

俗話說靠山吃山、靠海吃海，無論乾旱多嚴重，山裡仍有著不少豐富的資源。趙明軒沒事就上山打獵，趙陳村裡的人多多少少都是知道的，但大家也都知道山裡危險，因此沒那個膽子學趙明軒進到山裡去。

如今村長面臨村裡的大危機，不得不冒險帶著村民進到山裡去找食物，這時候也只能求助於最有打獵經驗的趙明軒了。

當村長來到陳蕾家時，陳蕾還覺得稀奇呢！她一年都見不到幾次村長的臉，笑著給村長和自家相公沏壺茶後，她就進房裡去了。

陳蕾在村長的印象裡，一直是個凶悍的小丫頭，看到陳蕾時，村長還暗自嘀咕著，這陳家的大丫頭就得嫁給像趙明軒這樣從過軍的，不然誰能壓得住她。

村長喝口茶，告訴趙明軒自己的來意。他是想讓趙明軒帶著大家進山，山裡野果子多，還能獵捕一些野獸，然後趁著天氣熱做一些肉乾，雖說野物的肉不好吃，可是只要能止餓，怎麼樣都是好的。

趙明軒答應了，又跟村長商量著不如把左右兩個村的人也召集起來，人多力量大，到了山裡頭也好有個照應；但前提是他們要答應，以後若遇事必須和趙陳村齊心合力，一致把槍口對外才行。

村長也是有相同想法，談好以後就走了。

待村長離開後，趙明軒把村長的想法講給陳蕾聽，她點點頭。這就相當於趙明軒投入技術，其他兩個村子和趙陳村聯盟，她這會兒倒是佩服起村長的長遠目光來，只是擔心趙明軒進了山裡後會不會有危險。

趙明軒安撫著陳蕾，讓她不必擔憂，陳蕾也只能暫且相信了，好在一起去山裡的人多，況且以趙明軒的本事，出事的機率也是小的。

沒幾天後，趙陳村和隔壁兩個村子裡的年輕小夥子，都跟著趙明軒進了山。

凡是遇到能吃的，全都無一倖免地被採回來，平均分配好後，也沒什麼口角發生，許是趙明軒有著個人魅力，跟他相處越久，大夥兒越是聽他的話，最後在分配問題上，也都是由他作主。

畢竟是要蒐集讓三個村子得以過冬的糧食，大夥兒最後的目標還是指向野物，趙明軒帶著眾人開始獵殺起野物。

每天看著眾人帶回來一袋又一袋的野物，各個臉上都是希望，全村人都聚集在村口分配著野果子和野物，好是熱鬧。

因村裡人不會處理野物，所以吃起來都有股酸臭味，陳蕾告訴他們把肉放水裡泡出血水後再烹調比較好，村裡人照著做，確實是好了一些，直誇陳蕾心思靈巧。

陳蕾這邊則有著小作坊出品專門處理野味的配方藥水，只要加一點在水裡，再把肉放進水中泡到出血水，這樣吃的時候絕對不會再有那股酸臭味，反而能恰到好處地把野味獨特的勁道和鮮美完全釋放出來。

野味大多做成了肉乾，兩斤肉要是能曬出一斤肉乾就很不錯了。趙陳村因為良田的收成比其他村子好，所以打來的野味大多是分給了隔壁的兩個村子。

就這樣，三個村子相處得跟一個村子似的，村長也放下了一半的心。

秋收後若交了稅，家家戶戶估算著是挺不過未來的一年，好在天子是明君，給北方這邊減免了糧稅，讓百姓們紛紛磕頭感恩，直誇皇上聖明。

忙完秋收，村民們更是卯足了勁地去山裡，看著趙明軒黑了不少的面孔，陳蕾有些心疼，可這會兒卻不能讓他退出，他還必須帶領著村民們。陳蕾只能變著法子給趙明軒做一些好吃的補補身體，然而，到了晚上她就後悔了。

入冬沒多久的一個夜裡，一聲聲的拍門聲驚醒了陳蕾，陳蕾嚇得坐起來，馬上就被趙明軒伸手抱住，安撫地摸著後背。「別怕，聽著像是大哥的聲音。」

阿薇和小松他們也被吵醒了，紛紛穿著衣服跑出來看是怎麼回事。小松跟阿言人小膽大，先衝了出去，發現是趙家大哥，便開了門。

趙明軒也正好走出來，只見大哥慌慌張張地說：「你嫂子要生了。」

陳蕾在房裡聽到了趙家大哥說的話，一臉無奈，媳婦兒要生了為何不去找接生婆呢？這不是耽誤事嗎！

趙家大哥眼前一群男丁完全都傻住了，心想趙家大嫂應該還有一個月才會生的。

陳蕾大喊了一句。「快去王嬸家敲門。」然後俐落地穿上衣服。

屋外人聽見陳蕾的喊叫聲，這才反應過來，小松和阿言反應快，一溜煙地就跑去王嬸家敲門，好在王嬸住得近，要是離得遠，趙家大嫂可有得受的。

這一夜注定不能平靜，趙家大嫂是頭胎，又生得匆忙，一家子忙得亂七八糟的，折騰到天亮孩子才出來，是個胖小子。

趙家大嫂這才鬆了一口氣，虛弱地笑了。

陳蕾也替趙家大嫂高興，在這古代，趙家大哥是家中的老大，他們兩口子結婚這麼多年都沒個娃兒，日子已經很難過了，若這胎又是個女娃，不知道趙李氏又會掀起什麼波瀾，趙家大嫂在月子裡肯定也消停不了。

其實在趙明軒成親的時候，趙家大嫂就急了，這長子、長孫要是落到老二家，她可是會被笑話的，如今聽見是個兒子，一顆心也算是放下來了。

等收拾妥當，王嬸便抱著孩子出來給趙家大哥看，知道是兒子，趙家大哥的嘴笑得都合不上了。

村裡有抱孫不抱子一說，王嬸怕他太過高興，不分輕重地想要抱孩子，就只給看了一眼，便把孩子抱回房了，趙家大哥只能可憐兮兮地看著王嬸走進去。

趙明軒沒好氣地說：「還不去你岳父家報喜去。」說實在，他心中還是有點羨慕的。

趙家大哥這才反應過來，讓趙明軒借他馬車，他好去接岳父、岳母過來。自家兄弟也不計較這個，趙明軒便領著他回家取馬車去了。

第三十九章

陳蕾趕忙拿出銀錢分給屋裡的嬸子們，王嬸自然多給了一些，幾位幫忙的嬸子都是高高興興地接過去，這銀錢可是沾喜氣的。

王嬸拿了個罈子把胎盤放進去，又拿個碗扣上，去到門後挖坑埋好後說：「這以後定是能光宗耀祖的。」

陳蕾這才知道村裡還有這麼一個習俗，雖說是迷信，但怎麼說也是個好兆頭。

忙了大半宿，陳蕾也睏了，可大嫂娘家人還沒來，她不能扔下大嫂一個人。

陳蕾強撐起精神燒水做飯，趙明軒在一旁幫著她，看著媳婦兒疲倦的小臉有些心疼。

不管怎麼說，趙老三是親爹，怎麼說也要報聲喜。趙李氏跟著過來時，在那裡得了便宜還賣乖地說：「怎麼不早點喊我們過來，害我都沒幫上忙，這左鄰右舍的今後還不知道會怎麼罵我呢！」

趙老三有了長孫，早已開心得不得了，對趙李氏不耐煩地說：「說這有的沒的幹啥？還不快點把我的乖孫子給我抱過來。」

趙老三還是頭一次在大家面前不給趙李氏面子，趙李氏一時有些驚訝，一張臉不禁脹得通紅。

陳蕾哪敢讓趙李氏去抱孩子，忙進屋抱孩子去了，好在王嬸臨走前特意教了她該怎麼抱孩子。

趙大嫂剛才就醒了，聽著趙李氏在外面吵吵嚷嚷，再聽到公公讓她進來抱孩子時，嚇得直盯著門口，一看是陳蕾進來，才鬆口氣。

陳蕾看出了她的擔憂，溫和地笑著。「放心吧，有我在呢！」

趙大嫂這才放心地點點頭。當陳蕾抱起小小軟軟的姪子時，一顆心都融化了。

當趙老三看到長孫時，表情有點窘迫，他這輩子沒抱過孩子，看著小小的孫子也不知道該如何下手，在一旁笑得合不攏嘴，直說孫子長得像自己。

趙李氏沒好氣地看著，突然笑著說：「老二家媳婦兒也累了一宿，把孩子給我抱吧！」

陳蕾一笑，對趙老三說：「爹，孩子也是剛睡著，先放回屋吧，別吵醒了，這屋外沒屋裡熱，別把孩子給弄出病了。」

趙老三一聽那可不得了了，趕忙說：「快把孩子抱進去，可別把我的孫子弄病了。」

雖說平時趙老三挺不招人待見的，現在卻是很可愛。

趙家大嫂的娘家並沒多遠，沒多久娘家的人就過來了，有了親娘在，趙家大嫂也不怕趙李氏再添什麼亂子，陳蕾和趙明軒也回去了。

回到家，阿薇早早地就做好飯，陳蕾和趙明軒吃了兩口就回屋補眠，陳蕾可說是一沾枕頭就睡著了。

俗話說隔輩親，陳蕾現在是真的信了，趙老三幾乎每天都要去老大家看看孫子，就看個一眼也滿意。一開始趙老三是空手去，接下來就慢慢地從家裡拿東西過去，趙李氏氣得差點沒量倒，她之所以在趙家這麼霸道，也都是趙老三給她撐腰，要她真的爬到趙老三頭上，她還沒那個膽量。

這麼一來，趙家大兒子和二兒子對趙老三的態度也好了不少，趙老三心裡更是舒服，有些後悔當初答應分家了，要不就隨時能見到孫子，那該多好。

因為孩子出生的不是時候，村民家裡糧食已經少得可憐，左鄰右舍拿出來的東西也都是意思、意思，趙家大嫂自然不會挑剔這個。

只是孩子洗三的時候比以往簡單多了，趙老三直嘆氣，在那嘀咕著說可憐他大孫子了，還去勸大兒媳別往心裡去，這孩子是先苦後甜的命。

趙家大嫂聽了這句話，感動得不行，這才真心實意地叫了聲爹，陳蕾也算是見識到「母憑子貴」的這個說法了。

陳蕾摸了摸鼻子，要是真的在古代隨便嫁了個人，說不定她現在也是在拚兒子的行列之中。

不管怎麼說，趙家大嫂如今是真的在趙家站穩腳跟，只要趙老三一直稀罕著他的大孫子，趙李氏就甭想再爬到趙家大兒媳的頭上。

於此同時，村裡又開始說趙李氏如今分了家真是一點舊情也不念，人家老大媳婦兒當初是怎麼待她的，人家生孩子的時候竟然連面都不露一下，可真是絕情。趙李氏被這些流言蜚語氣得在家直嚷嚷。

因趙家老大新添了孩子，大人、小孩都是補身體的時候，不過才分了家，又修了屋子，趙家大哥兩口子本來就沒什麼錢，一直指望著秋收後，沒想到卻碰到了旱災。

趙老三那裡雖說不時的拿點東西過來，可他拿的也有限，家裡還有老婆、孩子要養呢，再喜歡孫子也不能不過日子，趙家大嫂娘家村裡今年也是強撐著，幫不上什麼忙。

陳蕾心裡自然知道大家今年都不好過，便讓趙明軒從家裡拿一些米和麵粉送過去。因為是頭胎，趙家大嫂的奶水不怎麼夠，陳蕾的小作坊裡出產的奶粉，營養倒是能替代母乳，想了想還是送一些過去，至於要怎麼解釋奶粉是從哪裡來的，全推到趙明軒身上就是了。

女人坐月子最是需要好好調養的時候，陳蕾沒有親娘，以後生孩子誰能保證在月子裡可以一直照顧妳，多結善緣總是好的。

陳蕾也沒看錯趙家大嫂，得知陳蕾過來還拿了不少東西，趙家大嫂感激地抓住陳蕾的手說：「弟妹，妳的情大嫂會一直記著的。」

陳蕾撇嘴一笑說：「大嫂可別會錯意了，這東西可是我帶給我大姪子的，我以後還打算讓他把我當半個娘看待呢！」

趙家大嫂聽了一樂，也沒再說什麼，有些事放在心裡就好，說太明反倒顯得生疏了。

「木頭，過來看看你二嬸。」

如今小孩子已經長得水靈靈的了，那黑葡萄似的小眼睛天真懵懂地看著陳蕾，讓她的心都被看化了。陳蕾順手接過小木頭，開心得不得了。

趙家大嫂看她這般喜歡小孩子，在一旁笑著打趣道：「這麼喜歡孩子，怎麼不趕緊生一個？」

陳蕾一邊逗小木頭，一邊說道：「可不急，怎麼也要等小木頭長大了，能幫二嬸帶孩子才行，是不是？」

小木頭也不明白，只知道瞎樂。趙家大嫂無奈地搖頭，一說到孩子，弟妹總是這樣。

陳蕾又坐了一會兒才離開，趙家大嫂的娘親進來，就誇著趙明軒兩口子人很不錯，趙家大嫂也是連聲附和著。

一轉眼就入了冬。

每年冬天必來的舅舅又過來了，陳蕾看著舅舅、舅媽找上門，已經不覺得意外了，稀奇的是舅舅竟然帶了兩袋子的麵粉過來。

陳蕾表情古怪地看著舅舅和舅媽，這葫蘆裡賣的是什麼藥？

舅舅一來就開開心心地說道：「阿蕾怎麼把阿薇姊弟接過來了？我還特意給娃兒們帶了些麵粉過來。」

陳蕾想來想去也沒看懂，應付著說：「這年景不好，阿薇性子倔，我怕他們自己住，吃苦也不跟我說一聲，就接過來了。」

舅媽一拍腿，附和道：「就是！一起過日子也有個照應，現在外面可亂著呢！前陣子還聽說鎮上來了不少流民，那一個個的別提多嚇人了。」

陳蕾皺著眉頭。舅媽說得沒錯，鎮上還真有不少流民過來了，難保不會竄進他們村子裡搶糧食。

「阿蕾別聽妳舅媽嚇唬人，流民都在鎮上待著，挺安分的，那些個大戶人家有的心善，還會施施粥。」舅舅和氣地說。

「舅舅是剛去鎮上買糧食，回來路過我這不成？」陳蕾突然問道。

舅舅有些尷尬，撓了撓頭，對陳蕾說：「阿蕾，我跟妳說，鎮上現在的麵粉都漲到五十文錢一斤了。」

陳蕾略有些驚訝，已經漲成這個樣子了？應該是古代北方人愛吃麵食，覺得耐餓，所以麵粉一時也供不應求起來。

舅媽看自家的搓手搓了半天，也說不出話來，便對陳蕾說道：「阿蕾呀，不瞞妳說，妳舅舅今年賺了點錢，他年後就去南邊買糧食來著，今年秋收前正好賣了不少大米，妳舅舅想著咱們北邊的麵粉好，又把錢全買了麵粉打算賣到南邊去，沒想到卻遇上了旱災和蝗災，這麵粉也就留了下來。」

陳蕾聽了心中頗是讚賞，笑嘻嘻地說：「那舅媽和舅舅可是過來給我們送麵粉的？舅舅倒是運氣好，這次沒要借錢了吧？」舅舅和舅媽一時啞然無語，看著陳蕾張了張嘴。

舅媽一臉尷尬地說：「妳這丫頭還是不招人喜歡，這不年前我和妳舅舅向妳借了五兩銀子，妳看拿這兩袋麵粉頂了行不行？」

陳蕾看了看兩袋麵粉，不說有兩百斤，一百五十斤肯定是有了。陳蕾摸了摸鼻子，照這麼算，舅舅還虧了。

「舅舅、舅媽，你們這麵粉不會是壞了的吧？」陳蕾質疑地問道。

舅媽被氣得翻白眼，舅舅也有些生氣地說：「這孩子，就這麼想妳舅舅，要是不信，舅舅這就打開給妳看看，咱們看看！」

陳蕾搗嘴笑了笑，擺了擺手，對舅舅和舅媽說道：「舅舅、舅媽等一會兒，我去把借據拿給你們。」

待陳蕾拿借據回來時，看舅媽正在那裡和阿芙玩，見阿芙沒什麼不高興的樣子，也就不管了。

拿了借據，又取了幾塊差不多有二兩的碎銀子，遞給舅舅後說：「本來以為舅舅這次又是來給我添麻煩的，不過是外甥女想偏了，舅舅也別在意。按理說這些麵粉舅舅若是賣個十兩銀子沒準兒也賣得出去，就頂五兩銀子也算是念著情分了，外甥女也不能真的讓舅舅虧了。家裡剩沒多少銀子，舅舅把這二兩碎銀拿去，也別嫌少。」

舅舅也沒謙讓，收了借據和銀子，跟陳蕾說：「行了，我和妳舅媽要趕回去了，大冷天的，回去晚了天就黑了。」

陳蕾也沒留他們，送走舅舅和舅媽後，無奈地搖了搖頭，沒想到舅舅也會有變好的時候；不過她還真想檢查一下那麵粉有問題沒有，別到時候虧了，找誰討去？

待晚上吃完飯，趙明軒看著炕上的阿芙，笑著對陳蕾說：「什麼時候給阿芙做了小銀魚玩，我怎麼不知道？」

陳蕾覺得莫名其妙，回道：「我什麼時候給她做過那玩意兒，她還這麼小，給她銀子玩可不好。」

趙明軒和陳蕾對視一眼，莫名地看著阿芙，阿芙抓著一把小銀魚，弱弱地說：「舅媽給的，說是不讓跟阿姊說。」

陳蕾一愣，隨即故作生氣地說：「以後別人給的東西，一定要問過姊姊和哥哥們才可以收。」

阿芙抓著一把小銀魚點頭，可憐兮兮地說：「阿姊，我知道了。」

陳蕾嘆口氣，倒是趙明軒笑著說：「阿芙記住就行了，不用害怕。」

陳蕾瞪了趙明軒一眼，他這是越來越慣著阿芙了。

待阿芙睡著後，陳蕾在炕上收拾著，她找到一個荷包，一看做工就知道不是家裡的，掂了掂裡面有不少小銀魚，陳蕾有些哭笑不得，這荷包裡應該有快三兩的銀子。

陳蕾無奈地笑出聲，想不到舅舅、舅媽還挺可愛的。

誰也不是生來就沒心的，當初舅舅、舅媽都沒上進心，日子越過越差，以前還能靠著妹子接濟，可偏偏出事時，妹子不在了，這才一時犯了黑心。

舅舅當初回到家的時候，家裡真的是啥都沒有了，就連鍋碗瓢盆也全沒了，人在絕境時，若真有人能拉一把，還是會有那麼一點良心的。舅舅這一年南北來回運貨也吃了不少苦，可賺了錢心裡踏實，舅媽跟著他一起過日子，也有了盼頭。

舅舅雖說不是真的無私，卻也比以前好上許多，這讓陳蕾的心暖了不少。

再加上趙明軒後來又提道，鎮上如今已買不到糧食了，陳蕾這下子是真的把舅舅、舅媽又當成了親戚，不說能全心地接納，卻也不會再反感了。

舅舅送來糧食沒多久後，鎮上的鋪子好多家都關了門，香品軒也關了，陳蕾便暫時不送瓜子和糖果過去，沒過幾天，大堂哥和二堂哥也回來了。

一問才知鎮上現在有不少流民，不安全，他們這些賣吃食的小鋪都不大敢開了，主要是因為那流民盯著吃的，表情都分外猙獰，讓人看得心驚膽戰。

陳蕾聽了都皺眉，天候一天比一天冷，流民的問題再不解決，別說餓死，早晚也會凍死的，不由得嘆氣。

可憐流民是一回事，大家最害怕的卻是流民鬧事，所以大堂哥和二堂哥把手裡的貨賣得差不多就回來了，剩下的也是當回饋送給老客戶，不虧本又能賺個好名聲。

不知不覺一個月就過去了，不少人都會在年前串門子送禮，當然今年年景不好，各家都是串串門子，送不送禮就不一定了。

訂了親的親家怎麼說都是要去看看的，趙明心拿著一些紅糖雞蛋，去了王家，說來他這禮已經算是很不錯了。

進了王家後，趙明心也算有禮數，王家兩老熱情歡迎，未來姑爺來了，怎麼說都要弄一桌，表示重視。

王家款待了趙明心一頓酒席，席間王家的老爺子和兒子不斷地向未來姑爺敬酒，讓趙明心喝得暈乎乎的。

待趙明心從老丈人家回來時，一路上搖搖晃晃的，正好趙明軒看到他，便皺著眉頭去拉了他一把，發現趙明心已經醉得連人都不認識了，冰天雪地的還能回來，也是厲害。

把趙明心抬回趙老三家，趙李氏看著自家兒子喝成這樣，心疼地問：「這是喝了多少喲？兒子，你是咋回來的？」

趙明心一路上都跟趙明軒胡說八道的，趙明軒問他啥也不回答，沒想到聽了趙李氏問的，卻一下子坐了起來，很是興奮地說：「我飛回來的。」

趙老三聽了後，臉就黑了，趙明軒臉色古怪地說要回去了，一出院子就笑出來，回去跟陳蕾就把這事說了，讓陳蕾也笑到不行。

等笑完後，陳蕾才疑惑地說道：「王家怎麼把三弟灌成那樣？還就這麼讓他回來，這冰天雪地的，睡在半路上可不是要出事了！」

趙明軒也點點頭。「我看那王家也不是什麼好東西。」

陳蕾無奈搖頭，若她是趙李氏，就衝著今天這事，這婚說什麼也是要退了的。沒想到趙李氏還沒找王家算帳，第二天王家就帶著幾個年輕小夥子過來了。

一進屋就問趙明心，可都還記得昨天的事。

趙明心喝得爛醉，早就記不清了，看著岳父板著一張臉，心想昨兒個不還好好的嗎？怎麼今天就像變了個人似的。

趙李氏欺軟怕硬，看著王家帶了不少人，也不敢吭聲，趙老三身為一家之主，自是要頂著的。

趙老三硬著頭皮問：「親家，可是發生了什麼事？」

王家老爺子冷哼了一聲，也不回答，劈頭就大罵趙明心。

後來眾人聽明白了，原來是王家好酒好肉的款待趙明心，沒想到他喝得開心了，沒個規矩，一心要衝到房裡去見王家姑娘。

王家的人那一會兒也喝得差不多了，一個沒注意，就讓他得逞了。趙明心還乘機親了王家姑娘一口，把王家姑娘嚇得一臉蒼白。

王家老娘氣到不行，趕緊叫人來把他攆了出去，顯然王家今天過來是要討個公道的。

趙老三和趙李氏聽得直愣，怎麼都覺得自家兒子沒那個膽。

第四十章

王家人說得頭頭是道，趙明心聽得一愣一愣的，他著實不記得這些了，連怎麼從王家出來的都沒有印象。

趙明心今早還在那懊惱著自己這般不知輕重地喝多了酒，怕給老丈人家留下什麼不好的印象，如今聽見自己昨日做的糊塗事，他什麼話都不敢說了。

趙老三和氣地說：「親家，都是孩子不懂事，等回頭我就收拾他。」

王家老爺子不說話，坐下來，沈吟了半晌，才開口說：「按理說我們兩家雖是訂了親，但孩子們都不該見面，如今你家小子親了咱家閨女，這事怎麼說也要負責的。」

趙老三點頭稱是。「該負責、該負責。」

「那你看怎麼個負責法？」王家老爺子追問道。

趙老三被問得一愣，兩個孩子的親事都訂下了，還要怎麼負責？

王家老爺子看著趙老三錯愕的表情，又正經八百地說道：「你們家小子占了這麼大的便宜，我們家也只能吃悶虧，我看這樣，年前挑個好日子，把兩個孩子的婚事辦了吧！」

「啥？年前？親家你也知道今年年景不好，現在家裡吃口飯都成問題，更別說要成親了，家裡的錢也都給你家閨女治病了，現在哪裡拿得出錢來成親。」趙李氏聽完王家老爺子說的話，馬上著急地說。

王家老爺子也不急。「依親家的意思，就是這事不成了？」

還沒等趙家人回話，王家跟來的人一個個露出凶神惡煞的表情，大有要鬧一場的氣勢。

趙李氏瞬間不敢再吭聲，趙老三也只能勉強答應下來。王家得了滿意的結果後，還放了話，說知道年景不好，大聘也不需要那些麻煩的聘禮，多拿些糧食就好。

趙老三這才看明白，王家這是想要糧食，順便把閨女嫁過來，家裡還能省一口飯。

待王家人撤了，趙老三指著趙李氏就罵道：「當初我說讓明心娶阿薇就好，妳偏不聽，這下可好，給我弄個什麼人家進來了？妳看著，這也就一開始，以後有得妳受的。」

趙李氏張了張嘴，一句話都說不出來，心裡也是委屈，後悔當初還不如讓兒子娶了那掃帚星，她姊姊也就嫁不過來，自家姪女若是嫁給了趙明軒，現在自己這日子還不是想怎麼過、就怎麼過。

事到如今，趙家也只能硬著頭皮準備婚事。

趙李氏氣得在炕上躺了好幾天，不說聘禮，就是要辦酒席，憑著今年這光景，誰家能拿得出禮金來，可以拿點東西過來就不錯了，顯然虧大了。

聽到趙老三要給趙明心辦親事的消息，陳蕾還一愣，這樣的年景是要辦什麼親事？後來才知道這其中的曲折，也是哭笑不得。

陳蕾想都不用想，就知道趙老三估計過兩天就會找上門來討錢用。她無奈地搖頭，不是同一個媽生的就是不一樣，成天不讓人省心，還得幫忙收拾爛攤子。

趙明傑如今添了孩子，自顧不暇，趙老三也沒那心思去找大兒子幫襯，最後還是厚著臉皮讓趙明心去了二兒子那裡。

趙明心一到二哥家，看見陳蕾的時候，面色有些古怪，暗自在心裡嘀咕著二嫂子還要謝謝自己呢，若不是他跟王家結了親，她也嫁不了二哥，這會兒也享不上什麼福，能吃飽穿暖就不錯了。

趙家人並不知道陳蕾會繡雙面繡的事，在村裡人看來陳蕾雖然會掙錢，可要養著弟弟、妹妹們，大多人都覺得她掙的錢在幾個孩子身上也花得差不多了；而趙明心和趙雲萱都以為二哥之所以會跟陳蕾成親，都是因為當時趙明心原本是和阿薇訂親的事曝了光，身為趙家人怕趙家悔婚弄臭了名聲，二哥才會豪氣地說是自己和陳蕾訂了親。

再看陳蕾把弟弟、妹妹們都接過來住，趙明心的眉頭皺得更深，心裡有些看不起陳蕾。都是趙家的媳婦兒了，還沒個自覺，她弟弟、妹妹們天天吃的糧食不都是我們趙家的，又想著自己來的目的，更是恨透了陳蕾，若是沒有她的弟弟、妹妹們，這些糧食沒準兒就能省下來給他當聘禮了。

陳蕾自小就很會察言觀色，看見趙明心進來後臉色就一直古怪著，視線又在她的弟妹們身上來回打轉，然後露出一臉噁心的樣子，陳蕾便猜出了個大概。她心裡冷笑，什麼時候一個外人也敢來自己家這般嫌棄她的家人了。

陳蕾對趙明心一出事就過來求助，感到很厭煩，看他今天這樣的神情，更是不想理會，她臉色不好地看向趙明軒，大有「是你弟弟，你給我好好處理」的意味在。

趙明軒趕忙用安撫的眼神看向陳蕾，心裡也不高興，這趙李氏的兒子還真當他是自己的親弟弟不成？

趙明軒冷淡地問：「你今天過來可有事？」

趙明心聽了趙明軒的話，也沒注意到他語氣裡的不悅，皺著眉就問道：「二嫂的弟弟、妹妹們怎麼還住在這裡？都快過年了，難不成還要住到年後不成。」

陳蕾聽了這話，氣極反笑，看了趙明心兩眼，沒有回話，轉頭就跟趙明軒說：「你這個弟弟可真是會做人，我也不打擾你們了。」說完就走了。

趙明心這下子更不高興了，二嫂這話是什麼意思？他突然覺得二哥會頂撞自己的娘親，或許也是這陳蕾挑唆的，當初還沒娶她，二哥在家的時候也挺好的。

「二哥，二嫂她……」

「我們家的事，還用不著你這個外人來插手。」趙明軒此時臉都黑了，若不是看在他跟自己還有那麼一絲血脈相連，早就忍不住把他扔出去了。

趙明心就是再傻，這下子也看出來二哥是生氣了。「二哥，二嫂長得是好看，可你不能因為這樣就被騙了去，這一起過日子可得……」

趙明軒已經不想廢話了，直接大步邁過去，拎著趙明心的衣領，就把人給拖了出去，拖到院子後直接扔出門外。

「以後再敢胡說八道，休想進這個門。」說完趙明軒就把院門重重地關上，還上了鎖。

趙明心一臉懵懂，還不清楚發生了什麼事。

正好村裡人路過，好事地跑過來問：「喲，阿心這是怎麼了，竟讓你二哥給扔出來了？」

趙明心這才回過神，看著村裡人一臉幸災樂禍的樣子，臉一紅，嚷嚷道：「看什麼看，我二哥都是被陳家那大姑娘給騙了，這陳家大姑娘嫁進來沒多久，就把我家攪得人心不合，還帶著弟弟、妹妹們一起過來吃我家、喝我家的，我呸！」說完就跑走了。

幾個村民看著趙明心的背影，不置可否，其中有個村民直接吐了口唾沫，說道：「我看這趙老三家的小兒子，一定又是過來要借錢什麼的，估計他二哥也是覺得煩了，沒順了他的心，這才罵人家媳婦兒，也不看看自己是個什麼玩意兒，就是有他那個娘在，趙家才被攪得雞犬不寧的。」

「可不是，聽說秋收前才去跟他二哥借了銀子呢！」

「話也不能這麼說，陳家幾個小的，確實是去了趙家二兒子家住沒錯。」

「你又不是不瞭解陳家，陳家人可勤快了，我看那幾個孩子今年也是種了地的，陳老大和陳老三也沒少幫襯著，還真能全吃了趙家的？再說當初娶陳家姑娘的時候，就該想到要幫忙養著人家的弟弟、妹妹們了。」

「也是。」

「瞧你們都操的什麼心，我聽說人家小倆口感情可好了，再說這小倆口秋收前是怎麼幫村裡的，大夥兒也都知道，我看他們都是心眼好的，不像趙老三那個媳婦兒，瞧瞧，好好一個兒子的親事被弄成這樣，你們聽說沒，那王家前兩天……」

村民們又開始嚼起舌根，但說來說去，前陣子大家都受到了趙明軒的幫助，也知道趙李氏跟她兒子的為人，因此心還是向著趙明軒兩口子的。

此時，陳蕾看到趙明軒把人扔了出去，心裡才算舒服一些，等趙明軒一進屋，就馬上開砲說：「你這弟弟怎麼回事？傻了不成？這是我家還他家？這般沒規矩！」

趙明軒摸了摸鼻子，這還是第一次看到自家媳婦兒生這麼大的氣。

「不管怎樣，今天我把話說在前頭，他若是想讓咱們家再幫他什麼，休想！」陳蕾說完，怒氣沖沖地撇過頭。

趙明軒笑著走到陳蕾身邊，捏著她的鼻子。「說了這麼多，最後一句才是重點吧！」

陳蕾嬌嗔地看著趙明軒，氣鼓著雙頰，就看趙明軒如何表態。

趙明軒一樂，也知道陳蕾的小心思。「跟了我這麼久，還不瞭解我嗎？他算個什麼東西，媳婦兒說不幫，我以後就啥也不幫。」

陳蕾這才滿意。「不是我說，這趙明心也太囂張了！他這樣瞧不起我，我若是還幫他，以後說不定他還覺得我幫他是應該的。」

趙明軒點了點頭。「放心，我讓他以後想進這個門，都要想清楚了。」

而趙明心這裡，一回到家就亂罵一通，說了不少渾話。

趙老三聽了直搖頭，怒道：「人家阿蕾要接弟弟、妹妹們一起住，關你什麼事？哪裡輪得到你這個做小叔的指手畫腳？」

趙李氏一聽不樂意了。「我兒子說的有錯了？她一個嫁了人的媳婦兒還把弟弟、妹妹們接過來住，也不怕被人笑話。」

趙老三看著母子倆，嘆了口氣，無奈地說：「我這個親爹都沒說什麼了，還輪得到你去挑毛病嗎？你是要去求你二哥幫忙的，可還記得？」

趙老三恨鐵不成鋼地看著自家小兒子，平時覺得小兒子還頗機靈的，但從這幾天他惹出的事看來，分明是個蠢的。

趙李氏一時反應過來，推了趙明心一下。「你二哥可說要幫你了？」

趙明心也知道自己這次把事情弄砸了，悶悶地說：「二哥被二嫂迷得跟什麼似的，我還沒說要幹麼呢，他就把我給扔出來了。娘，妳看看，我這胳膊都被摔得瘀青了。」

「啥？他敢摔你？」趙李氏聽見兒子被欺負了，立刻發作起來。

「好了，你們娘兒倆就繼續糊塗吧！這聘禮和婚事你們愛咋弄就咋弄，我是不管了，老二那我看你們是求不來了。哼！別指望我一個做爹的再厚著臉皮去求兒子，我可是丟不起這個臉。」趙老三自從上次在趙明軒那丟了臉後，說什麼也不想再來一次了。

趙李氏這才慌了。「孩子他爹……」

趙老三也不聽她說，下炕穿了鞋，就去大兒子家看孫子去了。他這次也是說到做到，除了吃飯的時間會回家去，其餘時間就是出門去看大孫子，讓趙李氏愁得頭髮都掉了一大把。

趙雲萱看著自家的情況，實在沒轍了，只好獨自一人去了二哥家。

陳蕾看到趙雲萱來了，也是好言好語地聊著，趙雲萱還是有些心思的，閒聊了一會兒後，便對陳蕾直接說道：「二嫂，我哥那天說了不好聽的話，妳別記著，他回家也知道錯了。」

陳蕾暗自嘀咕著，知道錯了怎不見人過來道歉呢？她對趙雲萱笑了笑。「小妹，來嚐嚐這瓜子，年前做了一批沒賣出去，只能放在家裡自己吃，這錢虧得可是心疼。」

趙雲萱被陳蕾岔開了話題，有些尷尬，僵硬地笑著說不吃。

陳蕾也放下小籮筐，對趙雲萱正經地說道：「小妹妳今天來的目的我也知道，嫂子也把話開門見山地說了，妳和妳哥跟我家相公，畢竟不是一母所生，就憑妳娘當年對妳二哥做的那些事，之前王家過來鬧事，我們當時大可以不幫妳哥。」

趙雲萱聽得臉色通紅，張了張嘴，一個字也說不出來。

陳蕾繼續說道：「上次借了妳哥四兩銀子，妳也是在場的，可有見二嫂眨過一下眼？妳哥不領情也就罷了，如今早已分了家，這家就只是我家，不是你們趙家，還由不得一個繼室所出的小叔過來指手畫腳。妳說三弟知道錯了，那怎麼不見他過來給我道個歉？」

陳蕾說完，便看著趙雲萱，大有等她回話的意思。

趙雲萱聽陳蕾這次說的話，可是一分情面都沒留，一時也不知道該如何回應。

陳蕾一笑。「小妹，今天看在爹和妳二哥的分上，我還當你們是弟弟、妹妹，可是想從我這裡再拿點什麼是不可能了，至於以後大家還能不能互相照應，這也要看以後了，我看你們還是去趙家長輩那裡，看看能不能讓他們幫點什麼忙吧！」

陳蕾說完，趙雲萱更是沒有一句話可說了，她臉色難堪地起身告辭，回家給趙明心好一番埋怨，還是趙李氏不樂意了，她才打住。

雖說過不管了，趙老三還真不能就這樣不管，眼看著離過年越來越近，趙老三沒辦法，只能帶著媳婦兒去自家兄弟那借點糧食和銀錢。

雖然趙老三的兄弟大多都看不起趙李氏，但是自家兄弟能幫忙的還是會幫一把，趙明心的聘禮這才算勉強湊上了。

兩家商定好良辰吉日後，把該準備的都準備了，就這麼把婚事辦了。

辦婚禮那天還頗熱鬧，村人都挺捧場的，再加上一堆親戚好友，人也是不少。

趙家大嫂剛生完孩子，沒那體力和心力去幫趙李氏辦酒席；陳蕾自然是沒過去幫忙，但也沒人說什麼閒話，畢竟當初趙明軒在趙家過的是什麼日子，全村的人都知道。

好在還有一些親戚幫忙，不然非累死趙李氏不可。

因年景不好，這酒席辦得很簡單，而來吃酒席的人也不過是送點東西意思、意思，因此也沒人嫌棄什麼。待人散去後，趙李氏在清點送來的那些禮時，直叫罵著誰家小子成親時她送了多少東西，如今拿回來就這麼一點。

趙老三看著趙李氏那般模樣，以前還不覺得有什麼，現在卻是越看越不順眼，也不理她，捶了捶腰，嚷道：「快鋪褥子，累了一天，趕緊歇息。」

趙李氏仍舊是邊嘟囔著，邊去炕上鋪褥子。

待第二天，新媳婦要敬茶認家人，趙家大兒子和二兒子怎麼也得過去一趟。進了屋，就看到那趙李氏哼哼唧唧，陳蕾懶得理她，看都不看一眼。

當新媳婦兒和趙明心過來敬茶時，陳蕾看這三弟妹長得像一朵花兒，身材嬌小，皮膚白嫩，眼裡滿是柔和，看上去就是個文靜的人。

一個人的第一印象尤為重要，這三弟妹給人的感覺很不錯。

趙李氏之前沒少受王家的折騰，這會兒把媳婦娶進門了，又是個看起來乖巧聽話的兒媳，她不欺負一下都難受，板著臉道：「怎麼現在才起來？」

三媳婦聽了反倒沒有懼怕，臉卻一下子羞紅了，嬌羞得低下頭。

陳蕾眼裡閃過一絲玩味，最有意思的是，人家小媳婦害羞也就罷了，趙明心聽了趙李氏的話，也跟著害羞起來，半笑半尷尬地站在那，場面十分詭異。

陳蕾著實忍不住，摀著嘴無聲地笑了。

他們這般羞澀，大家也都知道為什麼兩人會起得晚了，連趙雲萱一個姑娘家的都有些害羞與尷尬。
趙老三瞥了自家婆子一眼，心想這問的不是廢話嗎？一個做婆婆的問這個，也不嫌丟人。
趙李氏被小倆口弄得哭笑不得，心裡直冒火。
「小妹，快給妳三哥、三嫂端茶過來。」這時候趙家大嫂趕緊出聲打破尷尬的氣氛。
趙老三心裡頗滿意，大兒媳就是懂事，人也孝順，還給他們家生了個胖小子。
趙李氏在兒子敬茶時，好好地接過來喝了，兒媳端茶送過來時，她沒去接，只是看著兒媳，三媳婦立刻忐忑不安地看著趙明心。
「娘，妳怎麼不接茶，這一直跪著怪難受的。」趙明心有點埋怨地說道。
趙李氏瞪了兒子一眼，看兒媳知道怕了，才滿意地接過茶喝了一口，然後擺起婆婆譜。
「我不管妳以前是什麼人家，過得是什麼樣的日子，到了我們趙家，以後便是趙家的人了，要一心伺候公婆，照顧好妳男人，努力給我們趙家開枝散葉，娘家人和婆家人孰輕孰重，妳心裡也該有個數。」
三媳婦恭恭敬敬地點頭應道：「兒媳記下了，婆婆放心。」

第四十一章

有一種人的個性，就是你說什麼話我聽著，但不願意聽的也進不了我耳裡，跟這種人你若是想指桑罵槐，那完全是有勁沒處使，就像打在棉花上似的。

如今趙李氏就有這種感覺，她先後這樣刁難，也沒感覺兒媳對她有多懼怕，心裡頓時有些無力感。

他們小倆口敬完茶，也該認識、認識家裡人。

趙家大嫂溫和地上前挽著三弟妹的手，說道：「弟妹，我是妳大嫂，因剛生完孩子，身體一直不好，昨天太熱鬧了，我這身子實在受不住，沒過去幫忙，妳可別在意。」

三弟妹輕輕地笑著，有些嬌羞的樣子。「大嫂可要養好身子才是。」

趙家大嫂笑了開來。「來，給妳介紹，這是妳大哥，那是妳二哥和二嫂。」

「大哥，二哥、二嫂。」三弟妹溫溫柔柔地一一叫道。

趙家大嫂還是想和妯娌打好關係的，所以解釋了自己為何在他們大婚時沒出現，陳蕾卻是懶得解釋，早就撕破臉的，現在也沒必要解釋。

陳蕾只是跟三弟妹友好地笑一笑，三弟妹除了表情有些疑惑，倒也沒看出有什麼不高興的。

就這樣趙家三兒子也算是成了親、有媳婦兒的人了。

尋常百姓家，一天下來也沒什麼大事，日子雖平淡，卻過得有滋有味的。

轉眼沒多久又要過年了，陳蕾伸著手指頭數一數，就這麼在古代待了兩年，想想兩年來又是養弟妹們、又是成親的，人生呀，果然是變化無常。

正想著，就聽見院裡傳來王嫿的聲音。「阿蕾，在家不？」

陳蕾一聽像是王嫿，趕忙去開了門，看見真是王嫿便笑著說道：「王嫿，快進來，怎麼了？又不是外人，直接進來就是。」

王嫿點著頭笑道：「妳這孩子就是會說話。」

阿薇抱著阿芙也跟著走出來，兩家關係一直不錯，王嫿過來，阿薇也定是要出來聊聊天的。

王嫿看見阿薇抱著阿芙，對她們笑著說：「阿薇，抱著妳妹妹去別間房待著，我找妳姊有事，妳可聽不了。」說完就是一笑。

阿薇一愣，不是很情願地抱著阿芙離開了。阿芙伸長小脖子一個勁地往王嫿這裡看，那模樣逗趣極了。

「哎喲，阿芙都這麼大了，想當初還是小小的身子，現在可有分量了。」

陳蕾點頭附和。可不是，她現在都快抱不動阿芙了，轉眼間，她家最小的妹妹都長大了。

「對了，嬸子妳這次來可是有事？」

王嬸呵呵地笑著，別有深意地說道：「阿薇現在也不小了，妳可有什麼打算？」

陳蕾一愣，隨後就反應過來王嬸是什麼意思。

「嬸子可是過來說人家的？」陳蕾想著，總要先聽聽是誰家。

王嬸一笑，又說道：「說來妳也認識，都是咱們村的，雖然條件不大好，但那孩子卻是不錯的，踏實又勤奮，比阿薇大個幾歲，可是個會疼人的。」

陳蕾笑著說：「王嬸，咱們這麼好的關係，妳還在這跟我繞圈子。」

王嬸拍了下大腿。「我也真是的！說來，就是齊家那小子，我記得咱們去拿菜秧子時妳也看過，那孩子也是個能幹的，長得也不差，阿薇嫁過去定受不了委屈。」

陳蕾低頭沈思了一會兒，她記得齊家小子，可他上面有個寡婦娘，陳蕾不是歧視寡婦，但現實就是這樣，寡婦下面的兒媳不好當。人家母子倆相依為命多少年，中間突然多了這麼一個媳婦，磨合期總是要有的，若磨合不成，這日子可就難過了。

王嬸說來也不算是外人，陳蕾便直接說出了心中的疑慮。「嬸子，妳也知道齊嬸守寡這麼多年，最看重的怕就是兒子了，阿薇那脾氣妳又不是不知道，她不是個性子軟的，跟齊家小哥要是真在一起過日子，免不了會說個兩句，都在一個屋子裡過活，齊嬸看了還不得心疼？這時日一久，恐怕……」

王嬸暗自想了想，頗是懊惱地說：「瞧，妳齊嬸過來找我的時候，我光想著撮合兩人成就好事，卻沒想這麼多，人老了就是糊塗。阿蕾若覺得不行，嬸子替妳回了，這成親家都是一個願打、一個願挨的，嬸子知道。」

陳蕾笑了笑。「嬸子，我知道妳也是為了我們好，不然妳再讓我想想，這事若是一下子回絕了，那也傷人。」

王嬸有些安慰地點頭。「正是這個理，阿蕾再好好想想。」

王嬸又和陳蕾聊了一會兒才離開，送走王嬸後，陳蕾無奈地搖頭。

阿薇走過來問道：「王嬸來是有什麼事？」

王嬸不當著阿薇的面說，這是規矩，可誰家說親會完全不給閨女透個信的。阿薇只是陳蕾的妹妹，在婚事上，陳蕾還是要看她自己的想法。

「王嬸今兒個過來，是要給妳說親的。」

阿薇一聽滿臉通紅，陳蕾被逗得一樂。

「說的是齊寡婦家的兒子，我不是很看好，妳有什麼想法？」就算阿薇再害羞，該說的也是要說。

阿薇也不知道該說什麼，埋怨道：「妳是姊姊，自然妳作主就是了。」

陳蕾瞥了她一眼。我作主，妳嫁得不順心怎麼辦？真是個傻丫頭！

「嫁人的是妳，咱娘沒得早，妳就得自己琢磨、琢磨，依我看來，齊家這婚事著實不大好，自古以來寡婦的兒媳不好當，不是沒有道理的。」

阿薇雖害羞，可也知道是自己一輩子的事，陳蕾又沒取笑她的意思，她也慢慢沈思起來。自己的性子她自己知道，想了一會兒，也贊同地點頭。「這事就聽姊的。」

陳蕾點了點頭，阿薇有仔細想過就好，她最怕的就是，小姑娘一般都是看長相喜歡人，那會兒不過就只是喜歡，不像長大心思成熟了，會先去瞭解一個人，再付出真心。

陳蕾打趣道：「不再考慮、考慮？我看齊平長得不錯，別以後後悔了。」

阿薇一愣，不明白自家老姊是什麼意思，一會兒說不好，一會兒又要她再考慮、考慮，可一抬頭看見陳蕾打趣的眼神，馬上惱怒地說：「呸，做姊姊的還沒個姊姊樣。」然後就跑出去了。

自她穿越過來，對三個弟弟、妹妹，陳蕾最喜歡的便是阿芙，那可算是自己養大的孩子，自然疼在心尖上；而小松一向願意聽她的話，什麼事也都會問問她的意見，時日久了，她也就把小松當成親弟弟看待了。

然而，阿薇這個妹妹卻一直是倔強、疏離、從不願意過分依賴她的，因此對阿薇，她雖然一樣照顧，卻終究不如阿芙和小松那般，彼此間有著深厚的情誼。陳蕾心中不禁感嘆，她和阿薇以後的變數也許會是最大，這個長姊當得著實不易。

事後，陳蕾也跟大伯娘商量了一會兒。當初她不讓王嬸一口回絕，也是為了讓陳家長輩知道這件事，若是以後傳開來，發現陳蕾沒有問過長輩們的意見，總是不好的。

大伯娘一聽是齊家就不贊同，不是說齊寡婦人不好，可若是要當她兒媳的話就不好說了，這一輩子的事還是要慎重些。三嬸自然也是不同意，倒是大伯和三叔沒什麼反對，依他們看，齊家那個孩子不錯，這親事其實也可以考慮。陳蕾和大伯娘、三嬸都直接當作沒聽見大老爺們的意見。

又過了幾天，陳蕾就去王嬸那把這事給回了，王嬸不過是中間人，自然不會生氣，高高興興地應下了。

趙老三初得大孫子，那可是喜愛得不得了，雖說今年年景不好，孩子的滿月酒也就不宴客了；可趙老三卻放話，他大孫子滿月那天，必須全家人一起吃頓飯。

因是冬天，孩子來回折騰怕生病，一家人便聚在趙家大哥的家中，做飯自然是陳蕾和大嫂來做，也不用看那趙李氏的臉色，自己家的東西想怎麼用就怎麼用；倒是三弟妹懂事，一進屋就要過來幫忙，卻被趙明心拉住。

「讓大嫂和二嫂做就是了，反正也不是真的一家人，去了也是白忙活。」

三弟妹聽了這話一愣，暗自有些不快，表面上卻柔和地說：「阿心，這話咱們心裡知道就好了，何必說出來，再說做頓飯又少不了什麼，何必讓人挑毛病，若是傳出去，不知道的就說我是個愛偷懶的呢！犯不著。」

趙明心聽了覺得也有道理，悶悶地放開手，不是很情願地說：「那妳小心點，廚房裡可有隻母老虎，她若是欺負妳，妳就趕緊出來。」

趙明心說這話的時候，聲音故意提高了幾分，他媳婦兒表面上不說，卻很頭疼。「行了，你快進去吧。」

趙明心這才離去，待他轉身，他媳婦兒的臉色陰沈了幾分，像是在看蠢人一般地看著他，嘴角有一絲無奈的苦澀。

村裡的屋子有多大，在正堂說話，廚房裡也能聽見的，從趙明心一開口說話，趙家大嫂和陳蕾就聽得清清楚楚的，倒是他媳婦是個聰明的，知道要低聲細語。

陳蕾氣極反笑，跟大嫂說：「看見沒，可是個沒良心的，還欠著我四兩銀子呢！若惹火了我，要他年前就還。」

三弟妹正好走進來，聽見這句話，又是一愣。

大嫂也有些不高興，這三弟是怎麼回事，還不讓媳婦兒過來幫忙，難道一會兒的飯他們都不用吃了？

三弟妹心裡雖是疑慮重重，卻也壓了下來，她對陳蕾和趙家大嫂說：「大嫂、二嫂，阿心也是嘴快，不是那個意思，妳們別生他的氣。」

所謂伸手不打笑臉人，三弟妹又是新來的，陳蕾和趙家大嫂真的遷怒她，倒像是在欺負她了。

陳蕾和大嫂也就不再多說什麼，三人開始忙起來。

趙李氏拉著閨女在屋裡說要幫大兒媳看孩子，這一屋子的人，有孩子他爹和趙明軒在，估計她也不會弄出什麼事來。大嫂和陳蕾樂得自在，其實三弟妹也是開心婆婆不在旁邊的。

做飯的時候，三弟妹總是想法子要搭話，陳蕾一開始還有些納悶，後來便明白了，三弟妹是想問那四兩銀子的事。

陳蕾也不想幫趙明心瞞著，就直接說：「弟妹之前不是病了嗎？三弟特地來我家借了四兩銀子，這親兄弟明算帳的，三弟剛剛也說了又不是真的一家人，所以當初我們是留了借據的。」

三弟妹一聽，心下一驚，切菜差點切到手上去，還是陳蕾提醒她要小心點。陳蕾看她這樣，便知道她是不知情的，也沒再多說什麼，只是打趣道：「弟妹可要注意點，若是把手切了，三弟可是要心疼了呢！」

三弟妹回了一個僵硬的笑容，卻是一肚子火，爹娘當初非要多弄些聘禮回來，她做女兒的又不能說什麼，也沒當一回事，都說這聘禮越多代表婆家越重視她這個媳婦，也算是給自己長面子。

可沒想到這四兩銀子是趙明心欠下的！這哪算得上聘禮，趙家人可真是打得好算盤。四兩銀子對陳蕾來說可能不算什麼，可是對三弟妹卻是個大數字，兩口子年紀輕輕的也沒什麼積蓄，就欠了這麼大一筆帳，只要不是傻子，心裡都會不舒服。

陳蕾看著三弟妹強顏歡笑，嘴角一挑。這古代不是自由戀愛，看來是不能指望剛成親的小倆口，馬上就能心連心的。

第四十二章

等飯菜都端上桌，一家子都坐好時，趙李氏又想擺起婆婆的譜來。「三媳婦，過來我旁邊坐，這人老了，有些愛吃的菜都挾不到了。」

古代沒有現代的轉盤，想吃的菜若離自己遠了一些，必須要站起身來才挾得到，趙李氏這是擺明要兒媳過來幫自己挾菜。

本來就都是小倆口一起挨著坐的，趙李氏的要求，讓陳蕾有些無語。

三弟妹聽了尷尬一笑，桌底下的手卻慢慢地握實了，顯然是在強忍怒氣。

趙明心聽他娘這麼一說，有些心疼媳婦兒，便直接說道：「娘，妳就讓小妹給妳挾菜不就得了，何必這麼麻煩。」

趙李氏眼睛一瞪。「讓你媳婦兒伺候、伺候我，就是麻煩了？」

從秋收後，趙雲萱就對王家有些怨懟，看著三哥娶了媳婦兒就不把自己當一回事，更不開心了，也說道：「娘讓三嫂伺候著，也是要讓她有孝順的機會，三哥你這麼一說，反倒讓三嫂成了個不孝的。」

陳蕾瞥了這母子三人一眼，明爭暗鬥的還真是精采呀！

「阿心你又衝動了。小姑，沒事的，咱們倆換一下位子吧！」三弟妹溫溫柔柔地說。

趙老三的一門心思都在大孫子身上，飯桌上的爭吵他也懶得管，自家婆子要折騰兒媳，他一個做公公的也管不了，待安靜下來，這才開口說：「都不是外人，吃飯吧。」

眾人這才拿起筷子吃飯，男人們聊天，趙老三則逗著孫子。

趙李氏看不慣趙老三那疼愛孫子的模樣，卻又不敢說什麼。最近趙老三的脾氣越來越大了，趙李氏心裡不順，便開始使喚三兒媳出氣，不是說要挾這個、挾那個，就是一下子叫三兒媳去拿個饅頭，一下子說渴了，要三兒媳去倒點茶。

弄得一頓飯下來，三弟妹幾乎沒怎麼吃。

陳蕾在一旁看得直皺眉頭，趙家大嫂就坐在她身邊，對她嘀咕道：「我當初還以為這老婆子有了親兒媳，會對她好點，如今看來，真是別人家的閨女就不是閨女了。」

陳蕾聽出大嫂語氣中的不平，知道大嫂當初也是受了不少氣，如今再看到這一幕，難免喚起了記憶。

「這腦子就是個有病的。」陳蕾也挺氣憤地說，實在是看不下去趙李氏那張嘴臉。

見兩個兒媳在那邊嘀咕著，趙李氏也知道大概是在說自己，眼珠子一轉，就笑著說：「老二他媳婦兒嫁來也有一年了吧？」

她一問完，屋子裡的人都靜下來。

「差沒幾天就一年了。」陳蕾回道，大概猜出趙李氏想說什麼了。

趙李氏一臉擔憂地說：「這日子過得也真快，可一年了怎麼還沒個動靜？可是出了問題？要不找個大夫過來看看。」

陳蕾「啪」的一聲把筷子放到桌上，剛想說什麼，趙明軒已經搶先說了。「這是我們兩口子的事。」

趙李氏看著趙明軒冷冽的臉色，也不敢再多說什麼了，嘴裡默默嘟囔兩句。「這菜都沒了，還不知道給我挾。」

三弟妹抓著筷子的手一緊，雙眸流轉著一絲絲的隱忍。

趙老三這時候才開口說：「吃個飯就聽妳在咋咋呼呼的，能安靜一會兒不？要是嚇著我大孫子的話，看我不收拾妳。」說完瞪了趙李氏一眼，又看向趙明軒，皺著眉問道：「你兩口子有什麼打算？」

「我們兩口子過得正開心呢，不急著要孩子。」趙明軒臉不紅、氣不喘地說道，說完就挾了一筷子的雞肉給陳蕾。「好好吃飯。」

陳蕾皺著鼻子，這才拿起筷子又吃起來。

三弟妹往趙明軒兩口子的方向看過去，眼裡晦暗不明。

一頓飯下來，除了趙老三，大家吃得多少有些不暢快。

陳蕾一回到家，就憤憤不平地把趙李氏罵了一頓，趙明軒樂呵呵地聽著，要陳蕾少操心，凡事都有他擋著。

而趙明心和媳婦兒回到了家，趙明心就說：「今天看妳不是很高興，可是大嫂、二嫂欺負妳了，若是她們欺負妳了，妳跟我說，我去找她們算帳。」

就是再傻的，如今也知道自己嫁了個什麼樣的男人，更何況趙明心媳婦兒還不是個傻子。她看著趙明心好一會兒不說話，趙明心卻焦急地說：「真的欺負妳了？我這就去找她們！」

趙明心的媳婦兒心裡有著濃濃的失望。如今遇到一個刁蠻的婆婆，自己男人卻還看不出婆婆對她的刁難，她以後的日子是要怎麼過？嘆了口氣，頗是疲累地說：「沒事，只是病好之後，身子一直很虛弱，今天有點累了。」

「那妳快到炕上躺一會兒。」趙明心心疼地說道。

想不到趙明心的媳婦兒才剛要躺下，趙李氏就喊她，趙明心安撫道：「我去跟娘說，妳躺著吧。」一見相公這樣維護自己，她心裡才好受一些。

沒想到趙李氏一聽完兒子說媳婦兒的身子不好，便怒了，大聲嚷嚷著。「這都嫁了人，還當自己是姑娘呢？做媳婦的沒個媳婦樣，身子不行，趕緊撞牆死了算了，秋收前就花了我家四兩銀子，如今還想著再花我們的銀子不成。」

屋子裡說話只要稍微大聲一點，就能聽得一清二楚，三媳婦這才嫁進來多久，不說心裡還沒適應，又不是沒個脾氣的，聽見婆婆說的話後，再好的脾氣也忍不住了。

三媳婦直接起身下炕，打開櫃子拿出衣服，再揣好自己的嫁妝，準備要回娘家。

趙李氏一撒潑，作兒子的趙明心哪頂得住，心想著不行，還是先讓媳婦兒過來伺候一下他娘，反正也不會累到哪裡去。

沒想到卻看自家媳婦兒拎著個包裹，頭也不回地走了，趙明心趕忙追上去，抓住自家媳婦兒說：「妳這是在幹麼？」

三媳婦看著趙明心許久，眼睛紅了起來。「你想明白了再過來問我吧！我先回娘家住幾天，要是真生了病就要我爹娘幫我請大夫，再不然拿我自個兒的嫁妝請大夫，左右不會連累了你們趙家。」說完，就掙脫趙明心的手走了。

趙明心愣了好一會兒，只見媳婦兒都跑了好遠，正好鄰居出來看到這一幕，趙明心這才發現有人在看，趕忙紅著臉回屋了。

那看了熱鬧的婆子回屋就跟自家相公說：「大老遠就聽到趙老三家的那婆子在屋裡叫罵，這才成親多久，就把兒媳給罵回娘家了，可真是個作孽的。」

此刻外頭冰天雪地的，趙明心媳婦兒剛嫁人，就碰到那麼多糟心的事，她在現代也不過就是剛要上高中的年紀，就是心性再成熟也承受不住，走在回娘家的路上，她忍不住眼淚直往下掉，趙家看似不錯，可嫁進去後才知道，他們家真的是一團亂。

不說趙李氏慣會欺負人，就是這家裡大大小小的活計也是個負擔。分了家，趙家老大已經不會再幫著養兩個小的了，趙明心又是個被娘寵得幹不了活的，趙雲萱除了會幫忙做一些家務，說白了也等於要人養。

趙李氏有了新兒媳又想著要過讓媳婦侍奉的日子，現在是啥都不幹了；趙老三已經老了，還能幹幾年活？若是趙明心是個勤奮的倒還好，可偏偏好吃懶做，又得知他還欠了債，又和二哥、二嫂鬧得那麼僵……

趙明心媳婦兒的心裡就如同這寒冬臘月般地寒冷，此時是一點點的盼頭都看不到了。

王家老娘看到自家閨女淚流滿面地進了屋，嚇了一大跳，心疼地喊道：「這是怎麼了？怎麼哭成這樣？哎喲，看這小臉凍得，妳就這麼走回來了？可是趙家欺負妳了？這才成親多久！」

趙明心媳婦兒看著娘親心疼地東問西問，心裡所受的委屈一下子就像找到出口，抱著娘親就哭起來，這一哭，哭得是撕心裂肺，可見趙家定是把自家閨女欺負慘了。

趙明心媳婦兒邊哭邊把在趙家受的委屈全部說出來，連帶趙明心欠了四兩銀子的事也說出來，然後下定決心地說：「娘，這日子若是再過下去，妳以後怕就沒這個女兒了，我要和離。」

屋裡頓時一靜，王家老娘拍了拍自家閨女。「這事過一陣子再說，也不看看家裡來了客人，好在不是外人，不然可是要被看笑話了。」

趙明心就這樣讓媳婦兒回了娘家，被趙老三好一頓罵，連帶也罵了趙李氏。

趙李氏不服氣道：「兒媳伺候婆婆是天經地義的，我花了那麼多銀子娶她，讓她伺候我一下不行嗎？」

趙老三無語，氣得直哆嗦，一巴掌轉而打到了趙明心身上，說：「你個混小子，怎麼不把你媳婦兒攔下，沒用的東西，若是回了王家，說不定又要過來鬧上一番。」

趙李氏這才暗叫不好，也是埋怨道：「你爹說得沒錯，才嫁進來幾天就往娘家跑，不好好整治一下可不行。你明天過去王家把她給我接回來，我再教訓她一頓，省得以後沒事就要往娘家跑；王家若是再過來鬧個幾次，我和你爹的臉也要丟光了。」

趙明心唯唯諾諾地坐在那也不說話，趙老三這一會兒卻是贊同趙李氏的話，便說：「你娘說得沒錯，這媳婦動不動就回娘家，是該整治、整治。」

趙明心是個沒主見的，聽了趙老三的話，便點點頭說：「我知道了，我明天就去把人接回來。」

第二天午後，陳蕾家來個陌生人，她起初看到嚇一跳，這人臉上的傷疤也太嚇人了。這個陌生男子在見到趙明軒後，滿眼的激動。「大哥，我回來了。」

趙明軒眼裡也半是驚訝、半是錯愕，緊接著開心地跑過去和那男子抱了一下，又打了他一拳。「怎麼把臉弄成這個樣子？」

說來趙明軒當初從村子離開去從軍，也是有幾個夥伴跟著一起去，戰場無情，剛去的時候他們年紀都不大，沒經驗也沒功夫，粗心一點的就這樣喪了命。

等在戰場上混了幾年下來，活下來的也就剩下兩、三人，其中一個就是眼前這個男人。

這人也是趙陳村的，叫陳長清，說來還和陳蕾有些親戚關係，是陳蕾三爺爺那邊的血脈，陳蕾理應叫他一聲哥哥的。

本來陳蕾想離開，留著他們爺兒倆聊天，卻被趙明軒留了下來。「長清不是外人，不用迴避了，以後大家都是自家人。」

陳蕾也不矯情。「那我去沏點茶給你們喝。」

「嫂子不必麻煩了，拿點水過來就行，喝茶怪不習慣的。」陳長清笑著說道。

陳蕾感覺陳長清挺好相處的，對他也不像剛看到時那麼害怕了。她明顯感受到趙明軒愉悅的心情，能理解他對這個兄弟的重視。

趙明軒在外那麼多年，天天有朋友陪伴，可回村子後，有些事能和陳蕾說，但說到與朋友之間的暢飲歡談，陳蕾就做不到了。

她一直知道趙明軒在村裡是孤獨又缺少朋友的，如今看到有個能跟他作伴的朋友，心裡也很高興。

第四十三章

之後聊了許久陳蕾才知道，陳長清當初跟趙明軒混了幾年，也因為一股狠勁混得不錯，後來有了個人的機遇，他跟了別的主子，大家也就分開了，不在一個軍營，卻都有著對方的消息，一直知道彼此過得平安無事就好。

然而陳長清卻在一次任務中受了重傷，那從左邊額頭斜切過去到右嘴角上方的傷疤，也是因為那次任務才留下來的。陳蕾聽得膽戰心驚，若不是陳長清反應快先退了一步，那留的就不是一道疤，可能直接半個腦袋就沒了。

也正因為經歷了那一次，讓陳長清有些厭倦危機四伏的生活，便歸隱回鄉了。

陳蕾看他眼裡並沒有一絲陰霾，也替他鬆口氣，看來是個心性不錯的男人。

陳長清笑道：「嫂子別這麼看我，不就是毀了這張臉嗎？也沒啥，咱又不是妳們女人家家的，不在乎這個。」

陳蕾一樂。「倒是我小家子氣了。」

陳長清當年出去也是因為爹娘不在了，他是在大伯家長大的，那會兒趙明軒說要離開村子，他二話不說就跟著去了，可見兩人從小關係好。這次回來，也是住在自家大伯那，不過因為這張臉倒是給人家添了不少麻煩，本來他們從過軍的就給人一股沒來由的壓迫感，他臉上的疤又猙獰，就算什麼也沒做，但看起來就不像好人。

「哈哈，回來也好，過兩天讓你嫂子幫你去找找，看看有沒有合適的姑娘，說門親事、娶個媳婦，這日子也過得踏實。」趙明軒的聲音裡滿是愉悅，讓陳蕾也跟著開心不少。

陳長清聽了撓撓頭。「這倒是不用，我有中意的姑娘了。」

看著魁梧的大老爺害羞起來，陳蕾覺得有趣，好奇地問道：「是誰家？」

陳長清支支吾吾，不好意思地說：「不是咱們村的，那姑娘是個和離了的。」

陳蕾一愣，趙明軒皺著眉。「怎麼找了個和離的，若是因為……」

「不是因為我臉上有疤，我是第一眼就看上她了，那姑娘是個不錯的，我想娶回來兩人好好的過日子。再說，那姑娘第一眼看到我並不怕，不瞞大哥，你說別人眼光咱不在乎，可這以後兩口子要一起過日子，真找個會怕我的，那日子該怎麼過？」

陳蕾點點頭，若是在一起過日子，對方卻一直嫌棄你的容貌或者懼怕你，的確是會過不下去。

趙明軒也不是那種古板的人，點點頭。「你覺得好就行。」

陳長清一樂，咧著白牙，說：「要不是因為那姑娘和離了，我倒不敢開口，那姑娘比我還小個幾歲呢，長得又好看。」

陳蕾看他那一臉撿了大便宜的樣子，不禁莞爾，這人還不錯，那姑娘若是嫁了他也是有福氣的。

「這次一來是為了過來看看大哥，二來是想問問村裡誰家賣房子，我想買個房子，在年前把那姑娘娶回來，這和離了的姑娘在他們村裡也是白受氣。」

陳蕾聽到這話，更加欣賞地看著陳長清。都還沒成親，就受不了自己媳婦兒受委屈，陳蕾一時好羨慕。

趙明軒瞥了陳蕾一眼，眼裡閃過一絲幽光，看來自家媳婦兒是不知足了，他晚上可要更加努力呀！

陳蕾突然感覺身後有一絲涼意，摸了摸鼻子，有些莫名，而陳長清則是替嫂子捏了把冷汗。

「村裡剛好有一戶人家賣的房子還不錯，可惜被買走了，如今在賣的也大多是老房子，倒不如等開春時買塊地，蓋間大房子呢！」陳蕾說完，又想到什麼。「不如你先在我弟弟家住下，那房子也是新蓋起來的，因今年流民四起，我才讓他們過來跟我一起住，也好互相照應著，左右也得讓他們住到明年秋收。你先在那裡娶媳婦兒，等明年開春，蓋了新房再搬過去可好？」

趙明軒聽了也是贊同地點點頭。「就是，你先過去住著，若是覺得不踏實，就給你嫂子一、二兩銀子當房錢就行了。」

陳蕾開心道：「那倒是我賺了。」

陳長清聽這兩口子這樣說，也不矯情。「那行呢，我就先借嫂子弟弟家的房子用用。」

陳蕾笑著點點頭，心中希望以後和陳長清能夠多多往來。

這事就這麼定了下來。

而趙明心天一亮就去了王家，下午才回來，還是自己一個人回來的，臉上全是傷，可見被揍得不輕。

趙李氏看見兒子被打成這樣，氣得直冒火。「這王家真是欺人太甚，就不怕我們休了他家姑娘？」

趙明心聽了這話，有些懦弱地說：「我跟她和離了。」

「啥？」趙李氏一懵。

趙明心起初一直沒覺得這事有多大，想著他去王家好好說一說，等媳婦兒消了氣，也就跟著他回來了。沒想到一到王家，他就被王家的幾個哥哥們一頓毒打，心裡惱火，想著等他把媳婦兒領回家，也一定要好好教訓一下，他今天遭這頓打可都是因為她，沒見誰家媳婦兒這麼不向著自家相公的，他爹娘說得沒錯，媳婦兒就是欠教訓。

沒想到王家卻扔出一張紙，讓他簽字，趙老三也是識字的，家裡的孩子都識一些字，趙明心一看，傻了眼，王家竟然要和離。

趙明心紅著一雙眼打算講理，王家幾個兒子冷笑著又是一頓打，趙明心最後屈服地簽了字，還按了手印。這時代雖說成親要父母作主，可和離，有小倆口的簽字和手印就算成了。

待趙明心說清楚事情的經過後，趙李氏和趙老三都眼前發黑，他們又鬧不過王家，這個虧也只能吞下了。
趙李氏氣得牙癢癢地罵著，一個和離了的姑娘就是一坨臭狗屎，她倒要看看王家怎麼把姑娘再嫁出去。
之後趙李氏就大肆宣揚趙明心的媳婦兒不孝順，被他家休了；可村裡人卻都在背後笑話著，一時更傳出趙李氏是個惡毒的，兒媳沒嫁進來幾天就給欺負走了。後來有戶人家的兒媳也是王家村的，去娘家一趟回來後就說，兩人是和離，一時大家又說趙李氏心黑，誰要是嫁給她兒子，那可是把閨女往火坑裡推。
這事太不光彩，讓陳蕾聽得直咋舌，趙明軒也陰沈著臉，不願再多說些什麼了。
陳蕾心想這事應該沒多久就會過去，也沒當一回事。
陳家這邊聽說陳長清訂了親，雖然是個和離了的姑娘，可看著他的臉，有姑娘願意嫁就不錯了，哪裡還挑這個，也都高興得幫著辦婚事。
親戚們一起幫忙，也算是熱鬧，別看人家姑娘是和離的，陳長清可是打算要正經地辦好這樁婚事，說是不想委屈了他的媳婦兒。
因為有陳家親戚們的幫襯，陳蕾和趙明軒也就沒去幫忙，只等著成親的時候，陳蕾再過去陪陪新娘，趙明軒再幫新郎擋擋酒就是了。
等到成親那天，還真是吹鑼打鼓震天響，八抬大轎好氣派，陳家大伯娘和陳長清的大伯娘算是堂妯娌，兩人的關係一直不錯，便也過來幫忙，陳蕾和自家大伯娘還在那說這新娘子真是個有福氣的。

當陳長清把媳婦兒接下轎時，嘴都合不攏了，可那笑容配上他那道疤，陳蕾看見都是一驚，更別說其他人了，陳家大伯娘更是暗自咋舌。

歡歡喜喜的拜完堂，一夥人熱熱鬧鬧地將新人送入洞房後，大夥兒都在笑著打趣兩位新人，當喜帕被掀開時，屋裡明顯有不少人倒抽了口氣，陳蕾也愣住了。

抽氣的人不是因為新娘子長得讓人驚豔或是醜得不堪入目，而是這新娘子正是王家姑娘！陳蕾扶著額頭，還真是無巧不成書啊！

王家姑娘看到眼前的這些人，尤其在看到陳蕾時也是一愣，眼裡瞬間波瀾起伏。

說來這事也就那麼剛好，陳長清那邊的長輩不像陳蕾這邊的，啥都關心，當初知道娶個和離的也沒細問，而陳長清也知道自家媳婦兒和離了，不想掀那傷疤，就沒多打聽。他不管以前，以後這姑娘就是自己的，管那麼多幹什麼？王家知道陳長清是趙陳村的，可怕閨女嫁不出去，也沒說什麼，連閨女也瞞了下來，生怕這婚事不成，王家姑娘可說是又被她爹娘給坑了一次。

眾人臉色古怪卻也不會多說啥，陳長清正高興著，眼裡只有自家媳婦兒，看著媳婦兒的眼神不安，以為她是害怕別人用異樣的眼光看她，便坐到她身旁，寬厚的大手握上了她的小手，安慰似地捏了兩下。

王家姑娘安心了不少，靜靜地低著頭。此時陳長清的大伯娘剛端來一盤餃子，也不知道發生了什麼事，開心地說：「新媳婦兒可是要吃餃子的呢！」

眾人跟著起鬨，氣氛又熱鬧起來。接著屋裡的婆婆媽媽們把陳長清攆出去後，又陪著新娘子說了一會兒話，不少人吃酒席去了，屋裡就剩下自家人。

陳長清的大伯娘其實不大記得趙家的三媳婦長啥樣，這時代的新娘畫得又是濃妝豔抹的妝容，看起來都一個樣。陳長清的大伯娘拉著王家姑娘的手，說了好些話，後來又仔細看了看王家姑娘的眉眼，突然叫了一聲。

屋裡眾人還以為她認出來了，卻沒想到陳長清的大伯娘說：「長清媳婦兒，妳這嫁衣繡得可真好看，站起來給我們看看，嘖，這嫁衣可顯得妳身段好呢！」

王家姑娘順從地站起來，陳長清的大伯娘拉著她轉了一圈，還摸了她的手兩下，說：「這手也是個巧的，阿蕾以後也有個伴了。」

陳蕾臉上呵呵地笑著，心裡卻哭笑不得，估計那王家姑娘心裡也是百般滋味。

陳長清的大伯娘猛地一拍腿，拉著陳蕾就問：「阿蕾，家裡可有白布？」

陳蕾一愣，要白布幹麼？大喜事的多不吉利；可看陳長清的大伯娘那異樣眼神，陳蕾的眼睛瞬間瞬得老大，該不會……

待陳蕾去阿薇屋裡翻出一塊白絲布，不禁嘆了口氣。

三弟呀，不是嫂子要害你，實在是你自己不爭氣啊！

待陳長清的大伯娘拿著一塊白布，當著眾人的面鋪上喜炕時，屋裡眾人都面面相覷，又仔細去觀察了一下王家姑娘的眉眼，瞬間都知道是怎麼回事了。這王家姑娘的眉毛還是垂著的，沒有張開來，可見還沒被碰過呢！

王家姑娘看著白布也有些迷茫，不知到底是怎麼一回事。

待陳蕾回家後，張了幾次嘴，還是忍不住把今天在喜房裡的事，從頭到尾都說給自家相公聽。趙明軒聽後臉色一黑，忍不住罵道：「趙明心真是個蠢貨！」

陳蕾摸了摸鼻子，不置可否。

王家姑娘從一開始給陳蕾的印象就不錯，若不是三弟鬧那麼一齣，她也不會對王家姑娘是那種態度。如今她又換了身分，陳蕾尋思著，有時間也要好好跟她拉一下關係，不能因為女人之間的小心眼兒，而壞了趙明軒跟陳長清兄弟之間的情分。

不過想起那塊白布，陳蕾著實想大笑一場，可看著趙明軒的臉色，她可不敢笑出聲。今天的洞房花燭夜，看來今天新郎可會有意外的驚喜了。

說來這件事又是個巧合，從外表看來，王家姑娘就是個安安靜靜的，相由心生，她心裡也是個安靜古板的，成親前老娘給的小書她連看都沒看，直接扔在娘家。

而趙老三天天忙著逗孫子，又對這親事頗為怨懟，因此也沒怎麼教兒子。村裡的年輕小夥子又不像趙明軒他們在外面闖蕩過，對娶媳婦兒雖然嚮往，可天黑了該幹啥，卻也不明白。一般成親前，不是老子教教就是兄弟教教，可就趙明心婚前惹出來的那一堆事，誰還願意去教，就這麼著，兩個孩子都還清純著呢！

陳蕾後來想到敬茶那天，小倆口還在那害羞，不由得好笑。她不知道的是，小倆口初成親都興奮得大眼瞪小眼的，就這麼彼此看著，到好晚才睡著，第二天才爬不起來。

不過陳蕾也好奇，趙李氏當初怎麼不檢查白布來著？她哪知道敬茶那天趙李氏也被弄得尷尬極了，後面也就把這事忘了，畢竟這村裡姑娘不是處子的，幾年來也不會有一個。

陳長清成親後沒幾天，就過來找趙明軒，看著趙明軒，他有些憨傻地樂著。他媳婦兒第二天就跟他說了以前嫁的人家是趙家，他也沒想到會這麼巧，而洞房那天他更是嚇一跳。聽自家媳婦兒說完，他也沒責怪王家之前不跟他提一句，就算提了他也是要娶自家媳婦兒的，但大哥這邊他怎樣都要好好表示一下，因此今天就過來了。

兄弟兩人在一起玩了多少年，趙明軒也看出他的心虛來，給他肩膀來了一拳，陳長清不禁齜牙，可見趙明軒用的力道不小。

「大哥這算是不生氣了，我就知道，咱們之間的感情可是比你三弟還親，嘿嘿。」

陳蕾看他們這樣也算安心了。「怎麼沒把你媳婦兒帶過來？」

陳長清撓撓頭，憨厚地說：「怕她過來會尷尬，所以我就先過來了。」

趙明軒沒好氣地說：「你倒是疼媳婦兒。」

陳長清一樂。可不是，自家媳婦兒不疼，疼誰去？

陳蕾無奈地搖頭。「我去把你媳婦兒叫過來，咱們一起吃個飯。」

陳長清瞬間樂開來。「那敢情好，麻煩嫂子了。」

趙明軒額際青筋直跳，總覺得他這兒弟太過得意了！

待陳蕾笑著出了門，陳長清又跟趙明軒低聲地嘀咕道：「大哥，不是我要說，你這三弟也得教一教，若是以後再娶媳婦兒，還能指望媳婦兒教他不成？」

趙明軒聽完直接拿起茶杯扔了過去，陳長清手快地接住，摸了摸鼻子。「我這不是說實話嗎！」

趙明軒心裡是又好氣又好笑，其實這事雖說丟了趙家的臉，但他心裡多少也有一絲幸災樂禍。

當陳蕾進到她借給陳長清住的屋子時，屋裡只有他媳婦兒一人，陳蕾明顯看出她有些不知所措。

「之前的事我們就忘了吧，只當重新認識了，以前嫂子有對不住的地方，妳也別往心裡去。」陳蕾先笑著說道。

陳蕾如此微笑著說話，讓一直忐忑不安的王家姑娘惠娘安心一些，不禁紅了雙眼，聲音還有些顫抖。「嫂子，妳不介意就行。」

陳蕾被她這可憐的樣子弄得一陣心軟。當初趙李氏怎麼對待人家的，她也是見到了，那趙明心又是個糊塗的，可見那段日子裡，她也受了不少委屈。

陳蕾上前拉著王惠娘的手，溫和地說：「可別哭出來，這要是讓妳家相公看到了，那可要心疼死，過去的都過去了，也算是苦盡甘來了不是？」

兩人又說了幾句話後，王惠娘就已經把陳蕾當成了朋友，這個結果正是陳蕾想要的，她希望她們兩人以後可以相處得不錯。

待陳蕾把王惠娘帶過來時，看見陳長清正伸長脖子往外看，陳蕾噗哧一聲笑了開來，對王惠娘說：「看看，我說什麼來著，這才在妳那說幾句話，妳家相公就著急了，看這脖子伸得有夠長的，心裡分明是想直接找過來呢！」

王惠娘被陳蕾說得臉一紅，羞怯地低下頭，可心裡卻是甜的，這才是人過的日子。想著在趙家時的那段日子，她眼裡不禁閃過一絲厭惡。

陳長清被陳蕾說得尷尬，撓了撓頭，和趙明軒又聊起天來。

王惠娘進屋看到趙明軒時，身子明顯僵硬起來，陳蕾好人做到底，握著她的手說：「今天起可要改口叫大哥了。」

「對對對，叫大哥。」陳長清一副沒事人的樣子。

王惠娘偷偷看了趙明軒一眼，感覺對方並不排斥，才鬆口叫了聲。「大哥。」

趙明軒點了點頭，也算是默認了，並沒給王惠娘臉色看。

王惠娘這才放下心來，看自家相公傳遞了個要她安心的眼神，心裡暖洋洋的，眉眼間流轉著嬌媚。

陳蕾也不想看他們兩個大老爺聊天，拉著王惠娘就去了廚房。「以後嫂子我也不把弟妹當外人，這來了我家可是要幫我做飯的。」

王惠娘面上一喜，高高興興地應著，沒有一絲的不情願。

阿薇悄悄地走進廚房，很好奇地看著這位頗有些傳奇色彩的王家姑娘，她早就聽自家老姊說過陳長清這樁婚事前後的曲曲折折，進來一看，發現這王家姑娘長得真是好看，白白淨淨又水靈秀氣的，看著又挺安靜柔和。不錯嘛！趙家可真是不知足，把這麼好的兒媳婦氣走了，以後可有後悔的時候。

吃飯時就男人們一桌，女人們去另外一間屋吃，大家都自在一些。陳蕾還是怕王惠娘會覺得尷尬，再說阿薇和阿芙看到陳長清的臉，多少會感到害怕，這些都要慢慢來的。

如今鎮上已經沒有糧食可買，即便是有錢也難買到，眼下又快過年，待小倆口要回去的時候，陳蕾直接讓陳長清拿了些麵粉和碎苞米粒回去。

陳長清這會兒倒是猶豫了，他不知道若說現在誰最不缺糧食，就屬陳蕾了，她那小作坊裡的商鋪，可是活生生的移動糧倉呀！

趙明軒直接把糧食拿出來，放在陳長清面前，讓他好生激動，那矯情的模樣讓趙明軒又給了他一拳，王惠娘也感激地看著陳蕾。

陳蕾看著這兩口子，心裡頗滿意，看來都是有良心的，不會白白欠下人情。

第四十四章

趙陳村說大不大、說小不小，只要發生點什麼事，沒兩天整村都能知道。

趙老三當初因為兒子和離，感覺臉上無光，村裡辦喜事，他更不願去給別人當笑話，沒想到坐在家裡都能成了笑話，還是一個大笑話。

當陳家這邊在喜炕鋪上白布後，村裡人就已經議論紛紛，很是好奇。過了一宿，就有那好奇的婆子去了陳長清的大伯家，女人們聊天最喜歡八卦一下，陳長清的大伯娘當初敢當著大夥兒的面鋪白布，就是沒在管趙家的面子，如今更想給姪子添些臉面，因此誰來打探消息，她都會說。

這麼一來，村裡人全都知道了，那趙老三家的三兒子是個不行的。

更有婆子拍著腿在那說道：「喲，這趙老三家的小兒子娶了媳婦兒，連味都沒嚐到就被他老娘把人給氣走了，要是我，也願意再嫁給陳家那小子，一看就是個能幹活的，又上無公婆，這以後的日子可是等著享清福嘍！」

「妳個老不羞的，這麼大年紀還惦記著人家年輕的小伙子。」

村口傳來一陣陣的笑罵聲，熱鬧極了。

趙李氏如今得了個「惡毒婆婆」的名聲不說，還連累兒子被說了個「不行」的名聲，心裡有苦也只能忍著。

趙明心得知自己媳婦兒嫁了別人，馬上發了一頓脾氣，罵得要多難聽就有多難聽，說王惠娘不知廉恥，在家罵完還不服氣，出了門就要去陳長清那鬧上一番。

如今陳長清沒事就帶著媳婦兒過來趙明軒家，他們爺兒倆一邊聊著天，一邊教小松和阿言武功，陳蕾、惠娘還有阿薇則坐在屋裡，刺繡的刺繡，打絡子的打絡子，也算熱鬧。

趙明心找上門卻撲了個空，看人不在家他更是歡快了，站在門口就罵道什麼男盜女娼，什麼不知羞恥，坐在屋裡的陳蕾都聽到了，王惠娘也聽出是趙明心的聲音，臉色一下子蒼白起來。陳蕾握著王惠娘的手安慰道：「沒事，外面有妳家那口子頂著呢！妳在這等等，我出去看看。」

陳蕾給阿薇使了個眼色，阿薇趕忙說話引王惠娘的注意。

待陳蕾出去後，趙明軒和陳長清早就不在院子裡，出了院門就看見趙明心指著趙明軒說道：「我還叫你聲二哥，你就是這麼幫著外人欺負家裡人的。」

趙李氏在趙明心出來時，心中就暗叫不好，她兒子傻她可不傻，那陳長清是個從過軍的，她兒子過去鬧還不被打個半死，便趕忙追了出去，就在陳蕾出來時，她也剛好到了。看到兒子指著趙明軒罵，又看見他身後的陳長清，就知道那個娶了她兒媳婦的跟趙明軒是一夥的，也有些氣，大聲罵道：「老二，你不給你弟弟討個公道，竟然還向著外人？」

趙明軒一個冷笑。「妳也該帶妳兒子回去了，別在這丟人現眼。」此時趙明軒真心覺得三弟是出來丟人現眼的，若是個聰明人，哪還會在這時候出來給人看熱鬧。

趙明心怒道：「誰丟人現眼了？分明是他們這對狗男女暗度陳倉，故意跟我和離好去成親，這兩個不要臉的……」他話還沒說完，人就已經飛出去了。

趙李氏當場就火了，指著陳長清說：「哎喲喂，大家快來看，這是要殺人滅口了。」

趙李氏開始撒潑胡鬧，村裡愛看熱鬧的婆子也都聚了過來，但大家心裡可不覺得趙李氏母子兩人是受害者，現在村裡人都知道人家小媳婦兒嫁給趙李氏的兒子這麼些日子，竟還是個黃花大閨女，難不成還要跟著趙家小子守活寡不成？

若婆婆是個疼媳婦的倒還好，但趙李氏偏又是個尖酸刻薄的，不和離的話，人家小媳婦這日子怎麼過得下去；就算人家真的算計好了跟趙家和離，再去嫁了別人，單看陳長清那滿目凶光的面容，也沒人敢說個不是。

陳長清一個大老粗的，看趙李氏在那撒潑已經很不耐煩了，若不是看在趙明軒的面子上，早就拎起她兒子一頓好打了，此時他氣得雙眼血紅，配上那道疤，看上去更是駭人。

趙李氏這會兒也注意到陳長清的臉色，可見他一直隱忍不發，以為他是好面子，不敢對她一個老婆子動手，便暗自得意起來，繼續號哭地喊道：「你們這些黑心的人家，騙了我家多少聘金不說，那聘禮可是我們全家努力攢下的糧食，大夥兒也都評評理，這年頭那糧食有多珍貴，這不全都給了那王家。人還沒嫁進來幾天，就逼著我家和離，這是在騙吃的嗎？」

「嘿，聽說那王家和離，是因為妳家小子那方面不行吧？妳家這糧食可真是白給了，娶個媳婦兒回來就當作擺設，花了錢卻連一點味都沒嚐到。」一個平時看不慣趙李氏的老婆子，在人群中喊道，聲音尤其突兀。

來看熱鬧的一時也都跟著起鬨，說起話來肆無忌憚，連陳蕾聽得都有些尷尬了；而躺在地上的趙明心則一臉慌亂，臉色通紅，只想找個地洞鑽進去。

趙明軒額頭的青筋跳啊跳的，瞪著趙明心的眼神很是犀利；陳長清也有些不高興了，畢竟這些人說的是他的媳婦兒，他抬起頭，目光陰沈地看著說得最得意忘形的那幾人。

那幾個婆子感覺不妙，漸漸地收了話音。

趙李氏此時也意識到事情的嚴重，兒子現在已經被冠上那方面不行的名聲，這麼一鬧，估計更是落實了這件事，一時氣得直打哆嗦，想拉著兒子先回家再說。

陳長清卻拽住了趙李氏，扯下身上的錢袋扔給了她。「這錢袋裡有十兩銀子，也抵上妳之前下的聘禮和聘金了，以後休要再拿那些子虛烏有的事來說嘴，不然可不是被我踢一腳就能了事的。」說完又看了看趙明心。「沒準兒到時候能治好的病，也會被我踢得治不好了。」

陳長清這一句話，是完完全全地落實了自家媳婦兒嫁過來時，還是清白之身的說法。眼下大夥兒都沒往趙明心不懂的這個方面去想，大家都真的以為他是不舉，連陳蕾和趙明軒也都是這麼認為；就連趙老三這個做親爹的，也都以為小兒子是真的無法行房。這件事情，也讓趙明心心裡從此留下了不小的陰影。

若是一般人拿了這銀子，估計會覺得沒面子，然而趙李氏不是一般人，媳婦兒沒了，名聲也沒了，錢要是再沒了她還怎麼活。她撿起那錢袋子，沒有半分猶豫地拽著趙明心就回家去了。

鬧出這件事之後，也不知陳長清跟趙明軒說了什麼，卻沒看出兩人之間有什麼不對勁，陳蕾便不在意了。之後陳蕾也勸了勸王惠娘，要她放寬心，這事情也算是過去了，若以後趙明心還想再鬧，陳蕾相信陳長清今天留下的那句警告，可不是說著玩的。

隔天陳蕾和趙明軒就被趙老三喊了過去。一進屋，兩人明顯看出趙老三臉上疲憊不堪的神色。趙老三在看到陳蕾和趙明軒進來後，立即怒道：「你們兩口子是怎麼回事？眼裡還有沒有家人了？怎麼幫著外人就欺負起家裡人來了？」趙老三也不等兩口子坐下，就開始責問起來。

陳蕾不禁翻了個白眼，心想明明是三弟自己要丟人，跟我們有什麼關係？

「我和長清自小要好，出去一起打拚了這麼多年，可以說沒有他的話，我的命早不知道在哪了。你說家裡人，是指誰？拉出來給我瞧瞧！」趙明軒語氣冷硬地說。

陳蕾不禁望向趙明軒，心裡酸酸澀澀的，看著自家公公，這可是一次又一次的讓他的二兒子心寒呀！

趙老三被氣得胡言亂語。「那陳長清的婚事是不是在阿蕾娘家辦的？這樁婚事的親家是誰你們會不知道？竟然連阻止都不阻止，弄得阿心現在落下了這麼個臭名聲，你們心裡就過意得去？」

陳蕾皺起眉，不認同地說：「爹您這話說得可偏心了！人家成親，你要阿軒一個大老爺們去打聽他的親家做什麼？就算我們知道親家是誰，就能阻止得了這樁婚事？王家姑娘咱們也是知道的，模樣和脾氣都挺好，有人不稀罕，可不見得人人都是傻子；再說三弟的事被陳長清的大伯娘發現了，自然是要給陳長清添一下面子的，說到底都是三弟自己沒本事，與我們何干？」陳蕾話裡話外都是在說趙明心沒用。

趙老三看著陳蕾噼哩啪啦地說了一堆罵自家小兒子的話，他氣得說道：「妳算個什麼東西，這裡哪有妳說話的分！」

陳蕾氣極反笑地看著趙老三。「我不過是為我男人叫屈，怎麼沒我的分？」

趙明軒自己受委屈不打緊，可自家媳婦兒被指著鼻子罵，趙明軒就不情願了。他這次是真的死心了，看著趙老三如同陌生人一般，緊握著陳蕾的手說：「走吧。」

趙老三這下子慌了。「你這是什麼意思？」

「今天咱們父子的情分，算是被你磨得一乾二淨了。」

陳蕾看著趙明軒，不免擔心他會難過。趙明軒察覺出她的擔憂，寵溺一笑，兩人就這樣離開了。

陳蕾對自家相公有著滿滿的心疼。趙明軒在趙李氏嫁進來之前，還是跟趙老三有過那麼幾年父慈子孝的安樂日子，怕也就是因為曾經享受過美好的親情，他才能忍到現在，要不然，當初他在歸隱時，也不一定偏偏要回村子裡的。

無論當初多美好，現實偏偏是殘酷的，後娘的出現，把趙明軒曾擁有的美好摔得支離破碎。就像趙明軒說的，今天他對趙老三，是連最後的一點親情也沒了，從那天以後，趙明軒真的再也不把趙老三放在心上。

不過陳蕾卻不想這麼便宜地放過趙李氏，這次若不是她又回去嚼舌根，他們父子倆怎麼會反目至此，既然趙李氏都拿了陳長清的錢，欠她的四兩銀子也該還了。

陳蕾瞥見小松和阿言，如今這兩個小子整天不愁吃喝，沒事就練練武，個子長得飛快不說，連身子也越來越結實了。

陳蕾把小松叫過來。「小松，想不想賺一點零用錢？」

小松自從有了阿言的陪伴，性子開朗不少，不似當初爹娘沒了，為了快點長大而壓抑自己的性格。他聽陳蕾說有銀子可拿，頓時眼睛一亮。「姊，妳要我幹啥？」

陳蕾乾咳一聲，看屋子裡就只有阿言和小松，便淡定地拿出放在袖子裡的借據。「這是趙明心欠我四兩銀子的借據，你和阿言去趙家把銀子要回來，要得回來你們兩個就留著平分，要不回來，那就當是白跑一趟了。」

小松信心滿滿，拿起借據，和阿言一起大步跑出去了。

出了院門後，小松跟阿言說：「正好趁這次機會，把趙明心弄出來好好整他一番，我老早就看他不順眼了。」阿言笑而不語地看著小松，眼裡閃過一絲算計。

陳蕾以為這銀子要回來的過程會有點波折，沒想到趙老三看到借據，馬上就給了錢，趙李氏雖然不願意卻也沒敢說什麼，讓阿言和小松好生失望。

其實，那趙老三只是不想在陳家小輩的面前丟了面子而已，因此爽快地給了錢。陳蕾得知後，不禁莞爾，算這個公公還要點臉面。

很快地到了過小年的這一天，陳蕾早早地就起來，打算幫阿芙洗漱後，讓他們姊弟幾人先去大伯那裡祭祖，然後家裡再開始準備祭拜灶王爺。沒想到她剛下炕，眼前一黑，就這樣暈了過去。

陳蕾這一暈可嚇壞了趙明軒，趕緊把陳蕾抱到炕上，他連棉襖子都沒來得及穿，就跑出去找大夫了。

阿薇聽到了動靜趕忙跑過來，只見陳蕾躺在炕上，叫了幾聲也沒見人醒，嚇了一跳，趕忙讓小松去找大伯娘過來。阿芙如今也越來越懂事，看二姊和哥哥慌亂的樣子，就知道阿姊出事了，也跟著心急起來。

待陳蕾醒來時，趙明軒正好送大夫出去，陳蕾還沒反應過來怎麼回事，大伯娘就激動地握著陳蕾的手說：「阿蕾呀，這頭三個月可得小心呀！大夫說妳身子虛，這一胎有些不穩，可要好好養著身子。」

陳蕾眨著眼睛看了看大伯娘，迷茫了好一會兒才問道：「這一胎？」

大伯娘一拍腿。「瞧我高興得，都忘了告訴妳，大夫說妳有了。」

陳蕾腦子一片空白，她這個月的月經是沒有來，本來還以為只是晚了兩天呢！陳蕾不知該如何形容此時此刻的心情，聽到自己懷孕了，起初湧上一股喜悅，可隨後又有些擔憂，覺得還是太早了，這身子……

陳蕾瞬間幽怨地看著送完大夫後進到屋裡的趙明軒，只見他咧嘴笑著，摸了摸鼻子。

大伯娘沒注意到小倆口的互動，正在那津津有味地說著要怎麼給陳蕾養身子，阿薇也專心聽著大伯娘說話，連阿芙都仰著腦袋認真地聽著，讓陳蕾看了一陣心暖。

因陳蕾這胎並不穩，安胎藥是少不了的，她也不想有個什麼閃失，便是藥再苦，也乖乖地按時喝下，讓趙明軒很滿意。

自從得知她有了身孕，趙明軒說什麼也不讓陳蕾再繡屏風了，說那傷神對孩子不好，陳蕾心中是哭笑不得。好不容易兩人談妥了，陳蕾還是可以打打絡子的，也正好再琢磨些編法教阿薇。

眼看著離過年沒剩幾天，家家戶戶的餃子也都包得差不多了，陳蕾本來還想要炸一些小果子什麼的，讓趙明軒的虎眼一瞪，便乖乖去休息了。

趙明軒硬要說她那天之所以會暈過去，都是因為年前又是包餃子、又是弄骨頭湯的，累壞了身子才會暈倒。陳蕾自知理虧，嘿嘿地笑著，她不再折騰就是。

可看著村裡人熱熱鬧鬧地準備過年，她實在悶得發慌，最後是讓阿薇動手炸果子，陳蕾在旁邊指點一二，這才沒讓陳蕾閒得長出毛來。

陳長清兩口子過年自然是到自家大伯那裡去，畢竟是陳家長輩，小倆口頭一年還是要回去過個年。

趙家大哥、大嫂本想著要自己過年，沒想到還是被趙老三叫了過去，他說什麼也要跟大孫子一起過年，孝字壓在頭上，兩口子也只好答應了。而陳蕾這邊，趙老三也有知會一聲，卻被他們小倆口直接忽視，陳蕾可不願過去受氣，趙明軒更不想自家媳婦兒有個好歹，還是在家安全些。

陳蕾的弟弟、妹妹們不用說，自然是要跟著她一起過年的，如今住了這麼久，他們跟趙明軒之間也熟悉了，再加上阿言，一家子過年算是熱鬧的。

到了過年這天，陳蕾發難了，總不能指望阿薇一個人準備一桌的年夜飯吧！可看見趙明軒那一張板著的臉，她咬了咬嘴唇，自從她有了身孕，趙明軒就不溫柔了，那倔脾氣真是討厭。「這做頓飯也沒啥啊！去年大嫂有了身子，不也一樣煮飯做菜，我已經喝了不少副藥，一會兒多注意點就是了。」

趙明軒沈默了好半天，最後看著陳蕾說：「要不我去跟阿薇一起做飯，妳只要在旁邊指點就行了。」

陳蕾睜大眼睛問道：「你做飯？能行嗎？」

趙明軒正經地點頭。「我以前也當過一陣子火頭軍。」

陳蕾噗哧地笑了出來。「是不是那種把窩瓜切八瓣，放到鍋裡攪一攪，再放點鹽，一道菜就出來了？」

趙明軒挑了挑眉毛。「妳怎麼知道？」

陳蕾瞬間好失望，撇嘴說道：「算了，看來是沒辦法指望你了。」

趙明軒摸了摸鼻子。「要不試試？只是做個飯，也沒什麼難的。」

陳蕾略有嫌棄地看著趙明軒，接著突然眼睛一亮。「要不我們吃火鍋吧？」

趙明軒有些疑惑，陳蕾開心地說：「你忘了嗎？咱們一起去鐵鋪時，不是買回了一個爐子？」趙明軒這才了然地點點頭。陳蕾開始興奮起來，真是好久沒吃火鍋了！

阿薇他們搬過來住之後，陳蕾在入冬時就從小作坊的倉庫裡，拿出不少牛肉和羊肉，凍在外面，又每天拿一點蔬菜放在倉房的地窖裡，如今也存放了不少蔬菜。

陳蕾還特意在作坊裡開啟了麻辣火鍋的鍋底製作，雖然又花了十兩銀子，陳蕾也不覺得心疼，實在是嘴饞了啊！

因為火鍋的作法簡單，陳蕾乾脆把阿薇趕出廚房，讓趙明軒做就是了。她拿了大塊的凍牛肉和凍羊肉讓趙明軒切片，看著他切下薄薄的一片肉片，陳蕾滿意地點了點頭。

雖說這次的年夜飯不是傳統菜色，但也要把桌子擺滿才能討個吉利，因此光是牛肉和羊肉就切了整整六盤，又弄了一大盤的鮮蝦，這個涮火鍋特別好吃。

因為年夜飯必須有魚，趙明軒昨日就撈了一條新鮮的活魚，剛好可以煮來吃。

陳蕾瞅著還在盆裡游來游去的魚，嘛了嘛口水，新鮮的魚肉涮火鍋最好吃了！她忙指揮著趙明軒片魚，不得不說趙明軒的手藝好，切得是又快、又符合她的標準，讓陳蕾很是滿意。

吃火鍋不可缺少的蔬菜自然要有，趙明軒洗好大白菜和菠菜裝盤，陳蕾又看了眼種在廚房盆栽裡的小青蔥，大手一揮，便拔光了打算拿來涮火鍋吃。

隨後陳蕾又從商鋪買了金針菇，這個說什麼也是不可少的，這時代還沒有冬粉，剛剛她又已經在作坊開啟了麻辣鍋底，暫時不能再開啟冬粉的製作，只好作罷。

陳蕾又叫小松去買了塊豆腐回來，切了一盤新鮮豆腐和凍豆腐，又弄了一盤豆皮；接著又拿了塊野味，讓趙明軒切一盤新鮮的肉片，不過她有了身孕，這野味就不能多吃了。

好在小助理說麻辣鍋底對她和胎兒都無害，陳蕾可以放心地大吃特吃。

把麻辣鍋底放進煮滾的骨頭湯裡後，就慢慢地融化開來，聞著熟悉的味道，陳蕾口水差點沒流下來，讓趙明軒覺得好笑。

若說蘸料要怎麼弄才好吃，陳蕾最喜歡的就是在芝麻醬裡放少許的韭菜花和腐乳汁，攪拌均勻後，再從麻辣火鍋裡挾起一筷子的羊肉蘸著吃，那味道棒極了。

準備齊全後，一屋子人圍著桌子，看著飄著一層紅油、咕嚕咕嚕冒泡的暖鍋，大家都直嚥口水，那香辣的氣味好誘人。

大夥兒看著陳蕾怎麼拌蘸料，都跟著拌，當一盤肉下鍋時，很快就變了色，眾人搶著挾肉放到蘸料裡沾一沾，再挾起來吃，又燙又辣的羊肉混合蘸醬的鹹香，讓味蕾一下子爆了開來，滿桌的人一個個都眼睛一亮。

趙明軒以前也跟幾個兄弟吃過暖鍋，卻沒這般好吃，看著自家小媳婦吃得好開心，怪不得說要吃暖鍋時，她那般興奮呢！

暖鍋上方白煙裊裊，香氣四溢，不同的食材涮過以後，有著不同的口感，很是神奇。因為鍋子不大，煮熟的東西不快點撈來吃，就要等下一波了。一桌子的人可謂是眼疾手快，連阿芙都學聰明了，煮熟的料就一個勁地往自己碗裡挾，也不管吃得完、吃不完。

吃完暖鍋後，一個個都挺著肚子，意猶未盡，小松還埋怨起陳蕾怎麼不早點做這個來吃。陳蕾摸了摸鼻子，之前哪裡敢，要是一個不小心讓大家起了疑心可怎麼辦？再說小作坊的東西也不是說開就能開的，都是要花時間和金錢的啊！

陳蕾最近特別嗜睡，吃完後就感覺有些睏了，趙明軒看她打起了盹，趕忙要她回屋睡覺，讓大家一起收拾、收拾就好。

陳蕾點了點頭，回了屋就在滿村的鞭炮聲裡睡得不省人事。趙明軒收拾好東西後，一進房就看到睡得香甜的陳蕾，滿眼寵溺地看著她，隨後輕吻了一下她的額頭，輕笑一聲，幸福感填滿心頭。

第四十五章

大年初一小輩必須去拜見長輩，陳蕾問趙明軒要不要去趙老三那裡拜個年，後來兩人想一想還是要去的，即便是他們小倆口不在乎名聲，可也要為陳家的幾個孩子，還有他們兩口子以後的孩子著想，即便是全村的人都知道趙家惹出來的那些事，可他們若是真的斷了關係，村裡人多少也會說閒話，人言可畏，還是不落人話柄得好。

兩口子來的時候，正好大哥和大嫂也抱著孩子過來了，小木頭現在長得白白淨淨的，卻瘦得很，並不像其他家的孩子養得白白胖胖的，陳蕾看著有些心疼。趙家大嫂也嘆氣，著實是年前的收成不好，給孩子的吃食也少，兩口子的飯食也都是省下來餵孩子的。

陳蕾也是感嘆，只盼今年的年景會好上一些。

幾人進屋後，趙老三最先看到的便是他的大孫子，那臉笑得擠成了一團。趙明軒一進屋就找了張凳子讓陳蕾坐著，趙李氏瞥了一眼，頗是看不慣，直覺得陳蕾嬌氣。

古代拜年，尤其是在村子裡，小輩是要給長輩磕頭拜年的，作兒女的自然也要給爹娘磕頭拜年。輪到陳蕾和趙明軒時，兩人就說了句拜年的吉祥話，並沒跪下，讓趙老三一時有些下不了臺，可也沒再說什麼，他自己也知道老二兩口子今天能過來，已經是不錯了。

倒是趙李氏存心想找碴，坐在炕上說：「聽說老二家的懷了身子？瞧老二小心的，進屋又是搬凳子、又是守在身邊的，要我說這懷了孩子的女人，可不能這般嬌貴，越是嬌貴越容易生出女娃娃來。」

「閨女更好，就是生一屋子的閨女我也願意養。」趙明軒直截了當地說道，氣得那趙李氏瞪了小倆口一眼，不說話了。

陳蕾勾起嘴角，心想這趙李氏真是陰險，看不得別人一點好呀！有這閒心管別人，還不如想想自己兒子以後該怎麼娶媳婦兒的事。

待都拜完年，趙家幾個小輩也理當要一起去趙家長輩那拜年，今年趙明心卻說要待在家裡不去了，趙老三瞥了他一眼，也答應了，去了也是丟人，還不如待在家裡。

陳蕾和趙明軒也懶得管他們，兩人先行出屋，趙家大哥和大嫂也隨後跟了出來，趙雲萱則是臉色不大好看地跟了出來。

若說趙明心這事，竟然還牽連了趙雲萱，她親娘那般尖酸刻薄的性子，早就傳遍好幾個村子，誰家娶兒媳不會看看親家是什麼人，再說閨女要是隨了老娘那性子可怎麼好，娶回家還有個安寧嗎？

本來也快到了說親年紀的趙雲萱，著實遇到了坎，何況她是個聰明的，這事也看得一清二楚，一時心裡憋悶不已，好長一段日子沒什麼好心情。

陳蕾還記得自己初成親時，趙雲萱那憨憨的、滿臉笑容的樣子，她無奈搖頭，這也是命，有這麼個娘就只能受著。

村裡人多多少少都有些親戚關係，所以拜年也是只去直系親屬或者是關係不錯的人家，趙家這邊的長輩都拜訪得差不多了，陳蕾小倆口又去了陳家長輩那邊，一天下來，飯幾乎都是在別人家吃的，雖說不用陳蕾幫忙做飯，可這麼一天下來，她整個人累慘了，回來後就睡著了。

隨著日子一天一天的過去，陳蕾睡得越來越香，每天早上大多是自然醒，小日子過得著實滋潤，整個人的氣色越發紅潤有光澤。

小松和阿言在學堂裡也認識了幾個志同道合的小夥伴，正月十五鎮上有燈會，幾人商量一下，想一起去鎮上逛逛，晚上順便也在鎮上住下。當小松和阿言跟陳蕾說起這件事時，阿芙就在旁邊，聽說自家哥哥要去逛燈會，她眼睛一亮，滿眼懇求地看著陳蕾。

陳蕾皺了皺眉頭，她怕小松他們玩得開心，就把阿芙忘了，燈會上人山人海的，若是把阿芙弄丟了怎麼辦？可看著阿芙滿眼期盼的小眼神，陳蕾一時猶豫不決起來。

小松一直都是疼妹妹的，阿芙自出生以來就沒怎麼去過鎮上，覺得帶阿芙去看看也好，就保證道：「姊，放心，我一定會顧好阿芙的，保證不會讓阿芙出事。」

阿言這時也認真地保證道：「師母，我也會在一邊照看著，若是小松忘了，我也不會忘了阿芙的。」

小松瞪了阿言一眼。「我自個兒的妹妹，我還能忘了？」

阿言笑了笑沒再多說什麼。說來阿言雖然比小松小了兩歲，可性子卻比小松沈穩得多。

陳蕾看了看趙明軒，見他點頭，也就答應了。阿芙一看阿姊同意了，小眼睛一下子彎成了月牙，剛想撲到陳蕾懷裡，卻硬生生地止住了，那樣子好逗趣。

幾個孩子在一邊歡呼，陳蕾瞥了阿薇一眼，不經意地捕捉到阿薇眼裡流轉的那一絲羨慕，陳蕾不禁問道：「阿薇，要不妳也跟著去吧？」古代雖說對女子的束縛多，但是在燈會、廟會上，對女子的約束就比較寬鬆些。陳蕾家又不是大戶人家，平時去鎮上賣東西不也要拋頭露面的，再說還有小松和阿言在，讓阿薇跟著去也沒什麼。

阿薇一愣，隨後便搖頭了。「一個燈會而已，有什麼好看的，我才不去呢！」

阿薇口是心非慣了，陳蕾心裡無奈，嘴上說道：「妳去了正好可以幫忙照顧阿芙，她就算再小也是個女孩兒，總有不方便的時候，不用擔心銀錢，不差你們出去玩的。」

阿薇一聽有些猶豫了，阿芙很機靈地拽著阿薇的衣袖開始撒嬌賣萌，最後阿薇招架不住也答應了。

等入夜睡覺的時候，陳蕾倒仍是有些擔心他們出去會不會出事，趙明軒嘆口氣。「別擔心了，我讓一鳴兄照應、照應他們便是。」

陳蕾迷迷糊糊地答應後，就睡著了。

他們一群人要去燈會的事讓阿蓉知道了，求了大伯娘好半天，大伯娘才答應下來，讓她也跟著去。陳蕾自然也是願意的，阿蓉去了正好和阿薇作伴，至於小姑家的小月，自從上次她讓人拐走了，誰還敢帶她出去玩，便是幾個孩子敢，小姑也是不願意的。最後三嬸家的阿樺也跟著去了，陳蕾好笑地說，他們這算是組團去旅遊。

待十五那天，小孩們都走了，屋子一時靜了下來，讓趙明軒和陳蕾有些不習慣，最後小倆口覺得待在家也沒意思，便去了陳長清家，他們爺兒倆在正堂聊天，陳蕾和王蕙娘則在屋裡聊著。

如今王蕙娘已把陳蕾當成好姊妹，有什麼心事都說，陳蕾看她有心事的樣子，便隨口問了一句，沒想王蕙娘卻噼哩啪啦地說了一堆。

大概也是她娘家的事，說來陳長清之所以認識王家，還是因為王家大兒子在戰場上因為救他而沒了命，兩人平時關係不錯，待回來後，陳長清也是帶著要還恩情的想法去了王家，沒想到那天正好碰到王蕙娘被趙李氏欺負回來，就這樣成了王家的女婿。

王家陳蕾也是知道的，總想從別人身上刮點油水下來，不說陳長清欠了人家兒子一條命，如今又是女婿了，王家定是想從他身上撈點好處。就當初他們成親時那陣勢，誰家都知道陳長清身上是有點錢的。

小倆口回門的時候，王家大娘就拉著自家閨女，打聽女婿身上可有錢，話裡話外都是要閨女把錢要過來掌管著；其實母女倆說這個也沒什麼，一般人家的娘親也是希望閨女能把持著家裡的銀錢，可王家姑娘也不是傻的，她知道自家老娘接下來還想幹麼。

當時王蕙娘以剛嫁過去為由敷衍著，王家老娘也知道這事不能做得太過，就沒再追問。可過年時，小倆口回了王家，王蕙娘就不好再糊弄過去，王家早就從陳長清口裡套出他以前在軍營裡是個小官，若說沒錢，他們肯定不信。

王家老娘拉著自家閨女就開始哭訴，說過年她想起大兒子來，以前沒消息倒還有個盼頭，如今知道兒子不在了，連屍骨都不能歸葬祖墳，多可憐啊！

娘親的話弄得王蕙娘也心酸酸的，沒想到話鋒一轉，王家大娘又說家裡現在沒多少米麵了，幾個兒媳又不省心，如今幾個兒子掙的錢全都被她們藏了起來，這一大家子的就會花他們兩老的錢，手裡那些棺材本都快沒了，眼見著飯都快吃不上。說了一堆，其實重點就是老娘沒錢了，你們不給點？

陳長清在成親沒幾日後，就把自己全部身家都給了王蕙娘，他不像趙明軒遇到了好機遇，但手裡也有個千百兩銀子。王蕙娘覺得自己一個和離的，能讓陳長清這麼疼在心裡已是天大的福氣，千萬不能寒了對方的心，既然嫁了人就是陳家的人，怎麼能把銀子一個勁地給娘家。

就這樣王蕙娘還是說了些敷衍的話，頓時讓王家大娘不悅了，說了幾句難聽的話，到底還是自己親生的閨女也沒太逼著，但母女倆之間鬧得頗不愉快。王蕙娘臨出娘家的時候，王家大娘都沒緩過臉色，讓王蕙娘多少有些寒心。

王蕙娘眼睛通紅地說：「嫂子，我就是不明白他們怎麼不為我想想。」

陳蕾一時語塞，在現代都還有人覺得女兒是賠錢貨，更不要說古代了。之前陳蕾就看出來王家拿著閨女的親事在套錢，如今碰上陳長清這塊肥肉，怎麼會輕易放掉，何況陳長清還欠著人家一條命呢！

「這事妳有沒有跟妳家相公說？」

王蕙娘搖了搖頭。「我若是跟他說，他定是要給我娘家送銀子的，可我爹娘什麼性子我知道，嚐了一次甜頭，那往後……」到底是覺得不堪，王蕙娘沒有再說下去。

家家有本難唸的經，陳蕾喜歡什麼事都和自家相公說，無論有什麼事，兩口子都可以一起面對；可每個人的想法不同，陳蕾也不知道該怎麼勸王蕙娘，最後也只能讓她放寬心，走一步、是一步吧！

王蕙娘本來就是聰明的，無非想找陳蕾抱怨、抱怨罷了，說出來後心情也好了不少，隨後兩人又聊了些別的，這才開心不少。

待回去後，陳蕾就把這事說給自家相公聽，趙明軒知道後就說：「其實弟妹跟長清說也沒啥，這麼憋著也不是辦法，長清在外面這麼多年，什麼人沒見過，王家這樣的在他眼裡也不算什麼。」

陳蕾想了想也是，王蕙娘不如跟自家相公把這事說清楚，不然總這麼拖著也不好，最後不知道王家又會弄出什麼事來。

因此，陳蕾後來又跟王蕙娘提了一下，看她是否願意告訴她相公。這事便也不了了之了，畢竟不是一家人，陳蕾也只能點到為止。

說來陳蕾發現阿薇自從燈會回來後，就一直神情恍惚，她私下問了小松在燈會上有發生什麼事沒？小松也是丈二金剛摸不著頭腦，說沒啥事。

陳蕾問了阿薇，她也說沒什麼。以阿薇那性子，她若不主動說，妳便是再問下去也沒用，陳蕾只能暫且不問了，想著應該也不會有什麼大事。

沒想到過不久，卻出了大事！當媒婆找上門時，陳蕾一愣，因媒婆說親的人家是洛家！陳蕾問了個仔細，這鎮上也就那麼一個洛家，提親的不是別人，正是小霸王洛一鳴。陳蕾聽了後不禁皺眉，這洛家是什麼人家，自己家又是什麼人家，阿薇嫁過去在別人眼裡就是高攀了；若說洛家是看在趙明軒的面子上才打算娶阿薇，那更是糟糕，一樁為了利益的婚姻，陳蕾都能想到阿薇以後的日子會有多難過。

洛家的面子不能就這麼回了，陳蕾強撐著笑臉應付媒婆，說再考慮幾日，那媒婆也是乖覺的，誰家說親也沒有一口就定下的，一般娘家都會矜持一下。照媒婆的看法，陳家這姑娘能嫁進洛家該要有多高興啊！也沒想到陳蕾會不願意，說了些喜慶的話就離開了。

待媒婆走後，陳蕾臉色一直都是陰沈沈的，把阿薇叫到自己房裡後，看阿薇目光閃躲，陳蕾微眯著眼，心中有了不好的預感。「洛家會來提親，妳之前就知道？」

阿薇臉色一紅，忙低下頭，顯得有些慌亂。「姊，我不懂妳在說什麼。」

陳蕾深吸一口氣，她寧可阿薇嫁到齊家，都不想阿薇嫁到洛家，最起碼在齊家這種小門小戶的人家裡，她還能幫著些，讓阿薇不要受了委屈。可說到洛家，就完全不是這麼一回事了……古代的商賈之家最是複雜，他們沒有世家的百年根基，不著重規矩，卻看重利益，有的人家為了利益連臉面都可以不要；正因為沒有規矩，不受控制，府裡的丫鬟隨便就能爬到主子的床上，再說洛家深宅大戶的，阿薇嫁進去怕是會被吃得連骨頭都不剩。

陳蕾聲音冷冷地說：「過幾日我便回了洛家，妳可有怨言？」

她話音剛落，阿薇一下子抬起頭來，眼裡更是慌慌張張，陳蕾看得一顆心瞬間冷了下來。姊妹兩人對視許久，阿薇撇開頭跑了出去，獨自留在房裡的陳蕾緊握著拳頭，努力地控制著自己的情緒。

趙明軒從山裡回來後，便看到自家媳婦兒板著一張臉躺在炕上，疑惑地問：「怎麼了？可是小松和阿言那兩個小兔崽子氣到妳了？」

陳蕾坐起來，嘆了口氣，把洛家提親的事說了一遍，待趙明軒聽完後一皺眉，自然也是不贊成的。

「我最怕的是在燈會時，阿薇跟洛一鳴生出了感情。」陳蕾擔憂地說道，如今阿薇也到了情竇初開的年紀，說實話洛一鳴長得確實不錯，那通身的氣派也不是村裡這些年輕小伙子能比的。阿薇的性子想也知道，若是真對洛一鳴動了心，怕是十頭牛都拉不回來。

可陳蕾擔心洛一鳴是有企圖的，若真是別有目的，那洛家的矛頭指的就是趙明軒，如今京城局勢變化多端，誰能知道以後會是個怎麼樣的局勢，若是一個弄不好，阿薇沒了利用價值，可以想像得到一個利益為重的商賈之家，會怎樣處理阿薇。

小倆口都想到了這一點，商量了許久。陳蕾就只想回絕這門親事，趙明軒倒是沈思了會兒，最後只說了聲再看看吧！陳蕾頭疼地揉著額際，她一個做姊姊的畢竟不是母親，若是阿薇執意要嫁，而她執意阻攔，怕是她們姊妹倆的情分也到了盡頭。

沒想到事隔一天，洛一鳴就登門拜訪了。陳蕾目光複雜地看了他一眼才轉身進房，待洛一鳴走後，陳蕾便問趙明軒跟他談得怎樣。

趙明軒無奈地看著陳蕾說：「皇上下旨招秀女，凡滿十四歲、樣貌清秀的都要被召進宮裡，若是落選的便要入宮當宮女，怕是下個月便會有負責采選的公公過來了。」

陳蕾腦子一懵，古代多少人家的女子都是被迫入宮的，更有大戶人家捨不得自家閨女嫁進去，就隨便從鄉村裡找個樣貌清秀的頂替。以阿薇的樣貌，別說趙陳村，在其他村裡也算是排在前頭的，若是趙明軒插手此事，能瞞住了還好，沒瞞住便是欺君之罪，也不是個保險的法子。

陳蕾只覺得眼前一黑，這下子只能趕緊找個人家訂親，但偏偏阿薇對洛一鳴動了心……

「現在只能期望洛一鳴對阿薇也是真心的。」趙明軒扶著陳蕾安慰道，心裡對此事也是無奈至極。

陳蕾心中苦澀不已，冷靜下來後，她來到阿薇屋裡，姊妹倆靜靜地坐了好一會兒，陳蕾才說：「妳可是想好了？洛家不是普通人家，妳若是嫁進去，以後我們姊妹要見一面怕都很困難。」

阿薇緊抿嘴角，沈默了好一會兒，才聲音乾澀地說：「姊，我想試試。」

「試試？妳這是拿一輩子來試，妳知道嗎？阿薇，姊給妳找其他人家可好？」陳蕾軟聲說道。

阿薇頓時抬起頭，雙眼通紅地看著陳蕾，眼淚就這麼掉了下來。「姊，我知道妳擔心什麼，可我相信他會對我好，只要他對我好，其他的我什麼都不在乎。」

陳蕾一時無話可說，呆愣地看著阿薇好一會兒，才疲憊地開口說：「妳若是執意如此，就去問問大伯他們答不答應吧！若是長輩們都同意，姊就給妳準備嫁妝。」

阿薇看著滿臉疲憊的陳蕾，張了張嘴，到底沒說出別的話來。

這事當陳家長輩們都知道後，也都是不贊成，大家一個勁地勸阿薇，可畢竟不是自己親生閨女，又能說多少，阿薇似是鐵了心要嫁去洛家，陳蕾最後也只能無奈應下。

當媒婆再次上門，陳蕾點頭後，那媒婆一副「我就知道」的表情讓陳蕾跟吃了蒼蠅似地難受，連媒婆都覺得是她家高攀，等阿薇嫁進去以後，日子真能過得安穩？

送走媒婆後，陳蕾坐在炕上想了許久，不過是訂親，沒成親前還都是未知數，她也只能這樣勸自己了。

媒婆回到洛家報信後，洛家人便登門拜訪，洛一鳴他爹和娘的態度很不錯，待陳蕾和趙明軒也很親切，然而陳蕾還是看出來他們的視線不時地瞥向趙明軒，語氣裡也多是拉攏之意，陳蕾的心更加涼了一截。

當陳蕾看著阿薇歡歡喜喜地準備做嫁衣時，她的神情恍惚了許久，只能嘆氣……

果然出了正月，村裡就傳開了采選秀女一事，因年景不好，倒是有的人家想把女兒送進宮裡，搞不好就這樣飛上枝頭了呢！還有的人家趕忙給自家閨女找人家訂親，生怕被召進宮裡；有些人家則是覺得自家閨女長得相貌平平，也不怕會被召進宮，便睜大了眼睛四處去看笑話，一時也是熱鬧。

今天是這家訂了親，明天是哪家的閨女哭鬧不依，幾家歡喜幾家愁，陳蕾在愁了幾天後也想開了，阿薇畢竟只是妹妹，她管得多了反倒遭怨，現在她只能期盼阿薇以後的日子會好過一些。

采選的公公先去了鎮上，隨後沒幾天才來到趙陳村，所有滿十四歲、未有親事的姑娘全被叫了出來，村口圍了不少人在看熱鬧，陳蕾正懷著身孕，也不好湊那個熱鬧，就沒過去看了。

待秀女一事過後，村裡又平靜下來。

即將開春，天氣漸漸地暖和了，村裡都是泥地，雪一融化，地上全是泥濘，陳蕾就更不願意出門，閒著在家打打絡子，但大部分時間她都是在睡覺。

陳長清開了春就去找村長，說要買地蓋房子，就買在陳蕾娘家旁邊，也算是跟他們做鄰居了，這樣一來兩家自然更親近一些。

到了三月末，皇恩浩蕩，開國庫發糧食，安置流民，就有五戶人家被送到趙陳村來，他們雖說帶著糧食與銀錢過來，可沒有房子住，一大家子人弄了個帳篷，就睡在村頭，一整天吵吵鬧鬧的。

趙陳村有幾十戶人家，算是大村子，這五戶人家一來，人也不算少，這年頭人心隔肚皮，村裡人最是忌諱外來戶，一般外來戶不住個幾年是很難融進村裡的，一下子來了五戶人家，還在村口住著，不少人家就開始不滿起來。

那被安置過來的五戶人家，徧門要村長幫忙挑地、蓋房子。等村長分配好地，陳長清家旁邊就被分到一戶人家，其他四戶也分散在各處，村長特意沒安排在一起，本來就是外來戶，更不能讓他們住在一起，防人之心不可無，陳蕾倒是佩服村長想得周到。

而此時南邊的天氣暖和，種的糧食已經長出好高的苗來，北方這邊只要再等幾個月，等南邊收了糧食就可以運到北邊賣，雖說貴但是好歹能買到糧食，總算是有了盼頭。村裡不少年輕小伙子去鎮上幹活，想著賺些錢之後好買糧食。

第四十六章

外來的那幾戶人家，也開始著手蓋房子。幾戶人家裡有一家是獵戶，倒是常往山裡走，帶著人就進山裡砍樹，運下來開始蓋房子。

看著人家蓋房子，陳長清也湊上熱鬧要開始蓋房子了，他家自然是要蓋紅磚綠瓦的大磚房。待磚買好，村裡關係好的都過來幫忙，趙明軒和陳長清兩人又上山砍了不少木頭，等一切都準備齊全，便蓋起房子來。

被分到陳長清家旁邊的那戶人家姓張，一家大小就十來口人，張老頭下面有三個兒子，都娶妻生子了，在顛沛流離的日子裡全家幾乎還都生存下來，可想而知，大部分都不是善類。

不出所料，陳長清家剛開始蓋房子、打地基，張家人就總是往這邊看，盯著那些青磚綠瓦，一個個的眼珠子直亂轉，不知道在想什麼，讓人看上去極為反感。本來有些村民想去幫張家蓋房子的，這一下也都不去了，直接幫陳長清家蓋房子。

陳長清還特意請了個婆子過來給大夥兒做飯，多少也是怕惠娘被別人的眼光傷到，雖說村裡人沒說惠娘什麼，到底還是好奇的。陳長清又不捨得惠娘一人在家，就讓她去了陳蕾那裡，陳蕾家人多熱鬧，也正好可以陪陳蕾聊聊天。

對於阿薇的婚事，經過惠娘這一開導，讓陳蕾心裡好過了不少。

這天惠娘才到陳蕾家沒多久，就聽到外面的吵鬧聲，惠娘剛要出去，陳蕾趕忙拉住她。

「妳去幹什麼？有我們兩個的相公在外頭，沒事的。」

惠娘這才坐了下來，心中卻有一絲擔憂。說來陳蕾心裡也是擔心的，可她們女人家去了又沒什麼用，反倒添亂，好在吵鬧聲沒維持多久，就平息下來，看沒人回來，應該也沒出什麼大事。

待晚上趙明軒回來，陳蕾問那吵鬧聲是怎麼一回事，才知道新搬過來的張家說陳長清蓋房子蓋得超過了，把他家的地占了，本來還想說理，沒想到張家幾個小子一副凶神惡煞的樣子，明顯就是過來挑釁的。若是尋常人家可能會怕他們，偏偏不巧碰上了趙明軒他們兄弟兩人，就張家幾個小子，在他們眼裡不過是小嘍囉，三兩下就把人給打趴下了，張家這才求饒，說是弄錯了，村長也懶得過來管這事。

陳蕾聽完皺眉，又問村裡來的這幾戶人家怎麼樣。趙明軒的臉色不大好，說這些流民能活到今天，不是命大的話，就絕非善類，即便以前是好人，可經歷了顛沛流離的生活，人也變了。

陳蕾嘆口氣，心想得讓阿薇他們小心一些了，又不知道張家是個什麼人家，萬一存心報復呢？趙明軒也有想到這一層，若是張家不識趣，日後搞一些小動作，他必會讓他們在村裡待不下去。

好在張家還算是識趣，這事過後也沒見他們還有什麼壞心眼，大夥兒也就不跟他們一般計較。

等陳長清的房子蓋好後，就開始置辦起家具，從鍋碗瓢盆到衣櫃全都買了新的，來回運了好幾車，不少人家看得眼睛都發紅了，一個勁地誇陳長清有本事，還說王家姑娘是個有福氣的。不管這些話是真心還假意，都讓小倆口覺得很有面子。

這喬遷之喜，陳長清也是擺了酒宴慶祝的，年景不好，他就只是請了幫著蓋房子的人家，還有自家親戚，陳蕾因為孕吐得厲害就沒過去。

隔天，見到王惠娘皺著眉頭過來時，陳蕾還納悶。「怎麼了，可是長清欺負妳了？」

王惠娘無力一笑，搖搖頭。「沒，他哪會氣我。」

陳蕾一愣，這剛搬了新家理應高興的呀！又想到昨天王家肯定也是來了的，就問道：「可是妳娘又逼妳了？」

王惠娘低下頭，手揪著衣襬嘆口氣，算是默認了。

陳蕾也嘆口氣，有這麼個爹娘也是愁人，勸了王惠娘幾句，看沒什麼用，陳蕾才說：「要我說，這事妳還是跟妳家相公說了吧！總是自己頂著也不是辦法。」

王惠娘難為情地說：「嫂子，這事妳要我怎麼跟他說，萬一……」

陳蕾打斷了她的話。「過日子、過日子，不就是要兩口子在一起過才算日子嗎？有些事說開了反倒好，瞞著更容易生出誤會的。」那王家一直念念不忘著要拿些好處，若有一天真的當了陳長清的面說出口，不知道會弄得多僵呢！

陳蕾見王惠娘猶豫了，想來她是聽進去了，便岔開了話題。因為孕吐得厲害，陳蕾沒事就吃兩顆酸棗，酸得眼睛直瞇著，讓王惠娘看著都覺得酸了。

陳蕾還打趣地讓她嚐嚐，王惠娘立即就回絕了，還笑說她這麼愛吃酸，肚子裡定是個小子。陳蕾笑了笑，兒子、閨女都無所謂，只要是她的孩子，她都會疼。

開春了，該養豬的抓豬仔，該養雞的抱小雞，阿薇因為親事跟陳蕾有了些隔閡，提出要回去住，卻被陳蕾回絕了。如今旁邊多了個張家，萬一張家人夜裡摸了過去，阿薇一輩子就算完了；再說阿薇成親的日子是訂在年前，一晃眼也就到了，到時候她嫁了出去，總不能讓小松和阿芙自己過日子，左右還是要搬過來，不如就一直住著了。阿薇聽了她的話，點了點頭又回屋繡嫁妝了。

陳蕾看著阿薇離開，嘆口氣，看來古代的孩子也是有叛逆期的呀！

又過了一個月，陳家兩位堂哥又開起鋪子，香品軒也開始進貨了，讓陳蕾又能賺點錢。陳蕾閒著沒事，想著要再弄點新的東西去賣，想了好久，不如賣薯片好了，也能弄出許多口味來，估計這好吃的東西到哪裡大家都是愛吃的；可又想到去年收成不好，誰家能弄得出這麼多馬鈴薯，薯片也只能等到秋後再開始賣了。

有了銀子進帳，陳蕾好是開心，整個人也樂呵呵的。如今懷孕已經快五個月了，都說頭三個月不穩，陳蕾覺得現在應該穩了，在現代雖然沒懷過孩子，卻也聽師姊、師妹們說過，懷孩子的時候可不能一天到晚躺著，對自己和胎兒都不好。

秉持著這個原則，陳蕾沒事就會四處走動走動，肚子一天一天的大了起來，像是吹氣球似的，當有了胎動時，陳蕾和趙明軒都覺得很驚奇，一時間兩人的感情又升溫不少。

怕陳蕾悶著，王惠娘每隔幾天都會過來坐坐，王惠娘最後還是把娘家的事跟陳長清說了，陳長清知道後便哄著媳婦兒，要她不必放在心上；他也是看出媳婦兒心裡一直有事，但媳婦兒既然不想說，他就等，反正都是自己的媳婦兒怕啥。

陳長清不傻，也知道王惠娘擔憂什麼，依陳長清看來這不算什麼大事，岳母說家裡困難就買些糧食送過去，說缺啥買啥，反正不送銀子過去就是了。

陳蕾聽王惠娘說了陳長清的想法後，她也點點頭，頗是贊同。怎麼說王家都是惠娘的娘家，況且陳長清到底是欠了人家兒子的一條命，王家若是要什麼、缺什麼就買過去，左右沒多少銀子，他也不缺；可是若直接給了銀子，今天一兩，明天就得二兩，人心不足蛇吞象，以後也就是個無底洞。

這樣一來倒讓惠娘更顯得孝順，王家若還一個勁地想貪銀子，那就是他們的不對，顯然是在賣女兒了。

王惠娘跟陳長清說開了後，這事算是明朗了，連帶著跟陳蕾也更親近了些。

當王惠娘感謝陳蕾時，陳蕾逗趣地說要是真感謝，等她生了孩子要坐月子的時候，就多過來照顧、照顧她。

不想王惠娘認真地點了點頭，還抓著陳蕾的手說：「嫂子，妳放心，妳坐月子的時候就把我當親妹子一樣的使喚著，以後咱倆就是親姊妹。」

陳蕾一愣，看著王惠娘眼裡的真誠，陳蕾點了點頭。

王惠娘這次算是跟娘家生疏了，怕是她以後坐月子，也不敢讓自家老娘過來照顧。陳蕾不禁心生憐惜，若是沒有陳長清在，王惠娘如今不知道過著什麼苦日子呢！「惠娘，妳是個有福氣的，以後的日子只會越來越好。」

王惠娘溫婉地笑著，手輕柔地摸著陳蕾的肚子，笑著說：「嫂子希望是男孩，還是女孩？」

陳蕾也摸著那鼓鼓的肚子，感受著裡面生命的悸動，幸福地說：「不管男孩、女孩，都是我的孩子。」

王惠娘也笑著點頭，心中滿是羡慕，顯然也想要個孩子了。陳蕾取笑了她一陣，把王惠娘弄得臉色通紅，害羞極了。

開始農忙時，家裡院子的菜和田裡的菜都靠趙明軒一人耕種，阿薇也要去忙田裡的活了，最後只剩陳蕾和阿芙兩個人在家，趙明軒有些不放心。陳蕾倒是無所謂，不過是懷了孩子而已，怕什麼，倒是只讓趙明軒一人忙活，心裡有些捨不得。

而王惠娘自小繡活就做得不錯，王家就只讓閨女在家繡花、打絡子，又看閨女長得不錯，就更不讓她下田幹活了，若是她還在趙家，估計田裡的活說什麼都要做了。可嫁了陳長清，哪裡捨得讓她下田幹活，本來惠娘也是要去幫忙的，結果讓陳長清直接回絕了，後來陳長清特意和趙明軒商量了一下，決定讓他家媳婦兒過來陪陳蕾，兩人也有個照應。

這樣一來趙明軒也放心了不少，讓陳蕾不禁好笑。

說來陳蕾與惠娘在一起很是舒服，兩人便是各忙各的，坐在一起也不會尷尬，一時有些像閨蜜了，在現代沒有朋友的陳蕾，也很珍惜如今能得到的這一段友情。

而趙明軒和陳長清在從軍打仗方面是好手，可種田也只能勉強算是個會的，兩人商量了一下，去年年景不好，好多人家裡吃得連種子都沒留下，乾脆直接在村裡雇兩個人過來幫他們一起種地，肯定是有人家裡沒東西種，願意過來的。陳蕾聽了也放心不少，不然若是只有他們兩人種田，可是夠累的。

後來倒沒想雇的卻是張家的兩個兒子，陳蕾怕會出事，趙明軒則輕笑著搖搖頭，說看張家幾個兒子還算可以，幹活也使勁，沒偷懶，想來之前只是習慣了欺軟怕硬，如今安家落戶了，也生活得踏實一些。

陳蕾皺眉，心中仍不安，趙明軒安慰著。「長清看人還是準的，況且都是鄰居，既然他們開口，我們能幫就幫，要是真的得罪死了，結了怨，就怕……」

陳蕾點了點頭，表示明白了。張家落難的時候也是看多了人情冷暖，所以必須強勢一些，說不定現在落了腳，就想明白了，真的改過自然是好的。

對於此事陳蕾也沒再糾結，不過是雇傭關係，銀貨兩訖。

自安排好後，陳長清把自家媳婦兒的繡架搬了過來，被陳蕾取笑，陳長清撓撓頭，爽朗地說：「放在大嫂這正好，省得我媳婦兒沒日沒夜地在那繡。」

王惠娘跟在陳長清身後，被他說得直害羞，偷打了他兩拳才解氣。

待陳長清走後，陳蕾看著惠娘繡的屏風，倒是像南邊的手法，問了才知道是遇難過來他們村裡的一個老繡娘教的，村裡不少姑娘跟著學，只有她最有靈氣，所以那老繡娘便多教了她一些。

陳蕾看著眼前娟秀的牡丹圖，很是讚嘆，說道：「這拿到鎮上，應該能賣個三十兩。」

王惠娘一愣，抬頭看著陳蕾。「嫂子真會說笑，平常我爹拿到鎮上賣，也只賣個……」她突然說不出話來，陳蕾一時也明白了，怕是王家老爺子貪了自家閨女不少銀子。

王惠娘苦笑，若是真如陳蕾所說，那她這麼多年在家裡繡的東西……搖頭一笑，又拿起針線繡了起來。

陳蕾有些無奈，說道：「妳也別想以前的事了，如今知道自個兒的手藝這般值錢，可是好事。」

王惠娘一笑，嘆口氣。「只因我是閨女，爹娘就這般偏心，我心裡到底是不好受。」

陳蕾拍了拍她的肩膀，爽朗地說：「快別想這麼多了，大好的日子在前頭呢！不要看以前，咱們過好以後就是了。」

許是被陳蕾感染了，王惠娘也點頭笑了開來。

張家的兩個兒子倒是不錯，幹農活確實是好手，陳蕾後來乾脆叫阿薇不要翻地了，把家裡那些旱田也讓他們去忙活。阿薇沒說什麼，答應後就回屋子裡繡嫁妝。

陳蕾不禁黯然。王惠娘和她如今可比親姊妹還要親，也知道陳蕾心裡的擔憂，看阿薇已經回自己房裡繡嫁妝，便小聲勸道：「人各有命，妳做得已經很不錯了，隨緣吧！說不定阿薇嫁過去就能享福了呢！妳如今總是想這些不好的，要我是阿薇，我也不開心。」

陳蕾看著王惠娘，翻了個白眼。「要是妳的話，妳會嫁進洛家？」

王惠娘瞪了陳蕾一眼。「平時勸我倒是挺會勸，如今自己卻轉不過彎來了。」

陳蕾無奈搖頭，輕嘆口氣，算是真的想明白了，也許就是人家有緣分呢！想通後，陳蕾又開始琢磨起阿薇的嫁妝來，姊妹一場，總不能真的讓她像尋常人家一般的嫁過去。

陳蕾想著多拿些銀子給阿薇壓箱底，卻有些猶豫了。阿薇不懂得賺錢，真給太多銀子她也是留著打點人情，不會錢生錢，就怕有一些黑心的奴才想著法子要套她的錢，更何況錢給得再多，也有花完的那一天。

陳蕾想說讓趙明軒去打聽一下，看看這大戶人家的嫁妝是怎麼置辦的，趙明軒卻不大懂這些，以前也沒注意過，不過說來錢莊裡還有好些個首飾沒賣出去，問陳蕾可還留下來？陳蕾搖搖頭，說不吉利，倒是讓趙明軒想辦法看能不能從縣城裡弄到一些精緻的首飾，趙明軒點頭應下了。

陳蕾回憶起以前看過的宅鬥文，大戶人家娶進來的媳婦，都會有陪嫁的莊子和鋪子，她想著給阿薇錢不如給她莊子或幾家店鋪，擺在那，細水長流，阿薇以後就不至於靠著死錢過日子。雖說兩人的門戶不相當，可有這些給阿薇當陪嫁，她將來日子也能好過一些。

陳蕾拿出自己這兩年來的帳本，託雙面繡的福，就賺進了千兩銀子，再加上小作坊，合起來也掙了幾千兩。

陳蕾撫摸著肚子，既然占了原主的身子，總要為陳家做點什麼。「寶寶，別心疼這銀子，以後娘再給你攢著。」

定了主意，陳蕾就去了陳家大伯那，莊子、鋪子都要拜託兩位堂哥幫她找著，兩位堂哥她還是信得過的；嫁妝她也不是太懂，家具、首飾、藥材都算在嫁妝裡，陳蕾還是要找大伯娘幫忙看著的。

當大伯娘得知陳蕾的想法，嚇了一跳。「阿蕾妳可想清楚了，這不是小數目，妳家那口子可是願意？」

大伯娘一家只知道陳蕾刺繡賺錢，並不知賺了多少，再加上不知道小作坊的存在，這會兒看陳蕾要花這麼多錢弄嫁妝，心中頗是擔憂。

陳蕾讓大伯娘不用擔心那麼多，自家相公是不會說什麼的。大伯娘看陳蕾氣定神閒的樣子，也就不多問了，心裡想著要自家小子好好找找、壓壓價，可不能讓陳蕾吃虧。

大件陪嫁陳蕾要不錯且耐用的，只好去縣城裡找木匠打，這事也交給了大伯一家。最後合算下來，光家具就要一百五十兩銀子，陳蕾點頭應了，木匠便開始著手打造，在成親前保證能弄好。

陳家兩位堂哥也是上了心的，相中了兩家鋪子，趕忙過來問陳蕾，聽說是賣胭脂水粉的鋪子和布店，陳蕾想著都不錯，商量了價格，總共要五百兩銀子，連貨帶鋪子全都給陳蕾。這價錢是有些貴了，後來被堂哥們壓到四百兩才成交，是趙明軒出面去衙門立了文書，過戶在阿薇的頭上。

陳蕾算是放了心，就算阿薇到時候不會經營，這兩個鋪子地段不錯，租出去也能收點錢，至於店鋪裡的掌櫃，陳蕾還是要麻煩堂哥們去找人了。

莊子找起來就麻煩一些，去年鬧蝗災，有些田地已是不能種田了，陳蕾村子附近的縣城受到的波及小了些，一時莊子和良田都貴起來不說，也都早就被買走了。

得知這事，陳蕾只能讓堂哥幫忙留意，也不是急得來的事。

因前年陳蕾做的鹹菜不錯，大伯娘和三嬸還惦記著這事，去年兩人本想做來賣，卻遇到旱災，菜也沒種活。今年家家都還困難著，陳蕾開春後便讓大伯娘和三嬸把菜地都種上白蘿蔔和黃瓜，蒜和薑也種了些，又把茄子也種了。大伯娘說那蒜茄子味道可好著，陳蕾也點點頭。

陳家小姑聽聞這事，也來找過陳蕾，雖然小月失蹤那次鬧得不愉快，可小姑家著實困難，陳蕾也應了下來。

王惠娘在村裡沒什麼朋友，也不愛出去，陳蕾看她一整天除了刺繡就是刺繡，讓她歇歇也是一笑而過，陳蕾這才知道，怪不得陳長清搬繡架過來的時候會那般高興。在陳蕾看來，自己有好手藝，能證明自己的價值就可以了，犯不著一整天都在忙繡活，生活不免無趣了一些，再說這麼繡著，老了眼睛怕也要廢了。

在現代時陳蕾是沒辦法，她不刺繡就沒飯吃，可來到古代就不一樣了，賣一次繡活可以吃上半年，手裡又不缺錢，完全沒必要這麼忙碌不是。

經過陳蕾不斷地洗腦，才讓王惠娘漸漸願意放下繡活，因此醃製鹹菜這事，陳蕾也把她算進來了，天天面對著繡活多累，總要做點別的啊。

第四十七章

隨著陳蕾肚子一天天的大起來，弄鹹菜幾乎都是大伯娘和三嬸她們在弄，陳蕾都是晚上先在小作坊買好醬油和醋這些調味料，白天就指揮大家怎麼做，好在一些菜種兩個月就可以摘一輪，不怕沒菜可醃。

本來陳蕾也沒指望大家能弄多少斤鹹菜出來，可一個月後，陳蕾不禁咋舌，這滿滿一倉房的鹹菜，實在壯觀。鹹菜都是讓趙明軒駕著車，送到陳家堂哥的鋪子裡，賣的倒是不錯，鹹菜是論兩賣的，算起來最便宜的也要幾十文錢一斤，這麼一來倒是挺貴的，可貴在味道好，貼上個祖傳秘方醃製，那等於是包了層金紙，第一批賣下來，每家也賺了十幾兩銀子。

大伯娘和三嬸直誇這錢都是靠陳蕾才能賺到，陳蕾呵呵地笑著，心情也好得很。在她看來，古代社會封閉，誰家琢磨出來點東西，那可都是秘方，不像現代隨便上網搜尋一下就能找到一堆作法。這些鹹菜也是意外之財，能讓大伯娘她們賺點錢，陳蕾也很高興。

其實這鹹菜若不是因為陳蕾那小作坊裡的精品調味料，還不一定能賣得這麼好。

王惠娘拿到銀子的時候，頗不好意思，可跟陳蕾認識這麼久，她也知道陳蕾是把自己當親妹妹看待，因此也不矯情，拿了銀子後，她就想著到時候陳蕾坐月子，她一定要好好照顧著。

倒是陳家小姑從大伯娘那領到銀子後，卻沒說什麼，陳蕾是習慣了，也不挑她毛病。待懷孕七個月時，陳蕾時不時會腳抽筋，疼到一整晚都睡不好，好在有趙明軒在身邊幫她按摩，不至於那般難受。

最讓人高興的，就是陳家堂哥找到了一處不錯的莊子。因家裡官人升遷，他家夫人原本買下的莊子就想著要賣，正好他家掌事的認識陳家堂哥，後來聊天說到這件事，堂哥也就趕緊過來問一下陳蕾。

莊子不大不小，有百畝良田在裡頭，莊子裡的房子也都是好的，不用修葺或重蓋。莊子要賣六百兩，若前兩年這莊子大約只能賣個三百兩銀子，可因現在田地貴，如今這莊子要價六百兩倒是正常。陳蕾雖然心疼，仍然點頭應下來，主人家又說下人要全買下來也行，一個莊子上上下下共二十人，只要五十兩銀子。陳蕾讓堂哥和趙明軒去看看莊子和人，若是都不錯，就全買下了吧！

趙明軒看過後說還可以，莊子裡留下來的下人都是本地的，不願意跟著主人家走，若是買了，有賣身契在他們手裡也不怕下人們不盡心。

陳蕾點了點頭，算是答應了，於是拿了六百五十兩銀子把莊子買下來，縣城那邊的首飾也拿回來，花了二百兩。

藥材也要花大錢，陳蕾拿了一百兩銀子出來置辦，其他的布疋和日用品不過幾十兩銀子，再加上一些雜七雜八的，加一加大概花了一千四百兩銀子。

陳蕾又拿了六百兩給阿薇壓箱底，這些算是她能給阿薇最多的嫁妝了，至於以後的路，就看阿薇自己怎麼走了。

阿芙自小聽話懂事，卻也是個聰明的，早就看出兩個姊姊之間的不愉快，也沒追問，只是兩邊都哄著，讓陳蕾心情好得很。

阿芙一天天的長大了，她去年就跟著小松去學字，如今又要陳蕾教她刺繡。陳蕾看著阿芙坐在炕上安安靜靜地繡著荷包，嘆口氣。「我們阿芙以後會嫁個什麼人家呢？」

阿芙還不大懂嫁人這事，眨著眼睛看著陳蕾，甜甜地說：「阿芙都聽阿姊的。」她之前就聽大伯娘說二姊不聽她們的話，偏要嫁洛家，也因為這個，阿姊一直不高興。

陳蕾一樂，刮了下阿芙的鼻頭，眼裡閃過複雜的神色。阿芙也算是陳蕾的心頭肉了，若是將來不幸福，她一顆心也會跟著疼，想到這，陳蕾有些無奈，可見這孕婦就是多愁善感，阿芙還小著呢，想這麼多做什麼？

日子過得也快，九月底時陳蕾一家就開始時刻注意著，生怕陳蕾肚子裡的孩子淘氣待不住，眼看著秋收了，陳蕾也沒有要生的意思，小倆口一時都摸不著頭緒。

秋收也是乾脆雇人來幫忙，再讓大伯和三叔幫著照應，趙明軒幾乎是時時刻刻都守在陳蕾身邊。

期間趙老三也過來看過陳蕾，怎麼說也是盼著趙家子孫興旺的。趙李氏見陳蕾都到了日子還不生，拍著手地說定是個閨女，害羞得不敢出來，趙老三瞪了她一眼，倒也沒什麼不高興。趙老三沒事就抱著大孫子過來，說是沒準兒孫子一過來，就把孩子給招出來了，陳蕾被這話弄得哭笑不得。

十月十日這天，陳蕾剛起床就感覺不對，怕是要生了，忙讓趙明軒去把王嬸叫過來。當王嬸過來時看見陳蕾慘白的小臉，還以為怎麼了，忙上前去又看又摸又問的，最後才知道只是陳蕾知道要生孩子了，心裡太緊張。

隨著陣痛不斷地傳來，折騰了許久都沒見動靜，好在惠娘和阿薇給她做好肉粥，讓她吃一些補充體力，待羊水流出來時，陳蕾緊張到不行，緊抓著惠娘的手，把惠娘也嚇得臉色慘白，還是大伯娘看不下去，把惠娘攆到一邊，握著陳蕾的手說著話，讓她放鬆。

當聽到孩啼聲時，陳蕾覺得所有的痛都值得了，即便已虛弱地想睡下，卻也想看一眼自己的孩子。「王嬸，給我看看孩子。」

王嬸處理好孩子的臍帶後，高高興興地抱了過來。「是個女娃娃，以後長得肯定像娘，是個美人兒。」

陳蕾高興地看著那小小又紅皺皺的小肉團，整顆心都快融化了，眼角不禁濕潤，從此以後她也有自己的骨肉，她們可是這個世界上最親的親人。

「哎喲，這時候可不能哭，留下病根就不好了。」大伯娘看著陳蕾紅潤的眼角說道。

陳蕾這才點了點頭，就聽外面傳來趙明軒的聲音。陳蕾一笑，讓王嬸她們趕緊把孩子包好，抱出去給他看一眼。

還沒等王嬸出去，趙明軒就衝進屋來，嚇得大伯娘直攆人，趙明軒已是聽不見了，看著炕上虛弱而蒼白的陳蕾，心疼壞了，上前握住陳蕾的手，激動得說不出話。

「沒事，小東西一出來，感覺什麼都值了。」

趙明軒這才勉強笑了笑，王嬸看小倆口感情好得跟蜜似的，也是高興。「阿軒，恭喜啊！快來看看你閨女。」

陳蕾明顯地注意到王嬸抱著小東西靠近時，趙明軒整個身子都是僵的，在看到自己的閨女時，嘴都合不上了。陳蕾心情大好，她知道，即便是女兒，他也是喜愛的。

外面還有大伯、三叔和趙家人，孩子總是要給他們看看，陳蕾看了眼大伯娘，大伯娘會意地點頭，接過孩子抱了出去。

大伯娘一抱著孩子出來，趙老三就關心地問道：「男娃娃還是女娃娃？」

大伯娘笑呵呵地說：「是個女娃娃，以後肯定長得像娘，是個有福氣的。」

趙老三一聽是女娃娃，也笑呵呵的，趙李氏卻尖著嗓子說：「哎喲，還真是女娃娃，這可讓我說中了，就說不能太嬌貴，容易把女娃娃招來，下次再懷上孩子，她大伯娘可得多勸勸了。」

大伯娘聽了這話挺不舒服的，剛要說兩句頂回去，就聽趙老三說：「哪裡有妳這麼多事的，生男娃、女娃不都是命定的。」

趙李氏瞪著趙老三，最後還是沒敢再說什麼。

「親家別見怪，我家婆子沒啥壞心，阿蕾怎樣？」趙老三又笑呵呵地說道。
「大人也沒事，這外面怪冷的，我得先把孩子抱進去了。」大伯娘笑著說。
「就是、就是，別把孩子凍壞了，趕緊抱回去。」趙老三附和道。
大伯娘抱著孩子進屋後，陳蕾才鬆了口氣。
「那婆子心黑，就是故意說這話來氣你們的，妳可別著了道，你們年紀還輕呢，這兒子總會有的。」
陳蕾點點頭，說沒有壓力是不可能的，可若一直沒生兒子，這日子就不過了嗎？她相信趙明軒不會在意這個；再說就算真在意了，大不了和離，她還養活不了女兒嗎？隨便都能讓她們娘兒倆吃香喝辣的。
陳蕾終是抵不住疲倦睡了過去，待醒來天都黑了。
因為身上有血腥味，陳蕾不想讓趙明軒跟她在一個炕上睡，可趙明軒笑呵呵地硬是不從。陳蕾心裡也是甜的，小倆口看著眼睛眯眯的小傢伙，臉上洋溢著幸福，從此他們是真正的一家人了。
小孩子一天一個樣，沒幾天後已白淨許多，黑葡萄似的眼睛像趙明軒，眉毛卻像陳蕾，小鼻子和嘴巴都像陳蕾，長大了應該也不會差到哪去。
讓陳蕾意外的是，她以為趙老三知道生的是女娃娃，應該也就洗三和滿月酒的時候會過來，不想趙老三隔三差五的就抱著大孫子過來看孫女，對這孫女是喜歡得不得了。

坐月子可謂是枯燥無味，不能洗頭、不能拿梳子梳頭、水不能多喝，還好多東西都不能吃，連飯菜裡也不能放醬油，說這樣臉上容易長斑，為了漂亮，陳蕾也只能忍著。

可那不放鹽的老母雞，陳蕾好是煎熬才吃完了。在脹奶時，身體多少有些不舒服，可為了孩子，什麼都是值得的。

沒想到古代也有產後束腹，大伯娘特意弄了一條又寬又長的白布，給陳蕾纏上，雖說有些難受，可陳蕾也是個愛美的，就只能忍著點了。

有閨女的陪伴，再加上大伯娘和三嬸輪流過來照顧，又有王惠娘每天過來陪伴，陳蕾在月子裡也算是開心，身體也養得很好。

今年風調雨順，年景不錯，家家戶戶都是大豐收，也能好好過個年了。陳蕾家閨女的滿月酒，趙明軒自是要好好操辦一番。

陳蕾身體一直很嬌弱，大伯娘乾脆讓她多坐幾天月子，小孩子的滿月酒有他們一群親戚在，也用不著她操心。

王惠娘怕她自己一人待著無聊，特地來到房裡陪她，沒想到就聽到令人開心的消息，原來是王惠娘也懷了身子，得知有兩個月了，嚇了陳蕾一跳，很生氣地說：「怎麼這麼不小心，有了身子還過來照顧我，若是出事了，咱們姊妹都做不成了。」

王惠娘忙安撫著陳蕾，好脾氣地說道：「也是前陣子才知道的，我月事一向不準，最近又容易疲憊，我家相公以為我人不舒服，叫大夫過來一看，才知道是有了身孕。」

「這前三個月可要小心，過了三個月才能鬆口氣。」陳蕾關心地說道。

王惠娘溫和地點頭應道，臉上顯得紅潤有光澤，陳蕾也替她高興。

小傢伙的名字是她爺爺娶的，陳蕾和趙明軒沒多說什麼，好歹也算是趙老三對孩子的重視，陳蕾也就答應了。小傢伙取名錦兒，寓意以後有著錦繡前程，小名則取了今兒，希望她往後的每一天，都像今天一樣無憂無慮。

陳蕾一出月子，就把自己從裡到外洗得乾乾淨淨，人清爽了許多，精神也挺好的。

而陳家大伯娘也開始忙著給自家二兒子訂親，老大也因為今年年景好，開始準備成親了，早兩個月前就定好了日子。因此陳蕾很是感謝大伯娘，從秋收起她就東忙西忙的，自家這麼多事要做，還要挪出時間來照顧她。

因為要照顧孩子，陳蕾也幫不上大伯娘什麼忙，這些人情她只能記在心裡，以後慢慢地還，若是直接給銀子，反倒有侮辱人的意思，陳蕾還沒那麼糊塗。

阿薇的婚期也一天天的接近，姊妹倆的關係緩和不少，許是真的感覺到要離開家了，阿薇原本的信心又漸漸瓦解，心中壓力不小。

陳蕾摸著阿薇繡好的嫁衣，溫柔地說道：「轉眼妳也是大姑娘了，洛家雖然不是書香門第，也是大戶人家，進去以後裡面的規矩定是少不了，妳可得多多留心。」她過去把阿薇保護得太好了，但沒有風雨怎麼能見彩虹，阿薇嫁進洛家，注定會受些挫折，她只能提醒阿薇要小心謹慎。

阿薇眼角紅紅地點著頭，陳蕾一時心軟，握著她的手說：「我們是親姊妹，姊總是希望妳能過得好好的，我買了兩個鋪子跟一個莊子給妳當嫁妝，莊子裡還有些下人的賣身契，妳都要自己保管好了。前些日子也給妳找了個婆子和四個丫鬟，這也算在陪嫁裡，會跟著妳留在洛家。咱們畢竟是小家小戶，可不能讓下人們看輕了妳，要記得那些人再怎麼說也都是下人，妳手裡有他們的賣身契，就不用怕他們，誰有了異樣的心思，妳直接賣了就是，當然對待下人還要恩威並施，這就要妳自己領會了。」

陳蕾不是大家閨秀，這些經驗也不過是看小說得來的，能指點阿薇的也就這麼多了。

阿薇顫抖地接過房契和賣身契，眼淚一滴滴的流下來，她看著陳蕾想要說些什麼，卻哽咽得說不出話來。陳蕾拍了拍她的手。「等洛家送來聘禮，不管多少，我都會放進妳的嫁妝裡，另外再給妳六百兩銀子，有一張五百兩銀票，五張十兩銀票，剩下的五十兩已換成碎銀子和銅錢。妳自己心裡要有數，那五百兩銀票不到萬不得已不要花了，手裡要留點錢才好；進了洛家也不能小氣，平時來通報的下人也要打個賞，不用多，細水長流總能打點好關係的。」

阿薇哭得一顫一顫。「姊，這些妳留給今兒就是了，我不要。」

陳蕾一笑，眼眶也紅了，握著阿薇的手。「若是妳嫁給普通人家，我也不會花這麼多，可妳是要嫁給洛家，我可不能讓妳就這麼空手嫁進去，白白被瞧不起。別倔了，婚事我做不了主，這嫁妝妳就聽我的吧！」

阿薇一下子撲到陳蕾的懷裡。「姊，是阿薇糊塗。」

陳蕾拍著阿薇的背。「以後要過得好好的，不管怎樣，妳還有娘家在。」

陳家二堂哥中意的姑娘，是鎮上的小戶人家，大伯娘和大伯去提親回來後，心情就不太好。

正好陳蕾來到大伯家，打聽了一下情況，才知道這大堂哥和二堂哥也算是自由戀愛，可惜大伯娘去提親時，對方提出要二堂哥自己出來開鋪子，這不是變相地要分家嗎？

陳蕾覺得既然二堂哥已經看上了這姑娘，說不定真的會想自己出去開鋪子。

二堂哥回到家，大伯就把這件事跟他說了，讓他自己拿主意。他一聽完惱火不已，出了門就到鎮上去，待第二天回來後，只跟爹娘說，那姑娘他不要了，這門親事算是吹了。

陳蕾咋舌，心想那姑娘以後怕是不好嫁人了，大伯和大伯娘都登門提親了，這鎮上家家戶戶也都住在一個胡同裡，誰家發生什麼事會不知道？

而那姑娘有本事談戀愛，自然也不是讓二堂哥說甩了就能甩了的，她去鋪子找了二堂哥好幾次，兩人都弄得有些不愉快。

二堂哥最後心灰意冷，要大伯娘在村裡給他說戶人家便是。大伯娘一聽正中下懷，邊給大兒子準備聘禮，邊打聽著誰家姑娘好，又是好一陣忙碌。

說來大堂哥其實是想再開一間鋪子的，等銀錢周轉得過來，他就打算再找個地方開鋪子，而且還要培養兩個掌櫃的幫忙顧店，以後去南邊的時候他就能帶上二弟，讓二弟跟著去多學、多看一些，將來好獨當一面。

陳蕾終於開啟她的薯片計劃，阿薇的嫁妝花了她不少積蓄，如今得努力攢錢了。

還是老樣子，她打算把作坊裡做出來的薯片賣到香品軒，而自己收的馬鈴薯做出來的薯片，則是賣到大堂哥的鋪子裡。這次的薯片她特地弄了原味、香蔥、番茄、香辣蟹、冰涼薄荷、黃瓜等六種味道，讓大家有多一點選擇。

陳蕾有新鮮貨，香品軒自然樂意進貨。馬鈴薯本來就是便宜的東西，因此薯片在香品軒先賣一百文錢一斤，在大堂哥的鋪子則賣五十文錢一斤，兩家賣的薯片品質不一樣，口味也不大相同。

陳蕾打算等薯片慢慢有了銷量，再提些價格，不然薄利多銷也是不錯的。她現在又是賣糖、又是賣瓜子和薯片，這些東西送貨都是一車車的送，著實壯觀。陳蕾抱著女兒想，再這麼下去，她說不定能把香品軒變成一家食品超市了，不過樹大招風，她暫時不打算再開發新的食品了。

在洛家送來聘禮時，可稱得上熱鬧，全村的人幾乎都跑了過來，看著一箱箱的聘禮，直道陳家二姑娘是有福的，以後做大戶人家的太太，就等著讓人伺候了。

不得不說洛家不愧是商人，眼光不錯，送來的金銀首飾都很精緻。陳蕾看了一下聘禮單子，洛家也算是給足了阿薇臉面，她把這些聘禮全部都添到阿薇的嫁妝中，想來阿薇去到洛家，除了出身會被挑剔，應該也沒別的可以被說閒話了。

成親當天，依舊是大伯娘過來給新娘梳頭，阿芙抱著陳蕾的大腿，眼裡不捨地看著阿薇，雙眼紅彤彤的。陳蕾用手刮著她的小鼻頭說：「今天可是妳二姊的喜事，不可以哭。」阿芙嘛著粉嫩的小嘴，勉強地點頭。陳蕾也覺得頗為心酸，以後怕是她們姊妹想要見個面都難了。

蓋上紅蓋頭之前，陳蕾望著阿薇通紅的眼眸，鼓勵道：「別怕，妳會幸福的。」聽到這句話，阿薇的眼淚終於忍不住，一下子掉了下來。

外面鑼鼓喧天，很是熱鬧，大堂哥把阿薇揹上轎後，新郎官拱拱手，就乘著駿馬，瀟灑地帶著新娘子離開了。

家裡有個小傢伙在，便是再陰鬱的心情，也能被她折騰散了。今兒並不是個乖巧的嬰兒，很黏陳蕾，一會兒看不到陳蕾就扯開嗓子哭喊，弄得陳蕾幾乎一整天都要圍在她身邊打轉。

某一次做飯的時候，聽到女兒哭聲，陳蕾惱火地跑回裡屋抱起女兒，只見小傢伙黑葡萄似的眼睛裡含著眼淚，委屈地看著她，陳蕾胸中那股惱火也瞬間沒了。「沒見過這麼纏人的小傢伙。」陳蕾忍不住地寵溺道。

小傢伙看見娘親過來了，嘿嘿地笑開來，那粉嫩的牙床上沒有一顆牙齒，嘴裡還吐著小泡泡，讓陳蕾哭笑不得。

正好趙明軒進了屋，看見陳蕾抱著女兒，笑道：「又哭了？」

陳蕾看他一副幸災樂禍的樣子說：「女兒肯定是像你了，這麼折騰人。」

趙明軒一樂，小傢伙見到爹爹回來更開心了，伸出胳膊就要討抱抱。趙明軒笑呵呵地把閨女抱了過來，跟往常一樣，他抱著閨女坐在廚房門口，陳蕾在廚房裡做飯，只有這樣油煙才不會嗆到小傢伙，而陳蕾也在小傢伙的視線範圍內，這已經是陳蕾做飯時必定會出現的場景。

陳蕾望著門口正在玩鬧的父女倆，嘴角上揚，心裡滿是甜蜜。

第四十八章

阿薇回門時，和洛一鳴帶了不少東西回來，阿芙很高興，以為二姊這次回來也像阿姊一樣，以後每天都能見面，高高興興地就撲到阿薇的懷裡。

阿薇抱著阿芙，這才有了回娘家的真實感，再抬頭看著陳蕾時有些嬌羞。

陳蕾看著她紅潤的面容，想著這兩日阿薇過得應該還算不錯，待洛一鳴和趙明軒聊天時，陳蕾把阿薇拉到屋裡，關心道：「這幾日洛家人對妳可好？」

阿薇略有羞澀地低頭。「挺好的。」

陳蕾點點頭，拍著阿薇的手，她若是幸福，陳蕾自然也替她高興。

「那丫鬟可貼心？若是不貼心就要再物色一些不錯的丫鬟放在身邊了。」

阿薇點頭說知道了，姊妹兩人一時無話，好在屋裡還有阿芙和今兒在，倒也不是多尷尬，等吃過飯後，小倆口就離開了，並未留宿。

日子如流水般過得飛快，轉眼新的一年又到了，大伯娘正在如火如荼地準備大兒子的親事時，不想當今聖上駕崩了，親事便只能往後推一年。

一時家家戶戶都掛起白布，連要過年的喜慶都不能宣揚，太子前年的那一樁荒唐事，到底惹人詬病，朝廷上七皇子揭竿而起，殺了太子欲登皇位，五皇子率軍前去護駕，雖沒保住太子，卻也把七皇子拿下，得了名聲又得了皇位。

其中的凶險和明爭暗鬥陳蕾自然不知，她只要知道那個坐上皇位的人，是她跟趙明軒希望的那個人就行了，一直懸著的心總算是穩穩地放下了。

陳蕾看出來趙明軒心情不錯，也替他高興，不過最是無情帝王家，不知已經回鄉的趙明軒還能沾上當今天子多少榮光，可好在他們一家子的性命是無大礙了，而家中的阿言也不再是頭頂上的那把刀。

趙陳村離京城還有些距離，表面上裝著哀痛就是，日子還是照樣過。不過村裡倒是有兩戶人家哀痛不已，因上次采選秀女他們家的姑娘進了宮，都說那一批進宮的秀女不管選上還是沒選上的，全都要陪葬，也難怪這些人家要悲慟了，到底還是因為一點的貪念把女兒給葬送了。

當今聖上沒了，也阻止不了老百姓們在豐收的一年裡過個好年，家家戶戶又開始包起餃子、準備年貨。

聽陳蕾要包餃子，王惠娘還特地過來幫忙，可她已有身孕，陳蕾哪好意思要她幫，最後好說歹說，才讓她先坐在炕上等著陳蕾拌好餃子餡，之後兩人坐在炕上，一個擀麵皮，一個包餃子。

今兒只要看到陳蕾在身旁就不會哭鬧，因此阿芙和今兒也坐在炕上玩。

王惠娘看著阿芙和今兒，說道：「阿芙長得是一年一個樣，如今看著，以後怕是比妳們姊妹倆都還要漂亮。」

陳家姑娘長得不錯是出了名的，陳蕾也望著阿芙，如今慢慢褪去嬰兒肥，成了瓜子臉的小臉蛋，那雙大眼睛也亮晶晶的。「妳這麼一說我倒發現，我們家阿芙也是個小美人了。」

阿芙過年後也七歲了，陳家姑娘身材都是嬌小玲瓏的，所以看著阿芙還沒多大的樣子，可也明白了事，聽著陳蕾和惠娘誇她，不禁紅了臉頰，憋了半天才說：「小外甥女長得也好看。」

最近陳蕾發現阿芙不是在家哄今兒，就是坐在那練習刺繡，也不像平時那般出去玩了，有些好奇。

「阿芙最近怎麼不出去玩了？」陳蕾還是希望妹妹能趁小的時候多玩玩，有個愉快的童年。

阿芙略感憂傷地看著陳蕾說：「小竹子哥被家裡送進學堂，他爹娘不讓他出來玩，小娟姊姊要在家幫忙，也不能出來。」

陳蕾無奈一笑，這兩個孩子和阿芙一直是玩在一塊兒的，奈何古代孩子早早就要承擔家務，阿芙也沒朋友能一起玩了。「那也別總坐在那繡東西，時間長了傷眼睛。」

阿芙點點頭，嘻笑地說：「阿姊我知道了。」

陳蕾寵溺地揉著阿芙的小腦袋，沒再多說什麼。

沒過幾日陳蕾發現阿芙喜歡上練字，陳蕾想著也好，可以修身養性，特意要大堂哥回來的時候買一套女孩子用的文房四寶給阿芙用，好在有小松和阿言喜歡教她，陳蕾的字在這個時代是拿不出手的。

先皇駕崩，舉國同哀，今年的除夕是不能放鞭炮，陳蕾頭一次過了個清靜的年，不過家家戶戶還是要做上一桌子菜來表示明年會紅紅火火。陳蕾本來也是想做上一桌子菜，可小傢伙今兒在除夕這天特別鬧騰，年夜飯要花不少時間，閨女這麼折騰也做不成。

後來還是趙明軒說實在不行的話，還是像去年那般弄火鍋吧！陳蕾看小松和阿言他們眼睛都亮了，無奈之下只好答應。

今年的除夕一家又是吃火鍋，雖然阿薇不在，可家裡又添了小傢伙，一樣的熱鬧。只是小傢伙還不能吃飯，除了給她做些馬鈴薯泥拌雞湯，也就是喝母乳了，今兒聞著火鍋的香味直流口水，逗得大家很是歡樂，陳蕾看著閨女，想著快要長牙了。

照理說初二應該會回娘家，可是一直到了初五，阿薇都沒有回來，陳蕾有些心緒不寧，莫名地心慌。剛嫁的頭一年就不能回娘家，除了出事陳蕾也想不出其他的了。

跟趙明軒商量過後，趙明軒便帶著陳蕾去了洛家。這時代大戶人家府院的格局大多有前、後門跟側門，進出的地方多，每一座府內更喜歡自成小院，洛家便是這種格局。進了洛家，趙明軒去了前院，陳蕾被領到後院，自然是要先去看看洛家太太的。

被小丫鬟領進屋時，一股香煙裊裊便撲鼻而來，陳蕾抬頭一看，可謂是環肥燕瘦各色美人，洛家太太坐在炕上和藹地笑著招呼道：「昨兒個我還想派人去親家姊姊那通知一聲，不想今天就過來了。」

陳蕾行了個禮，笑著說：「看著家妹一直沒回娘家，我這心裡著實想得慌，今天便趕緊過來看看她。」

洛家太太眼裡有些心虛，隨後嘆口氣。「這事說來也怪她嫂子，不然……」

陳蕾不明，望了一眼洛家太太旁邊的婦人，她記得洛家大房中，洛一鳴排行老二，上面還有個哥哥，而他哥哥娶的便是洛家太太的姪女，只見那婦人拿帕子擦起了眼角。「這事也是我著急了些，可那鐲子是我娘親那邊傳下來的，當時……」

陳蕾皺眉。「太太，我想去看看我妹妹，有些話我問她便是了。」

洛家太太和大兒媳面色一僵，隨後洛家太太尷尬地說：「輕撫，妳帶親家姊姊去二少奶奶那裡吧！」

那面容清秀的小丫鬟行了禮後，帶著陳蕾離去，陳蕾前腳剛出去，洛家大兒媳便對婆婆說：「原以為是個鄉村村婦，沒什麼見識，沒想到卻是個不好對付的。」

洛家太太拿起茶水悠哉地喝了一口，她本來特意叫了一屋子的人，想著陳蕾進來定會有些緊張，加上自己和大兒媳再說些話矇混過去，想來一個沒見識的村婦也不會多想，估計看了妹妹後也就回去了，沒想到……「急什麼？放心，二媳婦不會說什麼的。」

輕撫在路上不時地搭話幾句，陳蕾不願多說，卻也不得罪，進退有度，也讓輕撫無可奈何，等把陳蕾帶到了阿薇那後，她便離開了。

進了屋子，陳蕾就聞到一股藥味，又有些血腥味，陳蕾臉色頓時不大好了。

當看到阿薇蒼白虛弱地躺在床上時，陳蕾心頭一抽，阿薇看著自家姊姊過來，虛弱地笑著。「姊，妳來了。」

「怎麼回事？」陳蕾拿來一個枕頭，扶起阿薇讓她半坐著靠在枕頭上。

阿薇搖搖頭。「沒什麼，只是昨兒個不小心傷到了。」

陳蕾沈默片刻，自家妹妹她還是瞭解的，知道她沒說真話。從一到洛家看見那陣仗，陳蕾就知道一定是發生了什麼事，看著緊閉門窗的屋子，火爐的熱氣弄得她身上冒出了細汗，屋裡還瀰漫著一股怪味，若是大戶人家，定然不會讓屋裡這麼難聞。「怎麼不開窗戶透透氣？一屋子的怪味，人也要憋壞了。」

阿薇的陪嫁丫鬟聽了這話，略顯慌張，看著阿薇的眼神慌亂不已。陳蕾不再看那丫鬟，作勢起身要去開窗戶，那丫鬟一著急，不禁拉住陳蕾說：「夫人，大夫說我家少奶奶吹不得風。」

陳蕾瞥了一眼臉色蒼白的阿薇，對屋裡的丫鬟說：「妳們都下去吧。」

那丫鬟有些不安，看著阿薇，阿薇點點頭。「出去吧。」

屋裡的幾個丫鬟都出去了，陳蕾這才開口問：「到底怎麼回事？」

阿薇抬頭望著陳蕾，張了張嘴，眼角流出淚水。「姊，我想回家。」

陳蕾隱忍著淚水，不敢哭出來，怕會讓阿薇更加傷感。洛家好樣的，人不過嫁進來一段時間，他們就欺負成這樣。

姊妹兩人獨自說了許久，待阿薇疲憊得睡下後，陳蕾才離開。

陳蕾和趙明軒離開時，是洛一鳴送他們的，陳蕾看著洛一鳴說：「我們陳家雖說是小家小戶，可一個妹妹我還養得起的，若你們洛家一直這般糟蹋，我不介意咱們兩家斷了往來，呵，省得都以為是我們陳家高攀了你們洛家。」

洛一鳴聽後一愣，趙明軒也是心中疑惑，可是看著自家媳婦兒的臉色，面色也立即陰沈了下來。

洛一鳴眼神閃動，無奈地拱拱手。「這事以後不會再發生了。」

陳蕾冷冷地瞅著洛一鳴。「但願洛家二公子能夠說到做到。」

說完陳蕾上了馬車，趙明軒面無表情地說：「好自為之。」

待回家後，陳蕾頗是疲憊，趙明軒問了後，才知道發生了什麼事，仔細一想，他說：「洛家最近有想往京城發展的趨勢，怕冤枉阿薇身邊的丫鬟偷竊一事，只是個開頭。」

說來此事便是洛家大兒媳丟了一副鐲子，偏偏還是重要的鐲子，而之前她一直是跟阿薇在一起的，本來她就是洛家太太的姪女，在府裡是囂張慣了，一直覺得阿薇是小戶人家，心裡很看不起，丟了鐲子不由分說地就去了阿薇那翻找起來。

阿薇性子倔，哪受得了這個侮辱，不由得爭吵起來，一個婆子乘機翻找，阿薇上前攔著，不想被推開撞到了桌子，這若在平時也不會有事，可偏偏阿薇有了身子，而那副鐲子又恰好從阿薇身邊的丫鬟身上搜了出來。

如此一來，洛家也沒怎麼責罰大兒媳，還對阿薇頗不滿，身邊的丫鬟手腳不乾淨最是忌諱，而孩子沒了，也說是阿薇自己不留心。

陳蕾臉色陰沈地說道：「你說阿薇懷有身孕，她們之前難道不會知道？」

趙明軒沒有回話，算是默認了。洛家太太掌控慾極強，府裡的一點小事都逃不過她眼裡。先皇駕崩，在這個普天下百姓都要守孝的一年裡，有點規矩的人家都知道禁房事，阿薇在此時懷了身子，洛家對外便有些說不清、道不明了。洛家一直想拿下鹽商，這個時候怎能讓阿薇肚子裡的孩子，使洛家蒙上一個大不敬的罪名，繼而防礙了洛家的前程。

陳蕾氣極反笑，這就是大戶人家裡最齷齪骯髒的地方，為了利益連人命都可以不要。

趙明軒只說讓陳蕾先別生氣了，事已至此，已是挽回不了什麼，既然洛家重利益，他們大可利用這一點。陳蕾看著趙明軒，知道他是要幫忙了。

陳蕾嘆口氣，只記得當時兩人在房中，她問阿薇若是過不下去，可願和離？阿薇的眼神一動，卻仍不想做出這個決定，看來也只能走一步、是一步了。

陳蕾和趙明軒一直不願從商，就是因為不想耽誤子孫以後的仕途，當今皇朝明令商人子孫不得為官，陳蕾和趙明軒不在乎權勢，不代表他們的子孫後代沒有當官的想法。

洛家為了利益甘願犧牲阿薇，那也要做好得罪趙明軒的準備，不說別處，在京城，只要趙明軒說句話，洛家便是已經搭好的人脈也會付諸東流。

第四十九章

不過半個月，洛家大兒媳便帶著婆子登門拜訪，陳蕾皮笑肉不笑地應付著，讓洛家大兒媳頭皮發麻，心裡委屈不已，最後什麼也沒說成便走了。

洛家想幾句話就把事情解決，未免想得太簡單了，陳蕾看著她們離開的背影，用力哼了一聲。

洛家最後答應買一座宅府讓阿薇和洛一鳴單獨出去住，不僅如此，洛家在京城的所有買賣收入，要分給洛一鳴一成。而洛家之前在京城的關係本就艱難，這次能把觸角延伸到了京城，多少也是看在趙明軒的面子上，因此趙明軒自然也要分兩成的利潤，洛家便是再不情願也只能忍氣吞聲。

如今小倆口可以搬出洛府住也好，比起被別人說不孝，還不如能活命。洛家今天為了利益敢犧牲孩子，明天犧牲的說不定就是阿薇的性命。陳蕾也看出來了，洛家之前敢那麼做，無非是覺得她們姊妹倆是個沒見識的，好騙罷了，對洛家陳蕾此時是一點好印象都沒有了。

阿薇搬出去住，這樣一來可以好好調養身子，趁著年輕恢復得快，明年再懷上個孩子，待生了兒子，洛家也不敢隨便拿她怎樣了。說來，這些還是要靠阿薇自己，雖說最壞的打算是和離，可古代有哪個女子願意和離的。

五皇子登基後，陳蕾以為阿言沒多久便會被召回京城，可遲遲沒聽到動靜。最後問了趙明軒才知道，阿言怕是還要在趙家待上兩年，等大一些他就會被分配到軍營，建立戰功，待真正能獨當一面的時候，便也是將軍府含冤昭雪之時，到時候一場軍權之爭必不可免。

如今局勢已定，阿言的道路必然不凡，陳蕾看得出他是個胸有丘壑之人。

師徒一場，趙明軒對他的武藝更為上心，嚴厲的訓練自是少不了的，小松也跟著吃了不少的苦。

陳蕾有些心疼，她又不指望小松練成武林高手去當大俠，只要能夠健身保命、不被欺負就好，勸小松撐不住就不要跟著練了。

小松只是笑著應道，該跟著練的還是要練。陳蕾搖頭，以為他們兩個小孩子在互相較勁，便也不管了。

倒是趙明軒神色頗為複雜，一日趁陳蕾不在，趙明軒把小松單獨叫了出來，兩人聊了許久，談完之後，趙明軒無奈地嘆口氣，望著窗外有些憂慮。

當今兒過兩歲生辰時，陳蕾又懷上孩子，好在兩年來身子一直調養得不錯，這次懷的胎兒很是健康，不像懷今兒時那般辛苦。

今兒如今能滿地瘋跑，不纏著陳蕾了，原本以為能輕鬆一些，沒想到又懷上孩子，不免有些傷感。她現在的生活除了顧孩子便是生孩子，輕摸著小腹，陳蕾一笑，又要有個小寶寶了。

說來這兩年過得也快，陳蕾身邊的人也有了不少變化。

王惠娘前年生了個兒子，小倆口的日子過得可好了，惠娘在陳家的地位也是穩得不能再穩了，而王家這幾年除了陸續得到小倆口孝敬的物資，也沒能拿到銀錢，慢慢也習慣了。

陳家大堂哥和二堂哥也都成了親，去年大堂哥更是喜得貴子。阿蓉的婚事也訂了下來，是隔壁村的一個秀才，說是家裡人都不錯，依大伯娘那性子自然不會坑了自己的閨女，這門親事也算是好的。

三叔和三嬸的感情也算是不慍不火，畢竟有了那次的事後，兩口子的感情不是那麼容易就和好如初的。三嬸自那次小產後，身子是徹底傷了，這兩年來一直沒有動靜，怕是以後三叔家就只會有阿樺一個兒子，算是獨苗了。

趙家這邊卻是熱鬧，趙明心在村裡的名聲算是臭了，趙李氏前前後後也說了不少人家，但沒一個成的。趙家不過是沒錢又沒權的尋常人家，誰會傻得把閨女嫁過去守活寡？更不要說趙明心背後還有個尖酸刻薄出了名的趙李氏呢！

趙李氏就是把趙明心誇到天邊去，也沒有正常人家的閨女願意嫁，沒想到某一日竟有媒婆登門要說親，趙李氏還挺高興，以為有人慧眼識英雄，知道她兒子是個不錯的呢！可原來說親那人家的閨女是個瘸子，趙李氏心中一股火竄起，馬上把媒婆趕走。

媒婆出了院子就大罵，話裡話外都是在說趙明心那玩意兒是沒用的，還想娶個正常媳婦？人家瘸子閨女能看上他，就算是不錯的了。

這一樁事不免又成了村裡的笑話，之後又有不少人來說親，都是一些身有缺陷的姑娘，說到後來，趙李氏本打算隨便選一個答應，奈何趙明心心氣高，看著王惠娘日子過得美滿舒服，哪裡肯娶個有缺陷的媳婦兒，死活不答應，趙李氏為此愁得頭髮都白了。

趙雲萱的年紀也越來越大，已是不能再拖，可有著趙明心和趙李氏這種親人，誰家都不願娶她進門，一時兄妹兩人的婚事可算是愁壞了趙李氏。

在去年夜深人靜的夜晚，趙李氏把閨女送到大戶人家做妾，趙老三還是第二天醒來才知道，頭一次動手把自家婆子揍了一頓，可木已成舟，便是把閨女要回來也是完了，就這樣趙雲萱糊裡糊塗地給人家做了妾。

趙家大嫂生了小木頭後一年，又有了身孕，還一次生了兩個小子，趙家大哥一房也算是人丁興旺了，趙老三樂得心花開。

雖然陳蕾和趙明軒對趙老三寒了心，可今兒卻很喜歡自家爺爺，趙老三更是寵她寵得沒話說，天天帶著大孫子過來找孫女玩，一來二去的，不時午飯就留在陳蕾這邊吃。

起初陳蕾還有些不習慣，後來發現趙明軒在看到趙老三和今兒、木頭在一起時，眼神柔和了許多，也看出他心裡其實是高興的，慢慢地也算重新接納趙老三了。

如今時常能看到趙老三懷裡抱個娃，身後揹個娃，旁邊跟著兩個小冬瓜一顛一顛，這樣的場面可說是分外的和諧。

今兒過生辰那天，阿薇帶著一歲的兒子也趕了過來，聽到自家阿姊又懷上孩子，很是高興，說了不少的話。

阿薇如今已沒有初嫁時的生澀，精緻的妝容、得體的穿著，已變成真正大戶人家的太太了。自從有了兒子後，她也算是站穩了腳，當年雖是分了家，洛家這些日子以來卻也塞了不少人要給洛一鳴當小妾，時至今日，阿薇的雙手怕是已經不乾淨了，而姊妹兩人的情感也漸漸疏離。

去年洛家期盼已久的鹽商，落進了洛一鳴的口袋，趙明軒要分五成的利潤，可謂獅子大開口，洛家卻甘願如此。利益的糾紛也漸漸地模糊了姊妹之情，陳蕾還能看得清，可阿薇卻已看不清了。

趙老三聽說陳蕾懷了孩子，直接說道今兒往後就給他帶，他以後沒事就帶著今兒去大兒子那蹭飯，也不用陳蕾再累著給他們準備飯菜了，弄得陳蕾哭笑不得，她哪裡放心把孩子就這麼扔給他。

阿芙如今是小大人了，直接搶了看顧今兒的任務，讓趙老三有些失落，最後卻是阿芙陪著今兒和趙老三去趙家大哥那裡玩。好在今兒不是有了爺爺就忘了爹娘的，大部分時間還是在家的。

小日子也算是甜美，如今陳蕾的奶糖也弄出七、八種口味，雖然之前有人弄出過山寨奶糖，卻依舊不如她的。這奶糖賣得不錯，瓜子和薯片弄出七種味道，賣得也算是紅火，所以一直沒打算再賣新品項，倒是自己想吃什麼就會開啟什麼，可謂自在。

因為有了今兒，這兩年陳蕾大部分的精力幾乎都花在她身上，雙面繡也不過就弄了兩幅，不讓手藝生疏了就好。

然而陳蕾再一次懷孕，卻讓趙明軒有些擔憂，當初陳蕾生今兒的時候他還記得呢！要再經歷一次那驚險的過程，趙明軒的心裡頗複雜，他不重視子嗣，覺得現在他們一家三口的日子挺好的。

陳蕾瞭解他，觀察了一段時間便也看出他的憂慮，也不想想當初說要多生幾個孩子的是誰，現在竟卻步了。

陳蕾懷胎五月時，肚子大得跟皮球似的，趙老三直說是懷了兩個，趙家大嫂當初就這麼大的肚子；不過叫大夫過來診脈時，說腹中只有一個胎兒，陳蕾不免失落，趙明軒卻安心了不少。

自古邊境戰事連連，休養生息了幾年的突厥又捲土重來，一場戰事是避無可避了。

陳蕾聽說邊境要打仗後，嘆口氣，阿言在他們家待了好幾年，她對這孩子也有了感情，奈何他命定不會過平凡的日子。陳蕾特意把阿言叫到身邊，看著當初還是小孩子的阿言如今已長成少年，挺拔的身形、俊朗的面容，難得的是那雙清澈見底的眼眸依舊如初。

「許久沒給阿言做新衣裳了，師母趁著閒暇給你做幾身。」陳蕾說完，就拿著線繩量了起來。

阿言笑著謝道：「師母，阿言的衣裳夠穿了，您別費心，如今理應多歇息才是。」

陳蕾目光柔和地看著阿言的身影，眼裡有些不捨。「師母心裡有數。」

小松看阿言來找自家大姊許久都沒回來，也過來湊熱鬧，一看自家大姊這是要給阿言做衣裳，忙湊過來說：「姊，妳也給我做件新衣裳唄。」

陳蕾笑著點頭應道：「少不了你的。」

可能是一直有在練武的關係，兩人的個頭都挺高的，做一身衣裳也需要不少工夫，待陳蕾給阿言做完衣裳時，趙明軒才提起阿言可能要離開的事。

陳蕾早有心理準備，有些不捨，卻也無可奈何。趙明軒神色頗為複雜，斟酌半天還是說道：「小松說，他也想跟阿言一起去。」

陳蕾雙手一顫，古來征戰幾人回，阿言因為有自己的責任與擔子，不得不走這條路，況且依他的身分，自是有人保護他，雖凶險卻也安全得多；可小松去了卻完全不同，什麼都要靠自己一人去拚，說不定他以後還會變成要去保護阿言的那個人。

陳蕾臉色一白，毫無猶豫地說：「我不同意。」

趙明軒看著自家小嬌妻堅定的表情，嘆口氣，摟她到懷裡。「我看小松應該是很早就想好要走這條路了，每每練武都很用心，妳若擔心，就找他好好聊一聊。」

說到底趙明軒不過是姊夫兼師父，當得知小松有這心思時他也勸過，可後來發現小松執意走這條路，也無他法，男兒志在四方，在沒有成家立業之前更是血氣方剛，趙明軒走過這條路，若不是寒了心，他想他依舊會為國而戰，依舊會上陣殺敵。

得知小松有了此想法後，陳蕾心亂如麻，這才想起趙明軒在訓練阿言的時候，小松從不曾落下，甚至比阿言還要努力。陳蕾越想越是不安，輾轉反側了許久，才決定找小松好好聊一聊。

當姊弟兩人單獨坐在屋裡時，陳蕾倒是不知該如何開口了，小松反倒笑嘻嘻地問道：「姊，啥事？」

陳蕾伸手摸著小松的頭髮，柔聲問道：「我們小松也是大孩子了，以後想做什麼呢？」

小松被問得一愣，眼神閃了閃，最後堅定地說：「姊，我想當大將軍。」

陳蕾聽了心中甚是苦澀，可看到小松期盼的眼神和容光煥發的面容，一句話硬生生的卡在了喉嚨裡。

「姊，我知道妳不願意讓我去，姊夫已經跟妳說過了吧？我不是讀書的料，卻也不想平平凡凡地過這一生，不求大富大貴，但求此生無悔。」小松對陳蕾說道，眼裡滿是期盼。

陳蕾一時無言，小松的話已經再明白不過，說再多也是無用，陳蕾口氣冰冷地說：「你可想過若是有個萬一，你出了事，要我怎麼辦？我們二房就你這一支獨苗，你若是不在了，咱爹娘就是絕子，你可知道村裡人會怎麼說？他們會指著埋在地底下的爹娘，說他們是缺德之人，你忍心讓他們死了都不安心嗎？」

陳蕾的一番話讓小松的臉色瞬間蒼白，古代絕子的人家都會被人看不起，若不是缺德之人，老天爺怎會讓他家絕子？

陳蕾看小松的眼神鬆動，站起來說道：「你自己好好想想吧！我是不同意你去的。」說完，陳蕾紅著眼睛就出去了。

沒走幾步眼淚就掉了下來，陳蕾知道那是小松的夢想，他一直想出去翺翔，可身為親人的陳蕾卻不得不折斷他的翅膀，一個得拚死拚活才能當上大將軍的弟弟和一個可以平平安安長大的弟弟，她自然想要後者，卻也對自己斷了弟弟的夢想感到心痛，不能當上大將軍，可能會是小松一輩子的遺憾。

陳蕾繼續幫小松做起衣裳來，而這次做得比以往都更加認真，針腳更是細密。她這次終於體會到那句詩詞的深意。「臨行密密縫，意恐遲遲歸」……

而小松這兩天也是魂不守舍，心事重重。趙明軒嘆口氣，若是自家媳婦兒沒懷孕，他許是會替小松說兩句好話，可自家媳婦兒挺著那麼大的肚子，他也不好再說些什麼。

陳蕾躲在一旁看著阿言和小松練武，小松依舊認真練習，只是眼裡時而閃過失落，時而閃著嚮往。

陳蕾沈重地嘆口氣，她早知道小松於文並無天賦，許是爹娘的早逝也讓他看清了人情冷暖，他不願平凡一生，若真的把他拴在這個小村莊，他會幸福嗎？

幾日後京中來信，邊境戰事已升溫，莫宇這次要上陣殺敵，途中會派人過來接阿言過去會合，也就這幾天便會到了。陳蕾知道後，更是輾轉反側，難以入眠。

趙明軒看著自家媳婦兒這幾天明顯瘦了一圈，也是無奈。夜深人靜，待兩人窩在被窩裡時，趙明軒順勢摟著陳蕾說：「可是還想著小松的事？」

陳蕾抬起頭，換了個舒服的姿勢，枕在趙明軒的胳膊上，點點頭，隨後嘆口氣。「不想他去，卻又怕他這輩子一想起此事就會難受。」

趙明軒嘆口氣。「妳已經做得很好了，兒孫自有兒孫福，有些事不是我們管得了的。」

陳蕾噘嘴嗔道：「你說得倒是輕巧，若是你兒子要去戰場殺敵，你可願意？」

趙明軒一樂。「那倒不用懷疑是不是我親兒子了。」

陳蕾立刻捶了他一拳，隨後悶悶地說：「看看你身上留下了多少傷疤，別以為我不知道，其中有幾道疤一看就知道是險些要命的；再看看陳長清，那臉上的疤怎麼留下來的？要不是他命大，半個腦袋就搬家了。」

趙明軒輕輕地拍著陳蕾的後背。「若是上陣殺敵，受傷自然少不了的，男子漢大丈夫，這點傷算什麼。小松和阿言去了軍營自然和我們不同，定是比我們那會兒好得多，再說兩人才剛入軍營當然不可能就打先鋒，依他倆現在的本事，只要不驕傲自大，絕對不會有性命之憂的。」

陳蕾把臉貼近趙明軒的胸口，暖洋洋的，心卻悶悶的。「阿言自然有人小心保護著，可小松，說句不好聽的，若兩人有什麼危險，犧牲的那個一定是小松。」說到底，陳蕾最怕的就是小松會成了阿言的擋箭牌。

趙明軒用手順著陳蕾柔滑的長髮。「富貴險中求。」

陳蕾一時說不出話來，皺著眉。「你贊同他去？」

趙明軒輕吐一口氣。「倒也不是，只是小松心意如此，所以……」一時趙明軒也說不下去了，他經歷過自然知道戰場無情，上陣殺敵聽起來威風，可那如修羅場般的屠殺，只要掉以輕心就會沒命，若真要讓自家兒子上陣殺敵，他或許也不會真心願意。

小倆口一時無語。

隨著阿言要離開的日子一天天接近，陳蕾越能感到小松的情緒波動，他心裡的煎熬一點也不比陳蕾少，長姊如母，陳蕾當初的話分毫不差地撞進了他的心裡。

來接阿言的兩個士兵到的時候已是天黑，趙明軒安排他們住進陳蕾娘家的房子。

陳蕾幫阿言包好衣裳，趙明軒特地拿了五百兩銀票給阿言，要他留著以備不時之需，也叮囑他凡事謹慎，不要隨意揮霍。

小松站在一旁傻笑著，故作高興，可他眼裡的難受和隱忍，終究讓陳蕾心疼。

夜半時分，所有人都已回屋睡的時候，陳蕾去了小松的屋裡，看著他正對著燭火發呆，陳蕾不禁難受。「怎麼不睡？」

小松嚇了一跳，看到是阿姊進來，強打起精神地說：「姊怎麼不睡？可是擔心我會偷偷跟了去，放心，我不會那樣做的。」

陳蕾坐在小松身邊，目光柔和地問：「真的不去了？」

小松點頭。「姊，放心吧，我不去。」小松強顏歡笑的樣子，讓陳蕾的心像是被針扎。

陳蕾握住小松的手，因這幾年練棍法，他的手已經起了繭子，陳蕾摸著那繭子說：「去了以後要常給姊寫信，不管什麼事都要說，不可只報喜、不報憂。凡事留個心眼，雖說害人之心不可有，可防人之心不可無，一定要機警一些。若是打起仗來也不許太拚，打不過就跑，若是堅持不下去就回來，姊不差你一口飯，便是養你一輩子，姊也樂意。」

「姊。」小松聲音顫抖地叫道，眼睛紅彤彤的。

陳蕾低頭一笑，強忍著淚水。「記住，家裡還有姊姊和妹妹等著你，不可以出事，一定要好好的。」隨後陳蕾拿了一千兩銀票給小松。「出門在外也別苦了自己，這錢你拿著，咱們不用省著錢吃那些苦，卻也不可以太過奢侈，知道嗎？」

「姊，錢妳收著，我不要。姊放心，我絕不會丟了性命，一定會好好地活著，等我當上大將軍，就來接姊姊去京城，到時候由我來養姊姊。」

陳蕾一笑，眼淚一下子滑落下來，抱住也一樣流下淚的小松，心裡萬分不捨。「一定要活著！錢你還是拿著，這樣姊姊也放心。」

第二日天還沒亮，幾人就匆匆離開了，阿芙起來的時候沒有看到小松，就知道自家哥哥也走了，她忍著通紅的眼睛跑回屋裡。等阿芙獨自待了好半天，陳蕾才走進去。

一進屋便看到小丫頭窩在炕上，身子一抖一抖的。「阿芙，可是難受？」

阿芙悶悶地搖頭，陳蕾心疼地過去摟住阿芙。「想哭就哭出來，別憋著。」

「姊，哥哥還會回來嗎？」阿芙顫抖地問，語氣裡是濃濃的哭音。

「會的，會回來的。」陳蕾輕拍著阿芙的後背安撫著，眼裡滿是迷茫。

突厥一般都是入冬後才侵犯邊境，一場戰役其實不會超過幾個月，可這次直到陳蕾把兒子生出來，邊境的戰事依舊持續著，好在小松每個月都會送一封信回來，讓她安心。

第五十章

陳蕾又一次坐起月子來，有了之前的經驗，這次倒不像之前那般慌亂。

生了兒子後，陳蕾和趙明軒也算是兒女雙全了。因這胎的胎兒不小，生孩子的時候可謂驚險，大夫過來開調養身子的藥方時，也是建議陳蕾近幾年最好不要再有孕，陳蕾也覺得無所謂，正好可以好好照顧兩個小的。

等陳蕾出月子的時候，那皮膚白皙有光澤，因年紀小，身子也恢復得快，自己照銅鏡時都不禁自戀起來，這哪像是生過兩個孩子的人。

趙明軒每每看到陳蕾對著鏡子自戀時，覺得很是好笑，不過自家媳婦兒確實不像生過孩子，還是貌美如花。

第二個小子的名字依舊是爺爺取的，大名趙晨，意思是早上的太陽，照耀人生、充滿希望，村裡孩子的小名取得是越土越好養，爺爺本來取個同音，小名叫沈兒好了，可陳蕾眼睛一亮，說是乾脆叫胖墩吧！

小子眨著大眼睛，懵懵懂懂地看著他老娘，完全不知道自己的小名被取得這般隨興。

就這樣，陳蕾家又多了一個小胖墩，雖然小松離開了，可家裡又添了一人，陰霾許久的心情也被這小傢伙給攪散了。

小胖墩很喜歡自家姊姊，只要姊姊在家，絕對要伸著手招呼，若是自家姊姊不過來，他就扯著嗓子大哭。一開始大家還不知道是怎麼一回事，陳蕾和阿芙怎麼哄都不管用，但只要今兒跑過來，小胖墩立刻就不哭了，讓陳蕾和阿芙好是傷心。

可今兒本身就是個小孩，玩心正大，只要出去玩就不想回來，害得小胖墩一見到姊姊就委屈得很，眼睛濕潤潤的。

陳蕾都有些吃味了，不是說兒子都黏著娘的嗎？怎麼姊姊比親娘還親！

小胖墩慣會在陳蕾面前撒嬌耍賴，哭鬧得不亦樂乎，可只要趙明軒在，他是絕對地老實，還會用那雙天真無邪的大眼睛賣萌，看得人心都快化了，陳蕾是好氣又好笑，一管不住兒子就趕緊把他爹叫過來。

小姑家的小月一直沒有說親，在村子裡住了幾年，多少也惹了些閒話，更有不少人說小月是個傻的，再加上陳家小姑被休回來，這更讓不少人望之卻步了。

眼看著閨女的年紀慢慢大了，若是再不嫁，一晃眼就成老姑娘了，為此小姑沒少去大伯娘那裡求助。

說來大伯娘一天要管大兒媳，又要顧著二兒媳，後面還有自家閨女，本以為都成了家她也就輕鬆了，沒想到反倒要更加操心。

小姑這幾年也沒少麻煩大伯娘，大伯娘幫多了到底也是心累，可也不能看著小月就這麼嫁不出去。她琢磨了好久才找到親家，便是齊寡婦家的兒子，說來齊平這幾年在找人家這件事上，也是挺費力。

他家沒什麼田地，光靠著賣苗能掙幾個錢，齊平雖然很勤奮，但齊寡婦一直把他拴在身邊，看得緊緊的，生怕兒子也像自家那口子一樣，突然就沒了，這麼一來，親事也一直沒訂下來。

陳家小姑聽說是齊寡婦家，有些不喜，大伯娘則說：「以小月那性子，妳真把她嫁到村外能放心嗎？如今村裡願意娶小月的也就只有齊家，那齊平也是不錯，妳好歹能常常見到閨女，有個啥事也能讓妳女婿過來幫一幫；再說齊家在咱們村是外姓人家，也不敢讓妳家閨女受多大的委屈，妳自個兒想想，若是行就訂下，不行咱們就再找找。」

陳家小姑猶豫不決地想了許久，幾天後才答應這門親事。

齊平也不小了，村裡像他這般大的年輕人，都當孩子的爹了，所以婚期也訂得早，不到半年就要把媳婦兒娶進門。

而趙明心這邊也訂了親，這次訂下的姑娘是趙李氏的姪女荷花。荷花也是個命苦的，她之前嫁過一戶人家，不過才半年夫君就沒了，守了不到一年的寡就被婆家攆了出來。趙明心的親事一直都是個難題，趙李氏最後便把主意打到自家姪女身上。

兩人再次成親也沒有大肆張揚，一頂轎子就把媳婦娶過門，自家親戚吃了桌酒席也算完事了。

娶的新娘子是自家人，早就知道趙明心當初是不懂，並不是不行，趙李氏的姪女荷花倒也是放心地嫁過來；可不知趙明心是不是有了陰影，還是壓力過大，只知道第二天敬茶時，陳蕾看那新娘子的臉色是黑的，摸了摸鼻子，怎麼都覺得這其中有些意味深長。

原來小倆口新婚之夜確實是沒發生什麼事，這讓趙李氏愁得頭髮都白了半頭，看上去老了很多。

事已至此，若是還想要孩子，不去鎮上看看大夫是不行了，趙明心便是不願意也要去，打算順便再去看看自家妹妹，沒想到回來時，就帶了個晴天霹靂的消息——趙雲萱沒了。

陳蕾聽到時唏噓不已，趙明心連自家妹妹怎麼沒的都沒問出來，就被趕了出來。趙老三知道後，一下子承受不住這個消息，臥病在床；趙李氏更是滿頭銀髮，這裡面要說最心虛的便是她了。

大戶人家的小妾哪是這般好當的。陳蕾不禁搖頭，這事終究是趙李氏作的孽，陳蕾和趙明軒難過了片刻，事情便也就這樣過去了。

小胖墩是個小吃貨，不到一年就把自己吃成了一個小球，剛學走路那會兒，看上去就是顆又白又圓的小肉球在滾來滾去，很是討喜。

也不知像了誰，整天就愛耍萌賣乖，弄得村裡的大娘一見到他就要抱過來親兩口，要不就摸兩把，有的還特地回家拿吃的給他，可謂深得人心。陳蕾很無奈，看著越來越乖巧的阿芙，不禁嘆氣，想起阿芙小時候也愛賣萌來著。

小松每次捎回來的家書也都有阿言的一份，時日久了，陳蕾發現阿言很關心阿芙，望著阿芙如白瓷般的肌膚、柔美的容貌，陳蕾看得出神，阿芙則被看得有些莫名。

陳蕾回過神後不禁搖頭，阿芙如今也是大姑娘了，被人家惦記著，她頗有「吾家有女初長成」的感嘆，好奇地試探道：「妳覺得阿言怎麼樣？」

阿芙眨了眨眼，看著自家姊姊，歪著頭的樣子很可愛，軟軟地說道：「阿言哥哥是個不錯的哥哥，只不過沒有小松哥哥好。」

陳蕾聽了不禁好笑，阿芙依舊是單純的，怕是在她心裡，親姊姊和親哥哥遠比別人要好得多。「那我們家阿芙以後想找個什麼樣的夫君呢？阿言那樣的嗎？」

阿芙臉色微紅，不過倒沒沒害羞地跑走，反而著急地說：「阿芙才不要阿言哥哥那樣的。」

陳蕾輕挑眉頭。「怎麼不要？阿言對阿芙不好嗎？」

阿芙搖頭，噘嘴說：「不是說阿言哥哥不好，只是阿芙不想嫁給阿言哥哥那樣的，阿芙只想像阿姊一樣，能有個時時刻刻陪伴在身邊的人。」說完，小丫頭不禁有些羞澀。

陳蕾笑了開來，撫摸著阿芙的包子頭。「我們家阿芙真聰明，我妹妹這麼可愛，以後定會找到如意郎君的。」

「阿姊壞。」阿芙噘嘴嬌嗔道，惹來陳蕾一陣歡笑，望著手裡的書信，陳蕾放心不少，她可以把阿言當弟弟、當孩子看，可若是當妹夫，她是不贊同的。

阿言這輩子的路已經確定了，少不了要上陣殺敵，那嫁給他的女子便要承受著獨守空閨之苦，還要時時刻刻提心弔膽。再說那軍權之爭，皇上扶你起來必然也要控制你，若是想娶個普通人家的女子何其困難，便是如願，怕也會有不少女子被送給阿言當妾室。陳蕾無奈嘆氣，她怎麼捨得自家妹妹受這個苦呢！

天天照顧孩子，日子過得不是一般地快，陳蕾真有那種眼睛一睜一閉，一天就過去了的感覺。小月也算是陳蕾這一輩最後出嫁的姑娘了，大伯娘和三嬸都過去幫忙，就住在附近的陳蕾也不時過去幫著做事。

村裡的婚事講究熱鬧，婚禮倒是挺順利的，小月也算是嫁了。

小月的性子懦弱得很，容易掌控，這樣的兒媳婦，齊家婆婆是既滿意又嫌棄，覺得太過唯唯諾諾了；不過齊平對小月一直很不錯，小倆口的日子也過得挺好。

鹽商一事雖然不用趙明軒管什麼，有時候卻也需要他出面處理一些事，待趙明軒去了鎮上，陳蕾也無聊，就帶著阿芙和孩子們去大伯家。如今大堂哥和二堂哥都在鎮上安家，阿蓉也嫁了出去，兩老又不想離開村子去鎮上住，倒也挺寂寞的，每次陳蕾他們去，熱熱鬧鬧的大家都開心些。

當陳蕾幾人進了大伯家，大伯娘就高興地說：「還想著一會兒去妳那看看呢！沒想到妳人就過來了。」

陳蕾開心地說：「明軒出去了，我正好過來看看。」

大伯娘取笑道：「就知道妳這丫頭，平時沒事才不會來，這是在家無聊了才過來的。」

阿芙抱著小胖墩進屋裡，今兒也跟了進去，陳蕾留在屋外陪著大伯娘摘菜。「我這不是怕來多了阿蓉會吃味嗎？上次她回來還說妳都不惦記她了，滿心都是我們。」

大伯娘聽了一樂。「這丫頭自從有了身子後，脾氣就怪得很。」

「她就是說著玩的。」

陳蕾和大伯娘又聊了幾句，就看院子進來三個陌生男子，陳蕾覺得其中一個中年男子挺眼熟，可記不起是誰了。

大伯娘看到來人，臉色一下子變了，怒氣沖沖地說：「喲，這是哪門子風呀！把你們方家人給吹來了。」

陳蕾這才反應過來，那個中年男子是小姑丈，不禁皺眉。方家這時候來幹什麼？

陳家小姑丈上門就說：「我們是來接小月回家的。」

大伯娘和陳蕾聽了一愣。方家這是什麼意思？

「你還好意思接小月回去？這麼多年了，你可有問過她們娘兒倆過得好不好？你有什麼臉面過來接人。」大伯娘氣憤地說道。

小姑丈面子有些掛不住，悶了片刻，又抬頭說：「別說這些沒用的，當初我休的是妳家小姑，可沒說連女兒都不要了，讓我閨女過來陪陪她，是怕她日子過得清苦，已算是仁至義盡，如今我閨女年紀也不小了，該跟我回家嫁人成親了。」

聽小姑丈這麼一說，陳蕾心想應該是方家打聽到小月嫁出去了，便過來找麻煩，這還不就是想訛錢。

陳家大伯娘也猜了出來，不敢置信地看著小姑丈，這人的心是鐵做的不成？那可是他的親閨女！

陳家大伯剛聽到聲音就走了出來，正好聽到剛才的話，氣得渾身顫抖，一個衝動，拿著立在門後的鋤頭就要揍人。

方家的三個男人都挺健壯的，大伯哪是對手，大伯娘和陳蕾眼疾手快地抓住大伯，只見大伯眼睛通紅地看著小姑丈，大吼道：「妳們別攔著我，我今天非得教訓、教訓他。」

小姑丈冷眼看著大伯，眼裡很是輕蔑。「這事我跟你們說也沒用，秀娘呢？讓她出來見我。」

村子就這點不好，誰家院裡鬧點什麼事，附近人家立刻能聽到，陳家大伯剛才的嘶吼聲不小，左鄰右舍聽見了，都過來看看是怎麼一回事，不一會兒工夫，院子牆外擠滿了人。

人一多，愛面子的大伯更是下不了臺，也越加激動地想動手。他一個老爺們真發起火來，那力氣哪是大伯娘和陳蕾攔得住的，陳蕾心中叫苦，大伯娘在一旁說道：「阿蕾，妳趕緊去把妳三叔叫過來，還有妳小姑，這畢竟是她家的事。」

陳蕾點點頭，也知道這事怎麼也要小姑出面才說得清。這幾年小姑沒少讓大伯娘幫忙，卻連道聲謝都沒有，也是讓人寒心。

陳蕾的舊家離大伯娘家近一些，所以她先去了小姑那，一進屋就急忙說道：「小姑，方家來了人，說要接小月回去，妳快去大伯娘家看看，大伯氣得都要動手了。」

陳家小姑一聽臉色刷白，陳蕾也不管她反應過來沒，打算拉著小姑就走，沒想到伸出去的手一空，被小姑躲掉了，陳蕾不敢置信地看著小姑。「小姑妳這是不想去？」

小姑有些尷尬，隨後支支吾吾地說：「阿蕾，我一個女人家就是去了，又能怎麼樣呢？方家……」

陳蕾有些惱火，在心裡不斷地罵著。妳又不是小姑娘家的，再說方家要的是妳閨女，妳這麼大的人了還要讓大伯一家給妳作主不成？方家可會聽大伯的話？

「小姑，我也聽出來了，方家當初休的是妳，並沒趕小月走，當初妳帶小月回來，怕是也沒說清楚。按規定這被休了的婦人是沒有權幫兒女訂親的，若今天方家真的要帶走小月，怕也是攔不住，這事即便去了衙門也是他們有理，最後倒楣的是誰，妳心裡應該清楚。」陳蕾一口氣說完，看著小姑越來越慘白的臉，瞪了她一眼，轉身就離開了。

陳蕾匆匆地跑去三叔家，她一雙兒女還在大伯家呢！她擔心方家的人會嚇到或是傷到了孩子們，腳步不由得加快了幾分。

一到三叔家，三嬸就迎了過來。「我就知道妳會來，特地在這等著妳，剛才鄰居傳了信，妳三叔已經趕過去了，看妳這急得，歇兩步，咱們再過去。」

陳蕾哪裡還有心思歇息。「三嬸妳跟我去不？我閨女和兒子還在大伯家呢！哪裡放得下心。」

三嬸點頭，立刻跟陳蕾趕過去，路上三嬸問小姑子怎麼沒跟過來，陳蕾生氣地把剛才的事說了一遍，三嬸也是氣得一塌糊塗，隨後嘆了口氣。「她從小就是個膽子小的，這次怕是也想著能躲就躲過去吧！」

「這能躲嗎？她躲起來就是打算不要閨女了？」陳蕾沒好氣地說道。

說來這事若是傳開來，小月和齊平的婚事就是不作數的，如今小月嫁都嫁了，生米都煮成熟飯了，要是不作數，不知齊家又會弄出什麼事來，小月又該怎麼辦？還真是一對狠心的父母！

三嬸嘆口氣，也不再說了，兩人一起趕到了大伯那。

好在村裡幾個壯年男子和三叔幫忙攔著方家人，陳家是村裡土生土長的，村裡人自然不能讓方家人欺負了去，看到方家人也忌憚了些，不敢太囂張，陳蕾這才鬆口氣。她趕忙進屋先看看孩子怎麼樣了，見阿芙陪著小胖墩和今兒在屋裡玩，也沒害怕什麼的，這才放下了一顆心。外面事情鬧到了這地步，肯定也不能讓他們先回家去，便囑咐道：「你們在屋裡好好待著，別出去。」

阿芙點頭。「姊，放心，這有我呢！」陳蕾這才放心地出去了。

院裡大伯和方家人已吵成一團，陳蕾四處看也沒找到小姑的身影，心中既生氣又無奈。後來聽方家人說已經給小月訂了親，聘禮都收下了不說，就連成親的日子都訂好了，只等著閨女回去嫁人。

村裡人聽了倒吸一口氣，馬上你一言、我一語地討論起來，不一會兒方家也聽出來小月是嫁人了，立刻不開心了，小姑丈扯著嗓子喊道：「快讓陳秀出來，她一個被休了的女人有什麼資格給我閨女訂親，這黑心肝的女人，把我閨女還給我，那齊家婚事作不得數。」

小姑丈這話一出，村民更是喧鬧起來，大伯和大伯娘滿臉通紅，三叔直想衝上前去打人，好在有幾個好心的村民幫忙攔著，還叮囑三叔要冷靜點，畢竟這事可是方家有理。

方家人一聲聲的叫著陳家小姑出來，村裡人這才想起陳家小姑，一看，連個人影都沒有，大家都紛紛搖頭，竟是躲起來了。一個村民多嘴道：「陳家秀娘早就搬出去了，就住在陳老二家原本的老房子裡。」

小姑丈自然知道那房子在哪，二話不說就要去找小姑理論，圍在院外的村民不但特地讓了道，更有不少跟著去了，大伯娘氣得手指顫抖地指著門外。「這是作了什麼孽喲！」

大伯他們自然是要跟去的，陳蕾拉住三嬸說：「三嬸，我就不跟過去了，我先帶孩子們回去。」

「嗯，今兒和胖墩沒嚇到吧？回去可要做些好吃的給他們，小孩子有了吃的也就忘了事了。」三嬸關心地說。

陳蕾點點頭，這才回屋，等外面人都散了，才帶著阿芙他們回家去。陳蕾經過小姑家，看到那院裡、院外全是人，今兒看見以為姑婆出事了，忙拉著陳蕾說道：「娘，姑婆、姑婆。」

陳蕾看今兒指著小姑家喊，拍著她後背輕柔地說道：「沒事，不急不急，一會兒娘送你們回家，就會去看姑婆。」

今兒眨著大眼睛，看見聚集那麼多人很好奇，卻也沒吵著要過去，她似乎知道娘親不想讓她過去，點了點頭，還是忍不住看向姑婆家。

陳蕾不禁好笑，今兒似乎有點好管閒事的性子，只要身邊發生一點什麼事都要去看看，時不時還要插兩句話。她用手刮了一下今兒的小鼻頭，加快腳步地回家了。

第五十一章

到了家後，阿芙問道：「姊，怎麼回事啊？」

陳蕾嘆口氣，把事情說了一遍，阿芙點點頭。「小月姊姊真是可憐。」

陳蕾一愣，沒想到阿芙看事倒是通透，心裡不免有些驕傲，自己的妹妹真是聰明。「妳在屋裡好好照顧他們兩個，就別出去了，我過去看看。」

阿芙點頭答應，陳蕾才放心地出門。來到小姑家，已亂成一團，小姑站在中間號哭，叫罵著方家人，將當初在方家受的委屈一下子發洩了出來。小姑當初之所以把小月也帶回來，還不是因為小月在方家的日子不會好過，好好的一個孩子硬是被方家欺負成這樣。

一時村民們也知道這方家當初可不是為了讓女兒過來陪娘親，分明就是不要女兒的，現在又過來要，怕也是想貪了那聘禮，要不就是聽說閨女已經成親，特地過來鬧上一番，無非也是想要拿些銀兩。

一時間村民們紛紛對方家人指指點點，方家的人雖然面色發紅，可也沒有退卻的意思，畢竟這事他們還是有理的，就是去了衙門也不怕。小姑丈直接說道：「妳別跟我說這個、說那個的，奶奶教導孩子還有錯了？慈母多敗兒，當初就不該讓小月過來陪妳，說不定也教出妳這般德行來，誰不知道妳是個薄情的，當初妳二哥、二嫂沒了，也不見妳回來看看，現在倒好意思住在這，我都替妳臉紅。」

小姑被說得滿臉通紅，面容一下子猙獰起來。「方大山我跟你拚了。」說完，紅著眼睛就撲上去。

小姑丈一個沒注意，臉上就被撓了一道口子，疼得齜牙咧嘴的，看著還在張牙舞爪的陳家小姑，一個惱火上前就是一耳光，打得小姑耳朵嗡嗡響。

看著自家妹子挨打，大伯和三叔哪裡能忍，一時雙方便打了起來，大伯娘可捨不得自家男人挨打，叫罵著也上前去撓起人來，三嬸站在一旁乾著急，不知該如何是好。

陳蕾一過來，便看到眼前這副景象，驚愕地張著嘴，就這麼一會兒的工夫，他們怎麼就打了起來？

好在看熱鬧的不少都是陳家的親戚，看著打起來也忙著過去勸架，有的還乘機踹了方家的人兩腳。等人都被拉開了，方家人的臉上掛了彩，大伯和三叔也沒好到哪裡去，大伯娘的頭髮都亂糟糟的，最慘的怕是小姑了，剛才打架的時候，小姑丈一直拽著小姑不放，沒少打她，小姑兩邊的臉頰都腫了，鼻子也流了些鼻血。

三嬸忙拿著帕子給小姑擦，挨了一頓打的小姑突然大哭起來。「三嫂，我當初在他們方家也是這麼挨打，妳說我敢把小月留在方家嗎？方家哪裡把小月當成是自家孩子。」

「妳少說這些沒用的，今天我們說什麼都要把小月接回家，我跟妳說，不把小月交出來，我就告上衙門。」小姑丈臉色猙獰地喊道，眼光十分凶狠。

小姑家鬧得這麼大聲，在家聊著天的王惠娘和陳長清也出來看看是怎麼回事，一看是陳家小姑家出了事，兩口子趕忙走了過來。王惠娘趁著陳長清擠開一條路，鑽了過來，跑到陳蕾的身邊，連忙將陳蕾前前後後都看了一遍。「怎麼了？我聽剛才好像還打了架，妳沒受傷吧？」

陳蕾搖了搖頭，拉住王惠娘不讓她再瞎忙。「我來的時候他們正好被拉開了，沒傷到我。」

王惠娘這才鬆口氣，只見陳長清也走了過來，凶巴巴地說：「嫂子怎樣？可有人欺負妳？」

陳蕾搖搖頭，看了一眼方家的人，陳長清立即瞪了過去。說來陳長清跟陳蕾這一房也是有親戚關係的，他若是過來幫忙，也沒人會說閒話，陳長清那道疤讓人看著就覺得是窮凶惡極之人，再加上在戰場上練就的殺氣，方家人被看得有些害怕。

小姑丈也是個會看臉色的，忙裝可憐地說：「這位兄弟，我只是想接自家閨女回去，可有錯了？他們陳家人死活不把女兒還給我，還把我閨女嫁了人，我連個消息都沒聽到。她一個被休了的婦道人家，哪裡有資格給我閨女訂親事，我看她就是把我女兒給賣了，貪了那聘禮錢。」

聽方家這麼一說，陳長清也是無話可說，只能瞪著方家幾人，畢竟是人家的家事，他也管不上。

陳蕾對王惠娘說道：「怎麼你們兩口子都來了？只放孩子在家行嗎？你們快回去吧！這邊人多也不怕被他們欺負。」

王惠娘也是擔心在家裡的孩子，看了看方家，又看了一下陳蕾這邊。陳蕾無奈地小聲說：「放心吧，妳還不知道我跟我姑姑的關係嗎？我肯定不會犯傻到去幫她，害自己受委屈的。」

王惠娘這才放心，讓陳長清留了下來，自己回去照顧孩子了。有陳長清在，方家這邊的人也不敢太囂張，小姑丈最後說道：「妳說該怎麼辦？閨女的親事我都訂了，聘禮也收了，就差把人嫁出去。」這話是對陳家小姑說的。

一時所有人都把目光移到小姑身上。「小月嫁都嫁了，難不成你接回去，就能嫁得成了？」小姑怒道。

小姑丈不甘心地說：「那我也要把閨女接回去，就算不能嫁人，我還能賣了做丫鬟去，總好過被妳賣了。」

小姑氣得渾身發抖，眼神含恨地怒喊道：「方大山，小月是你親生閨女，你這麼害她，可是良心被狗吃了？天地良心，你一口一句我把女兒賣了，不說閨女這麼多年來都是我一個人養著，便是那聘禮我也沒留過一分。」

小姑丈一甩衣袖。「我不管，家裡前幾天遭了賊，閨女的聘禮都被偷了，妳說讓我現在怎麼給人家交代？」

鬧了半天，方家終於說出重點，就是要錢！小姑若是不拿錢出來，方家就要帶走女兒，全看小姑要怎麼做了。

小姑心裡就是再不甘願，可為了閨女，也只能忍著，現在還只是兩家在鬧，等齊家知道了，這事便更加複雜了。

陳家小姑這幾年跟著陳家大伯娘做鹹菜，也掙了點銀子，小月雖然成親了，她也沒有全部拿出來添進嫁妝裡，也是怕小月到了齊家，被齊家把錢全都拿走了。她最終仍是為了女兒忍下這口氣，拿了聘禮的錢給小姑丈，小姑丈拿到銀子後，卻又要起了小月跟齊家成親時的聘金。

兩人又是一番爭吵，為了息事寧人，小姑又拿了二兩銀子給方家，可也要小姑丈立下字據，與小月斷絕父女關係，從此不過問小月的事。等立好了字據，這事才算平息下來。

熱鬧看完，人也散了，留下陳家幾人悶聲地坐在院子裡，大伯娘嘆了口氣說：「阿蕾，妳先回去，折騰這麼長時間，孩子也想娘了。」

陳蕾點了點頭，便回家了。

待趙明軒回來後，陳蕾跟他說了這件事，趙明軒皺著眉問：「沒傷到吧？」

陳蕾一樂，搖了搖頭。「沒，我去的時候就已經打起來了，我又不傻，沒上前去，等人都被拉開了才過去的。你沒看見，我大伯娘看我大伯挨打，眼睛都紅了，上去就把那男的給撓得滿臉是傷，留了不下十道傷痕。」

趙明軒安了心，聽陳蕾說完也是一樂。

「這婚事可要看準了，你看小姑嫁的是個什麼人家，小姑丈把她打得可慘了。」陳蕾不禁搖頭。

趙明軒點了點頭，很贊同地說：「這倒是，說親前是要先打聽好人家，若是有那愛打女人的習慣，便是身家再怎麼好，也不能答應。」

陳蕾點點頭，想到了阿薇，又嘆了口氣，不禁又想到了阿芙，脫口道：「許是我多想，可我覺得阿言……」

趙明軒聽陳蕾提起阿言，有些疑惑，只見陳蕾搖了搖頭，接著說：「只是覺得阿言對阿芙更上心一些。」

趙明軒沈思片刻，隨後安慰地說：「他們從小一起長大，阿言定是把阿芙當成妹妹看待了。不過放心，若是他真有這心思，我也是看妳的意思，說來阿言的確是不適合咱們家阿芙。」

陳蕾一笑，聽了趙明軒的話也算是放心不少。

方家這次鬧了這麼大的陣仗，消息便是瞞也瞞不住，好在齊家沒有說什麼。不過齊寡婦到底是有些看不慣這個兒媳了，整天唯唯諾諾的，也不機靈，妳問一句、她說一句，妳不問話，她竟一天悶在那不吭聲，很不討喜；要不是看來勤快，沒事就打絡子掙錢，她都想因為方家來鬧這事，把兒媳給攆走了。

小月雖然看得出婆婆的不滿，可她那性子就已經是這樣，也改不了，平時多躲著自家婆婆就是。

村裡把這次方家來鬧的事傳得很熱鬧，沒幾天就有人說陳家小姑也是個可憐的，當初沒了爹娘跟自家大哥住，這嫂子找親家哪會用心，才弄了這麼個人家，最後被休回來不說，連女兒也跟著遭罪。

有不少人也知道小月小時候那聰明機靈勁的，現在再看看小月的性子，明眼人都看出是怎麼回事，一時罵方家的人也有，說陳家大伯娘心黑的也不少，便是陳蕾天天坐在屋裡照顧孩子，也都知道了。

王惠娘當初給陳蕾說這事的時候，陳蕾也是氣，別人不知道，她卻是瞭解大伯娘的，大伯娘絕不是那種狠心的人，別看她嘴上愛得罪人，可心裡卻從沒想害過誰。

小姑子畢竟是小姑子，又不是自家閨女，養著就不錯了，說親這事，若真找到一個差的，也不是她能料想得到。再說當初陳家小姑也沒鬧著說不嫁，想來是樂意的，況且大伯也不是那種會看著妹子跳進火坑裡的人。

陳蕾罵了那些嚼舌根的人一番，心情才好一些，沒想到過幾天村裡又說起陳家大伯娘黑心，當初陳老二兩口子沒了，她硬是不叫幾個小的過來住，現在看人家閨女都嫁了好人家，就天天親熱著，也不知安的什麼心。

陳蕾知道後氣到不行，不禁皺眉，心想這話究竟是誰傳開來的？當初她一直就沒怪大伯娘不接他們過去住，那會兒家裡大大小小的有四口人，誰家能負擔得起？這些說閒話的人真是吃飽了撐著。

可陳蕾除了氣憤，也不能拿著針線去縫人家的嘴，只能去看看大伯娘好不好。

陳家大伯娘也是被氣得不輕，聽了幾日的閒話，那可是越說越過分，她百口莫辯，直接氣病了，陳蕾過來的時候，大伯娘還躺在炕上哀號著。

陳蕾略有愧疚地看著大伯娘。「大伯娘，可是被外面的閒話氣到了？」

這一病也讓大伯娘想開許多，人家說閒話說得開心，她若當一回事就只能被氣病了，還要花錢治，何苦呢？拉著陳蕾的手，大伯娘搖頭說：「沒事了，阿蕾妳別擔心。」

和大伯娘相處久了，陳蕾也看出大伯娘是想開了，這才放下心來。「大伯，大伯娘這病沒事吧？」

大伯抽著煙桿子，慢悠悠地說：「大夫說就是心裡憋著一股火，喝兩副藥就好了。」

陳蕾點點頭，神色這才輕鬆下來。大伯娘突然問道：「阿蕾，當初妳可是恨大伯娘不讓大伯養你們？」

陳蕾聽了一笑，忙說道：「大伯娘妳想多了，我和阿薇他們從沒怪過妳，再說那時我也不小了，可以撐得起家來，沒必要還來大伯這裡住；更何況這麼多年，你們和三叔一家可沒少幫我們，我們若是還怨妳，那才叫沒良心。」

大伯娘握著陳蕾的手緊了幾分，臉上卻是欣慰，陳蕾又看大伯也樂呵呵的。

隨後大伯嘆了口氣，大伯娘也跟著嘆氣，陳蕾覺得古怪，可也沒什麼頭緒。等大伯出去後，大伯娘才拉著陳蕾恨恨地說：「她一個做姑姑的，倒不如小輩知感恩。」

陳蕾聽了一愣，隨後才反應過來，驚愕地問道：「大伯娘，妳是說這些閒話都是從小姑那傳開的？」

大伯娘臉色一沈。「這村子才多大？就那麼幾戶人家，稍微打聽一下也能知道。」

陳蕾有些無奈，小姑這是把大伯一家給怨上了，這下她更加看不起小姑了。她勸了大伯娘一會兒才離開，想著以後離小姑能有多遠就有多遠，這人親近不得，是個沒良心的。

回家把這事跟阿芙說了說，阿芙也是皺著眉，覺得姑姑做得不對。陳蕾撫平她的眉頭，囑咐以後對姑姑能少接近就少接近，又囑咐了下今兒，便也不多說了。當著孩子的面說長輩的壞話這種事，她做不出來，讓孩子們以後多注意點便是。

陳家大伯算是寒心了，這麼多年對妹妹的照顧，最後變成這樣。三叔一家對小姑的態度也冷淡了許多，小姑往後的日子更加獨來獨往，當她意識到沒有人願意再幫她的時候，已經晚了。

過了一個月後，村裡有一戶人家剛給閨女訂了親事，不少人家還特地去道喜，沒想到沒幾天就傳出閨女跟情郎私奔的大戲，那戶人家找了閨女好幾天也沒找到，陳家那一點事就被這事搶了鋒頭，也算是淡了下去。

小松不時地送家書回來，陳蕾也算是放心了。在信中，小松每每講到受了傷，就讓陳蕾心疼不已，卻也慶幸小松即便是過得不好，也會告訴她，幾個月下來，陳蕾也算放寬了心，鳥兒長大了總是要離巢，飛翔在屬於他們的天空，只要有小松的消息，陳蕾就能安心。

小松一直和阿言在一起，寫家書的時候，阿言也會寫上一封。

陳蕾如今識字卻不怎麼會寫，回信也都是阿芙幫著寫的，一來了信，阿芙也會高興地看著自家哥哥的家書。幾封信下來後，阿芙偶爾會跟阿言在信裡聊幾句，日子久了，兩人說的話也不少。

陳蕾靜坐在一旁看著阿芙寫信，無奈搖頭，她看得出來阿芙是把阿言當成哥哥，便也不阻攔他們在信中閒聊了。

村裡跟今兒同齡的孩子不多，今兒也不大願意跟他們玩，陳蕾問的時候，今兒只是皺著鼻子說村裡的幾個小孩子身上都髒兮兮的，有時候玩泥巴還弄得滿臉，連嘴裡都會弄進不少泥巴，今兒一直愛乾淨，讓陳蕾感到又好笑、又無奈。

好在今兒喜歡和木頭一起玩，也玩得和睦，木頭的性子像他爹娘，凡事都讓著今兒。有時候兩個小孩還會手牽手溜去趙老三那，兩個小孩子去了趙老三那可像是霸王，趙李氏敢罵一句，趙老三就會瞪著眼睛罵回去，弄得趙李氏有火發不出來，一看見今兒和木頭就頭疼。

這一天，今兒在家待不住，跟陳蕾說了一聲就跑出去，到了趙家大哥那喊上木頭，兩人就去爺爺那裡玩了。一進爺爺家的門，趙李氏暗自嘀咕兩句就去了廚房，沒想到兩個小孩也跟進來，趙老三也樂呵呵地進來了。「可是餓了？讓你們奶奶給你們找些吃的。」

趙李氏馬上臉一沈。

木頭搖搖頭說：「爺爺，我吃過了，不餓。」

今兒年紀小，話還說不清楚，也跟著叫道：「不餓。」

趙老三呵呵地笑著，木頭說完話就勾起水缸上的蓋簾，作勢要抱著出去玩，趙李氏眼疾手快地搶了回來，黑著臉說：「這也是能玩的？」

木頭被嚇了一跳，委屈地看著趙老三，今兒更是一下子竄到趙老三的身後，抓著趙老三的腿不放。「凶凶。」

趙老三一看孫子委屈可憐的模樣，立刻心疼了，瞅著趙李氏命令道：「給他玩！」

趙李氏氣到雙眼發紅，自從趙雲萱沒了後，趙李氏在家裡的地位也算是沒了，當初趙老三更是鬧著要休了她，最後被攔下來，趙李氏在趙家也不像之前那般囂張了。看著趙老三鐵黑的臉，趙李氏也不敢再說什麼，嘴裡嘀咕著把蓋簾給了木頭。

小孩子都很敏感，能察覺到誰對他好，誰對他不好，因此今兒一直都不喜歡趙李氏，每次看到趙李氏吃虧，她就很高興。

從趙老三那回來後，今兒就開心地給陳蕾學剛才的事，她人小話說不清，陳蕾聽了許久才反應過來她說的是什麼，不禁好氣又好笑，點了今兒的腦袋一下。「那水缸蓋哪裡能玩，以後不許這般淘氣。」

今兒委屈地看著陳蕾，陳蕾白了她一眼。「知道了沒？」

今兒噘著嘴點點頭。「知道了。」

看著她那可憐的小模樣，陳蕾心都軟了，可也知道不能再這麼慣著女兒，女兒一天天的大了，都說教育要從小做起，她也該多多管教女兒了。

陳蕾嘆了口氣，家裡的一雙兒女都很頑皮，跟阿芙小時候比起來差遠了。

第五十二章

人逢喜事精神爽，得知二兒媳有了身孕後，大伯娘的病全都好了，人也精神了，更是歡歡喜喜地把兒媳接了回來。

二堂哥和大堂哥住了一宿，第二天就回到鎮上，二堂嫂在鎮上悠閒慣了，冷不防地回到村裡，反而不習慣幹農活，成天說身體不舒服地躺在炕上。大伯娘為了她肚子裡的孩子，也就忍了過去。

如今哥兒倆已經各自掌管自己的鋪子了，大堂哥和二堂哥進的瓜子和薯片也越來越多，時間一久，便特地派了馬車回村裡接貨。

這天馬車來接貨的時候，二堂嫂也來到陳蕾家，看著鋪子裡的夥計搬貨，笑呵呵地說：「你們先別急，等我進去說點事再搬。」

夥計們面面相覷，但怎麼說也是老闆娘，便停下了手裡的活計。

二堂嫂進了屋，看陳蕾哄著胖墩玩，樂呵呵地說：「妹子的日子過得可真是滋潤，不像我們這些開鋪子的，得說破了嘴皮才能掙到錢。」

說來陳家二堂嫂去了鎮上後，越發地瞧不起村裡人，這會兒說話的語氣裡，多少有些高人一等的意味。

陳蕾心裡雖然不舒服，可臉上還是笑呵呵地說：「可不是，沒有二堂嫂的辛苦，我二堂哥可沒這麼輕鬆。」

二堂嫂撝著嘴笑了笑。「妹子妳可不知道，鎮上不少人想把貨送到我們鋪子裡賣，又是說好話、又是送禮的，我還不一定能讓他們賣呢！咱們家鋪子現在賣的可都是好貨，那些小家小戶做的東西就是上不了檯面。」

陳蕾輕挑嘴角，低垂的眼眸裡閃過一絲嘲諷，拿起桌上的茶水，淺嚐了一口。「二嫂今天可是有事？」

二堂嫂尷尬地笑著。「也沒什麼大事，只是妹子妳也看到了，咱們又要派人過來接貨，又要請小二賣貨，這每一步可都是要花銀子的，妳看妳這邊的利潤是不是也該讓一讓？」

其實之前陳蕾也對大堂哥和二堂哥說過，請人接貨要不要她也出些銀錢？大堂哥和二堂哥說都是自家馬車和鋪子裡的人，都是拿死工資的，不用再多給他們錢，陳蕾也就答應了。

現在聽二堂嫂的意思，怕是覺得他們幫陳蕾家賣貨便是陳蕾家的榮幸了，還敢要這麼多的分成！若是坐下來好好說，陳蕾讓一讓也無所謂，她又不差這個錢，沒必要因此傷了感情，可二堂嫂卻讓陳蕾心裡深感不舒服，她覺得今天若是讓了，怕以後還會有麻煩事呢！

「二嫂跟二哥商量過了？」陳蕾問道。

二堂嫂眼裡閃過一絲輕蔑。「這事都是由我作主的，妳二哥人好心也軟，和人談價錢總是吃虧。這以前也就罷了，可妳看，我們眼看著也要有孩子了，不能不為孩子著想。」

陳蕾點點頭，又喝了口茶水，放好茶杯後說：「這兩年也是麻煩二哥了，嫂子一會兒出去跟夥計說一下，讓他們把貨卸下來，給我放回原處就好，以後也不麻煩二哥的鋪子幫我們賣貨了。」

二堂嫂聽這話，臉色一僵，略有尷尬，心想著不賣就不賣，我看妳這些貨能賣到其他家鋪子裡去不，到時候賣不出去過來求我們，更是好壓價。心思轉了轉，二堂嫂笑著回道：「行吶，那不打擾妹子了，我也該回去了。」

陳蕾點了點頭。「我還得看著孩子，就不送嫂子了。」

二堂嫂樂呵呵地應了一聲後，便離開了。陳蕾看著二堂嫂的背影輕笑了一聲，二堂嫂這是哪來的自信？

而外面夥計一聽要把貨放回去就傻眼了，鋪子裡現在都斷貨了，老闆娘怎麼還弄這麼一齣事，雖然大家臉色都不好看，可他們只是夥計，只好卸了貨離開。

待二堂哥看到空車而歸，又聽完夥計的回話，氣得可不輕。大堂哥那邊得知了事情的前因後果也是氣得不輕，跟大堂嫂好一頓埋怨。這些年來老二家的媳婦兒沒少給他們家惹是生非，大家都忍讓著，卻沒想到她惹事惹到了自家人身上。

大堂哥把二堂哥說了一頓後，兄弟倆這才決定再回一次村裡，也跟鋪子裡的夥計和掌櫃說好，以後二堂嫂做不得主，鋪子裡的事一律不聽她的，這麼一來，鋪子裡的夥計們也好做事。

大伯娘看到兄弟倆回來村裡，也是一愣，問了原由更是發了好大的火，把老二家的媳婦兒罵個狗血淋頭。二堂嫂還頗不服氣，氣得二堂哥差點動手，好在大堂哥攔住了。

大堂哥他們的鋪子當初之所以會出名，有一半原因就是在於賣陳蕾家的瓜子，後來薯片也算是他們鋪子的特色，時間久了也成招牌，看看有哪家店會把自家的招牌撤了的？當二堂嫂明白過來時，臉色也是不大好，卻依舊埋怨二堂哥之前怎麼不跟她說這些事。

二堂哥看著二堂嫂，頗是疲憊地說：「家裡的鋪子，以後妳別插手了。」

二堂嫂臉色一白。「你這是什麼意思？」

二堂哥直接反問道：「這麼簡單的意思都聽不懂？」

二堂嫂被頂得一句話也說不出來，看著二堂哥凶巴巴的眼神，也不敢再說什麼了。

大堂哥和二堂哥來到陳蕾家賠禮道歉，對於兩位堂哥，陳蕾還是敬愛的，誰家沒個磕磕絆絆的，她只說不想以後再有這種事發生，就又答應把貨供給他們。

大堂哥和二堂哥頗過意不去地坐在那，倒讓陳蕾覺得一陣好笑，這事也算是過去了。

陳蕾再去大伯家，二堂嫂也只是躲在自己房裡，一句道歉的話都沒有，陳蕾也懶得跟她計較這些。

大伯娘拉著陳蕾嘀咕道：「阿蕾妳別生氣，等以後大伯娘幫妳教訓、教訓她。」

陳蕾頗是無奈。「大伯娘，怎麼感覺這話說得咱們倆像是壞人。」

大伯娘噗哧一笑，隨後嘆口氣。「當初還不如讓老二娶了那鎮上的姑娘。」

陳蕾也是嘆氣。「大伯娘不也沒想到今天會搞成這樣嗎？」

大伯娘搖搖頭，到底是有些後悔了，陳蕾又勸了她幾句才離開。

不久後，陳家發生了一件好事。這次考試，有幾個村裡的學童考中了秀才，村裡老夫子樂得臉都開花了，其中就有三叔家的阿樺。前兩年三叔家的阿樺便進了村裡的學堂，不想竟是頗有天分，本來老夫子都沒指望他這次能考中，結果就這麼爭氣。

陳家要好好辦一桌酒宴了，這真是光宗耀祖的大喜事啊！

酒宴上陳蕾不禁想起了小松，也不知現在過得好不好？可是長高了？還是瘦了？想到邊境戰事連連，陳蕾嘆口氣，願弟弟這條路能走得更順一些。

考中秀才，阿樺也要離家去縣城裡的書院求學，三嬸又是開心、又是不捨，流了好些天的眼淚。陳蕾也替她高興，雖說三嬸就生了這麼一個兒子，可確實是給家裡爭氣了。

沒多久三嬸就沒有那哭的心思，她家的門檻都快被媒婆給踩破了，讓三嬸樂到不行。

三嬸拿不定主意，就把大伯娘和陳蕾叫過去，三人商量了一會兒，陳蕾覺得阿樺弟弟是有天分的人，不如一心一意地學習，等以後有了功名，那媳婦兒還不好找嗎？他一個男人大一些再娶親也沒什麼，不急在這兩年。

大伯娘和三嬸聽了也贊同，阿樺的婚事便也沒訂下來。陳蕾回去還跟趙明軒開玩笑地說道：「阿樺可別怨了我這個姊姊，好好的媳婦兒還要再等兩年才能娶到。」

趙明軒寵溺地看著陳蕾，點了下她的鼻子。「都是兩個孩子的娘了，怎麼還像是長不大的孩子呢！」

陳蕾摸著自己嫩嫩的皮膚，得意地說：「可不是，感覺越活越年輕了。」

趙明軒不禁大笑，熟睡的今兒不耐煩地哼哼兩聲，翻個身又睡著了。陳蕾用手指點了下趙明軒的腰，頗是責怪。

陳蕾發現這幾天來阿芙都悶悶的，很是不解，趁著阿芙恍神的時候，陳蕾走過來問道：「這幾天怎麼了？魂不守舍的。」

阿芙嚇了一跳，看著自家姊姊噘起嘴。「哪有魂不守舍。」

「可是看著不大高興的樣子。」

阿芙嘆了口氣，趴在桌子上。「阿姊，我好不想長大。」

陳蕾聽了一樂，這孩子才多大，就有了這般感慨。「怎麼了？跟姊姊說說。」

「竹子哥中了秀才，要去學院讀書，小娟姊她娘現在也不讓她出來玩，去她家也沒意思，小娟姊總要幹活，都沒人可以一起玩了。」阿芙可憐兮兮的，看上去很孤獨。

陳蕾這才想起來，阿芙口中的竹子是老夫子的姪子，林家也算滿門讀書人了，其中學問最好的就數老夫子。林竹今年也考中了秀才，自然要去縣城裡讀書，難怪阿芙會這般不開心，的確是沒什麼小夥伴可以一起玩了。

阿芙也十歲出頭了，到了該注重男女大防的年紀，陳蕾撫摸著阿芙柔嫩的小臉，說：「每個人總是要長大的，別不開心了，妳也該收收心，看村子裡誰家孩子這麼大了還想著玩的。」

阿芙噘嘴看著陳蕾，突然嘻笑地說：「好在還有外甥和外甥女可以玩。」

陳蕾點了下阿芙的腦袋。「瞎說。」

阿芙格格地笑著，陳蕾眼光很是柔和地看著她，心裡卻有些難過，阿芙也留不了幾年了。

村裡林老二家這幾天也是熱鬧得很，不少人家過去說親，都被拒絕了，三嬸心想估計也跟自家差不多，想讓孩子晚點再娶親，更加覺得這樣的決定是正確的，也徹底打消了先給兒子訂親的念頭，還誇陳蕾看得長遠。

陳蕾摸了摸鼻子，聽說京中不少世家待科舉結束後，便開始找中意的進士做女婿，一般這種女婿進了岳家多少會矮一截，陳蕾不禁想到，阿樺弟弟以後可別被逼著做了世家女婿，到時候三嬸還不得跟她拚命。

小松得知阿樺中了秀才，特地弄了些稀奇玩意兒回來給阿樺當禮物，陳蕾不禁有些吃味，讓趙明軒好一頓取笑。

阿言也送了不少東西，大半都是給阿芙的，趙明軒的臉色頗古怪，讓陳蕾一陣打趣。

趙明軒無奈搖頭，自家媳婦兒是越來越淘氣了，不過看著這半箱的禮物，小倆口的目光都沈了下來，看來也不一定是他們多心了。

把阿芙叫過來後，阿芙看到這麼多東西很驚訝，倒也沒多想，以為是要送給大家的，便很歡喜地上前把玩起來。

陳蕾不會因為阿言的事，就早早地給阿芙訂親，她現在心裡多少有底了，防著阿言一點就好了；但一想到若是阿芙也像阿薇那般……陳蕾搖搖頭，以後即便是阿芙恨透了她，她也不能讓阿芙嫁給阿言，阿言以後的道路，注定是充滿了陰謀與危險的。

這日子過得挺快，當陳家二堂嫂挺著大肚子，還有兩個月就要生的時候，阿蓉已經產下一個胖小子，陳蕾一家還特地去看孩子，並從鎮上打了一套長命鎖的銀飾送給小傢伙。

阿蓉看著陳蕾拿出的銀飾，笑著接了過去，也沒推辭，旁人一看也知道她們姊妹的關係是極好的。

本來二堂嫂應該在家裡安胎的，可偏偏不聽勸，說什麼都要跟過來，大家也以為她是愛熱鬧，便依了她。

待午後陳蕾準備回去，問了問大堂哥和二堂哥後，也說要跟著一起回去，便準備好了馬車，不想二堂嫂聽到大伯娘要留下來照顧女兒坐月子，就鬧了起來。

按理來說女人坐月子都是由親娘過來照料的，婆婆畢竟是婆婆，哪有自家娘親細心，況且這月子對女人的身體很重要，必須要細心照護，大家也都知道大伯娘會留下來，不想二堂嫂會不顧面子的就在屋外吵了起來。

陳蕾不禁皺眉，只見二堂嫂站在那裡鬧著。「娘，我這沒幾天也要生了，妳不在家，還要我給爹做飯不成？」

大堂哥和二堂哥都黑著臉，大伯娘的臉色也好不到哪裡去。「我懷孩子那時候，生阿箐前兩天還挑過水呢，妳如今才八個月，做個飯會怎樣？這般嬌氣妳就先回娘家去吧！」

不想二堂嫂聽了沒有收斂，反倒大吵大哭了起來，躺在屋裡的阿蓉氣得渾身發抖。

自從二堂嫂懷了孩子，不但不肯幹一點家務活，還隔三差五的就說身體不舒服，搞得二堂哥沒幾天就要回來看她一次。若是夫妻感情好，二堂哥就算再累，心裡也是高興的，可他早已厭煩了他的媳婦兒。如今二堂嫂越是折騰，他越是厭煩，更不用說陳家二堂嫂偏偏還仗著自己肚子裡的孩子作威作福，也不知這腦袋裡裝的是什麼。

陳蕾不禁揉著額際，這可是阿蓉的婆家，娘家人這般鬧不是給人看笑話嗎？

大伯娘最是心疼女兒的，看著兒媳婦這般丟人現眼，恨不給她一巴掌。大伯娘硬是忍了下來，看著二堂哥說：「還愣著幹什麼，還不把你媳婦兒拉回去。」

二堂哥這才反應過來，上前拉人，不想二堂嫂發了瘋似地用力要推開他。二堂哥也是惱了，鬆開了手，不想這一鬆手，二堂嫂這邊正使著勁呢！人就這麼摔了出去。

眾人一驚，全都安靜下來，二堂嫂也是一驚，隨後感覺身體不大對勁，眼神驚恐萬分地看著二堂哥。地上流出了一灘血，陳蕾忙給孩子們摀住眼睛，拉著阿芙、抱著兩個孩子就去了別的屋，讓他們老實待著不要出來，才安心地走過來。

大堂嫂也把孩子帶到了那屋裡，跟著出來，嘴裡還念叨著。「孩子可別出了事。」

陳蕾也很無奈，看著屋外亂糟糟的，還傳來二堂嫂痛苦的喊聲。陳蕾說道：「大嫂妳先去看看，我去阿蓉那邊，她應該也聽到聲音了，這會兒肯定急著呢！」

「就是，妳快去吧。」

陳蕾進了屋就看阿蓉一臉焦急，望著陳蕾說：「大姊，外面是怎麼了？」

「沒事，妳也別急，一會兒我再出去看看是怎麼一回事。」陳蕾安慰地說道。

阿蓉嘆口氣。「二嫂以前看還是個好的，沒想到……唉！」

陳蕾也感嘆，以前看二堂嫂的確是個不錯的，沒想到去鎮上待了兩年，眼裡越發地沒了別人，規矩也不講了。她懷孕的這段時間，大伯娘也受了不少她的氣，若不是看在孩子的面上，哪會這麼忍著她。

再說阿蓉婆家今天本是喜事，卻被她這麼一鬧，陳蕾擔憂地說：「等姊姊過兩天去鎮上給妳多買點東西，順便買一些給妳公婆的，妳到時候嘴再甜一點。」

阿蓉心裡一暖，也知道陳蕾的意思，握住陳蕾的手說道：「沒事，我公婆不是那種人，如今我給他們生了孫子，更不會說什麼了。」

陳蕾點點頭，到底還是要買點東西過來賠禮。

屋外又是叫大夫、又是請產婆，幾人把二堂嫂抬到屋裡的炕上好一陣忙活，陳蕾懶得管外面的事，一直陪阿蓉聊天，也沒出去。

陳家二堂嫂弄了這麼一齣，孩子不生也得生了。

也沒爺兒們的事，便全都聚在外面聊天，唯獨二堂哥又是愧疚、又是煩躁的坐在一旁，整個人頹廢極了，這幾個月他已經被自家媳婦兒鬧得瘦了一圈，現在看上去有點嚇人。

折騰了快三個時辰，孩子才生下來，天都黑透了，陳蕾他們一行人也無法回去。阿蓉的婆家特地去親戚那借了幾間屋子，讓陳蕾和大堂哥一行人過去住著。

路上大堂嫂跟陳蕾低聲說：「妳沒看到那孩子生出來的時候，臉都是紫的，可是嚇人，呼吸也弱，都不知道能不能挺過來，可惜了還是個男孩。」

陳蕾跟著搖了搖頭也沒話可說。今天二堂嫂過來，應該就是為了不讓大伯娘留下來幫阿蓉坐月子，如今這樣也算自作孽，怪不得別人。

按理說八個月生的孩子也容易活，不想古代的條件本來就差，滿月生下的孩子都容易夭折了，更不要說早產的。陳蕾本來沒當一回事，不想第二天去的時候，就聽二堂嫂哭鬧的聲音，還有大罵著二堂哥的聲音。

陳蕾心裡咯噔一聲，怕是孩子沒保住，心裡卻沒有半分同情二堂嫂，只是可惜了孩子。阿蓉剛生了孩子本來是喜事，可二堂嫂現在孩子死了晦氣，陳蕾進去安慰阿蓉時，阿蓉的臉色頗是古怪。

陳蕾說道：「怎麼，公婆早上給妳臉色看了？」

屋裡就阿蓉和陳蕾，阿蓉看了看沒別人進來，拉著陳蕾小聲地說：「姊，妳不知道小孩子最是容易夭折，二堂嫂在這生孩子雖然不好，可那孩子沒了又是另外一回事了。」

陳蕾迷茫，聽不大懂。阿蓉白了她一眼，又小聲地說：「有種說法是借命，閻王殿小鬼手裡都有本冊子，誰家生了幾個孩子都知道，二嫂的孩子是在我家沒的，這樣小鬼以後便不會過來索我兒子的命，我公婆怕是不會介意了。」

陳蕾目瞪口呆地點了點頭，原來還有這麼一種說法。

「就是可惜了那孩子，若能再晚兩個月生出來……」阿蓉不禁憐惜地說道。

陳蕾拍了拍阿蓉的手。「別想這麼多了，妳坐月子就要開開心心的。」

阿蓉點了點頭。「我爹娘沒事吧？」

陳蕾搖搖頭。「表面上看著還好，可畢竟孫子沒了，怕是心裡也是不舒服的。」

這麼大的事自是要通知二堂嫂的娘家人，等二堂嫂的爹娘過來又是一番折騰，有其母必有其女果然不假，二堂嫂的親娘可是哭鬧得比趙李氏還熟練，大伯娘好話說盡了也沒個消停，後來大伯娘也火了，這事說到底全是二堂嫂自作孽。

大伯娘一怒，倒是把人鎮住了，本來沒了孫子就夠鬧心，再加上這幾個月受兒媳的氣，一下子全爆發出來，二堂嫂娘家人也看出情況不妙，這才開始訓起二堂嫂來；可大伯娘還覺得不甘心，最後直接說道，不如休妻吧！

正好請的大夫來了，看完了人，一出屋子就說二堂嫂傷了身子，想再有孕怕是難了，聽了這話，二堂嫂的娘家人更是沒了底氣，大伯娘卻一臉沈思。

流產了也是要坐小月子的，大伯娘厚著臉皮跟親家商量後，才讓二堂嫂暫時住了下來。

她私下把兒子叫過去，問可有什麼打算？這無後可是大事，若是陳家造成的，大伯娘也就認了，可兒媳自己要這般折騰，不知輕重，她到底是寒心了。

二堂哥說自己要再想想，大伯娘也沒再說什麼。

陳蕾一家子先回村裡，等過了半個月，也沒見二堂嫂回來，就連阿蓉的孩子辦滿月酒時，陳蕾一家過去也沒見到二堂嫂，大伯娘也沒再提一句，陳蕾算是心裡有數了。

第五十三章

果然二堂哥把二堂嫂休回家了，陳蕾不禁搖頭，沒了生育能力被休回來的女人，以後的日子怕是不好過了，若是之前懂事明理一些，再過兩個月，兒子有了，地位也穩了，怎麼折騰大伯娘也不會起了休妻的想法。真是一念之差，以後的日子也就此天差地別。

也不知道消息怎麼傳得這般快，陳蕾前腳才知道二堂嫂被休，後腳就有人過來說親，有的還找上陳蕾，請她幫著說一下親事。陳蕾雖然應下，卻也說不保證能不能成。

就這樣陳蕾還替幾家姑娘去大伯娘那裡說了親，可大伯娘許是孫子沒了還在難過，提不上什麼心思，二堂哥也因為二堂嫂這幾年的無理取鬧灰心，婚事一時半刻也不願再提，就這樣這些親事都被推掉了。

像二堂哥這般條件的，也不怕以後找不到媳婦兒，陳蕾也贊同二堂哥先緩緩心情，以後碰到喜歡的再娶。

聽三嬸說阿樺後天回來，陳蕾在家提了一下，發現阿芙很高興，看著自己嬌小可愛的妹子，怕是想找林竹玩吧！點了一下她的小腦袋，也沒說什麼。

果然等阿樺回來那天，阿芙就跑出去玩了；可沒多久阿芙就垂頭喪氣地回來了，陳蕾頗不解，出去的時候好好的，怎麼回來就不好了。

「怎麼了？」

阿芙悶悶地坐在陳蕾的身邊，抱起胖墩，嘟著嘴不說話。

陳蕾一笑。「被欺負了？」

阿芙搖搖頭，小大人般地嘆口氣。「唉，長大真不好。」

後來才知道阿芙出去的時候，是先去找小娟姊，打算一起去看看竹子哥。可到了小娟姊家卻撲了個空，她便直接去找竹子哥了，走到半路就看見小娟姊羞答答地遞給竹子哥一個荷包，阿芙也知道女孩子是不能隨便給男孩子荷包的，沒想到村裡幾個野孩子路過，一陣笑鬧，還羞羞羞地直喊，小娟姊一下子滿臉通紅地跑了，阿芙也就這樣回來了。

陳蕾聽了頗覺好笑，這才多大的孩子就懂情愛了，古代的孩子確實早熟一些。

「就因為這個不高興？」陳蕾問道。

阿芙點點頭。「以後就不能再找竹子哥玩了，若是小娟姊知道了肯定生氣，大家在一起玩，我又顯得多餘了。」

陳蕾摸了摸阿芙的小腦袋。「也可以找村裡其他的姑娘玩啊。」

阿芙許是不想讓陳蕾擔心，點了點頭，就開始逗胖墩玩。

第二天剛吃完早飯，陳蕾就看林竹過來了，去書院上了幾個月的學，氣質也不同了，文質彬彬的，衣服也乾乾淨淨的。陳蕾特意打量了下林竹，眉清目秀，身子筆直，確實不錯，和小娟又是青梅竹馬，也難怪小丫頭打他的主意。

「阿蕾姊，阿芙在嗎？」林竹進了院子，一看到陳蕾，就很有禮貌地問道。

陳蕾點點頭，把阿芙叫了出來，阿芙看到林竹顯然很高興，陳蕾也不管他們，逕自回了屋，兩個孩子在院子裡就聊起天來。

待林竹走後，阿芙進了屋，手裡還拿著個荷包。陳蕾問道：「怎麼回事？」

「小娟姊被那些人鬧得害羞跑了，可竹子哥不想要這荷包，讓我幫他還回去。」

陳蕾聽了點點頭，林竹若是自己還回去，讓別人看到不知道又要說什麼，讓阿芙替他還回去也算穩妥。「你們剛才在院子裡，沒人看到他給妳荷包吧？」

阿芙搖搖頭。「沒看有人路過。」

陳蕾這才放心，便也沒再理會他們小孩子的事。

時間過得飛快，小胖墩兩歲的時候，陳蕾才發現閨女已經五歲，說話也清楚了，性格更調皮了，早上天一亮，起床後就看她不安分地跑來跑去，一整天竟都不在家。

有時候陳蕾都和趙明軒說這孩子是生錯了性別，好在性子不錯，陳蕾便也願意讓女兒小時候玩得開心一些，也不攔著她。

今兒有一天看自家爹爹耍棍法，也嚷嚷著要跟著學，趙明軒一樂，便隨意教她兩下，小傢伙倒是聰明，看得出來自家爹爹在敷衍了事，馬上跑過來向陳蕾告狀。

陳蕾聽了樂呵呵，心裡也不想今兒受罪。「今兒想好了嗎？練武可是很痛苦的哦！」

今兒仰著頭看娘親，眨著眼睛想了許久，才說：「以後讓弟弟練武吧，今兒不練了。」

陳蕾噗哧地笑出來，歪歪斜斜走著路的胖墩望了過來，也跟著格格地笑著。

趙明軒正好走進來，看今兒一見到他就跑了出去，頗是不解。「過來告狀了？」

陳蕾哭笑不得地點了點頭，趙明軒則笑著搖頭。「這小丫頭。」

「等今兒大一些，就教她一些防身之術，以後不會被欺負就好。」

「嗯，知道了，放心，不會讓她這麼小就練武的。」趙明軒可不想自家閨女變成個巾幗女將，女孩子像她娘那樣就好了。

北邊戰事終於停了下來，看到小松的回信，陳蕾心裡鬆了口長氣，好在人還活著。小松和阿言都立了戰功，在軍營裡也是個小官了，陳蕾看著家書，滿是欣慰。

北面安靜下來，南邊又開始不太平起來，陳蕾心裡略是不安，趙明軒安慰她，自古以來便是這樣，大戰過後，國體損傷，鄰國總會趁這個時候來鬧上一番，無非是要好處。

沒過一個月，小松又寄來一封家書，說去了南方邊境，雖沒真正打仗，卻也發生一些小衝突，他和阿言還乘機又立下功勞，陳蕾透過書信內容也能感覺得出小松心裡的驕傲與開心，眼淚不禁滴了下來，落在信上，墨跡都暈了開來。

阿芙在一旁勸了幾句，陳蕾擦乾眼淚，搖搖頭，自己最近是太感性了一些。

收好了小松的家書，陳蕾也對自己剛才掉眼淚覺得好笑，最近是怎麼了，特別容易感動，想著想著，陳蕾面容一凜，這個月的月事似乎還沒來……陳蕾眼裡有些激動與複雜。

王嬸當了這麼多年的接生婆，對喜脈多少也能把得出來，陳蕾特地去了她那裡，讓她把把脈，王嬸把完脈後沈思一會兒，說現在還摸不出來，讓陳蕾過個幾天再給她把一下脈。

等過了十多天，月事也沒來，陳蕾又過去王嬸那，結果真的是有了，又叫了大夫過來看後，確定陳蕾已經懷孕一個半月。

陳蕾心裡莫名地有些高興，和趙明軒說了以後，趙明軒更是激動地抱起陳蕾，家裡只有兩個小的已不能讓他們小倆口滿足。

陳蕾又回到之前被看守保護的日子，都生了兩個孩子，陳蕾也不覺得懷孕有什麼了。

趙老三得知陳蕾有了以後很高興，特地買了酒過來跟趙明軒喝一頓，老頭喝完酒後，便開開心心地回去了，那笑容自始至終都掛在臉上。

沒想到第二日就傳來趙老三的死訊，陳蕾和趙明軒都是一懵，待過去看的時候，趙老三面容安詳且揚著嘴角，顯然去的時候心裡是開心的。

陳蕾不禁眼睛一酸，這幾年下來，說和趙老三沒有感情是不可能的。趙明軒雙拳緊握，從沒看到他哭過的陳蕾，也是第一次看趙明軒流下了眼淚。

趙老三這個爹做得雖然不合格，可他到底也為孫子付出不少，前天還說著等孫子出世，仍要給他帶，沒想到第二天就……

小今兒不懂生死，只知道爺爺睡著再也醒不過來了，哭鬧著要爺爺，讓陳蕾和趙明軒好是心酸。

喪事由長子辦，壽衣現做已來不及了，都要現買，每家湊銀錢時趙李氏卻哭窮，守在趙老三的身邊哭著說以後的日子該怎麼過，老大和老二兩家也懶得再跟她計較了。陳蕾冷眼旁觀，趙李氏現在哭得倒也沒錯，趙老三沒了，她往後的日子不好過，指望趙明心撐這個家，估計是難了，沒了趙老三，趙李氏跟他們也不再有關係了。

陳蕾如今懷著身孕，身體實在跟不上，大家也能理解，晚上時陳蕾也不用守夜，便回去睡了。幾天下來趙明軒略有疲憊，看得陳蕾直心疼，他是個重情的，怕是心裡也不好受。

待出殯後，趙明軒回來就沈沈地睡了過去，醒來時沈默地抱著陳蕾許久，陳蕾輕拍他的後背，一時兩人無語。

陳蕾又開始嗜睡起來，幾乎睡得昏天暗地的，待過了一個半月後，孕吐比前兩次來得更厲害一些，可為了營養，陳蕾都硬逼著自己多吃一些，幾天下來十分疲憊。

待快四個月的時候，陳蕾的肚子已經跟吹氣球似地鼓了起來，當初懷胖墩的時候肚子就很大了，陳蕾也沒在意。

大伯娘和三嬸沒事過來看陳蕾的時候可是嚇一跳，都覺得這肚子也太大了。後來趙明軒也開始擔心，特地從鎮上請來大夫，把了脈後說是肚子裡有兩個，小倆口聽了以後，覺得有些不可思議，心情頗複雜。陳蕾有些激動，趙明軒則是擔憂，對陳蕾更是照顧有加。

為了能順利生出寶寶，陳蕾每天都要出去溜達溜達，趙明軒一直都陪在身邊，村裡人看到也都誇他們小倆口的感情好。

待懷孕六個月的時候，陳蕾的腳就有些輕微的浮腫，好在不是很厲害，肚子裡的寶寶也很淘氣，不時踢著陳蕾的肚皮。

自從有了胎動後，陳蕾和趙明軒就每天跟肚子裡的寶寶聊天，兩個小傢伙也會跟未來的弟弟、妹妹打招呼，一家子很幸福洋溢。

二堂哥的親事一拖就是兩年，如今都二十幾歲的人，還沒個孩子，在鎮上也自己一個人，身邊沒個人照顧。

大伯娘也頭疼，這幾年斷斷續續有人家來說親，大伯娘也問過二堂哥，二堂哥卻總是說沒興趣，便也沒說成一個。

這次大伯娘又相中一家姑娘，特地去鎮上找二堂哥，說什麼也得讓他把自己的親事當一回事。沒想到她風風火火地去了，不到一天人就回來了，陳蕾正好早上溜達時看見大伯娘去鎮上的，晚飯過後在院子裡溜達又看見大伯娘走了過來，還納悶大伯娘怎麼今天就回來了，平時去鎮上的時候，都是待上一、兩天才肯回來的。

陳蕾把大伯娘帶到院子裡，大伯娘自己找了張凳子，一坐下就嘆氣，陳蕾疑惑地問：「大伯娘妳這是怎麼回事？」

大伯娘整個人都沒什麼精神。「還不是妳二哥，說了那麼多話，一句也不往心裡記，我看他就是怨了我的。」

陳蕾想了想，搖搖頭。「二堂哥若真怨妳，還會這般孝順嗎？妳也別多想，我看是不是二堂哥心裡有人，只是那姑娘條件不好，所以怕你們不同意，一直沒說出口呀？」其實這想法陳蕾早就有了，每次看大伯娘當著二堂哥的面說親事時，他都會恍惚一下，才趕忙拒絕。

大伯娘驚問道：「是不是妳二哥跟妳說過什麼？那姑娘條件怎麼差了？」

陳蕾哭笑不得地看著瞪大眼睛的大伯娘。「我也是隨便猜猜，再說二哥也不會跟我說這些事，要說也是跟大哥說不是？」

大伯娘點著頭，琢磨了一會兒就說：「不行，我明天去妳大嫂那問問去。」

陳蕾點了點頭，送走了大伯娘。大伯娘倒是聰明，知道從兒媳婦這邊入手。

果然陳蕾猜對了，說來二堂哥之前不是有那麼一段自由戀愛，那姑娘家沒談成親事，也不知道被誰給宣揚了出去，讓那姑娘這幾年一直談不成婚事；許是家裡真的寵這個閨女，差的人家也不願意隨便湊合，寧可把閨女放在家養著，就這樣高不成、低不就的，閨女也成了老閨女。

再說那閨女心裡到底還是有二堂哥的，前兩年就知道二堂哥休妻，就這樣兩個人又搭上了；可二堂哥到底是怕了，一直沒敢說要娶這姑娘，就這樣那姑娘也一直跟著二堂哥，也算是孽緣了。

大伯娘恩威並施之下，到底是從大堂哥一家得到消息，卻也不知該說什麼好了。果然兒孫自有兒孫福，許多事都不是他們能管得動的，回家跟自家那口子說了這事，兩老一夜沒睡。

過了幾天，待大堂哥他們回來的時候，兩老把二堂哥叫到了屋裡，說了好半天，最後二堂哥才鬆口說要娶親，大伯娘便又開始忙著去拜訪親家。

時隔多年，又一次去了人家家裡，大伯娘和大伯也不禁感慨造化弄人。這次的親事說得著實順利，估計那姑娘的家人也是怕了，或者說也是認了。

姑娘畢竟是第一次嫁人，婚禮自是要好好地辦，大伯娘也不是那種注重利益的人，左右都是一家人了，該辦的絕對不會省，若因為這麼點錢讓人心裡有了疙瘩，也不划算。

兩家人都心急，婚期就訂在三個月後，那會兒陳蕾都九個月了，眼看著產期就要到了，也是幫不上大伯娘，包了禮金後便老實地待在家裡，讓阿芙過去幫忙。待成親那天，陳蕾覺得身體不是很舒服也沒去，大伯娘自然不會挑這個毛病。

待阿芙晚上回來時，就興奮地說，前任二堂嫂不知怎麼聽到了消息，今天跑過來大鬧了一場。陳蕾頗驚愕，這個前二堂嫂也真是的，現在過來鬧也不過是丟人現眼，何必呢？

陳蕾拍著阿芙雀躍的小腦袋，讓她去洗漱睡覺，不想阿芙前腳剛出屋，陳蕾就感覺腹部傳來一陣陣痛，臉色一下子就變了，阿芙正好回頭想說什麼，看自家姊姊臉色這樣也慌了。

「姊，可是要生了？」

屋外的趙明軒耳朵也靈，一個箭步就衝進來，陳蕾被嚇了好大一跳，讓趙明軒趕緊去叫王嬸和三嬸過來。

夏日天亮得快，當第二個小寶寶出生的時候，天空濛濛亮著，陳蕾已累得昏睡過去，臨睡之前只聽三嬸說孩子都好著呢！陳蕾這才放心地睡了過去。

王嬸樂呵呵地說：「你們趙家兒子可真有福氣，前幾年你大哥添了一對雙生小子，你家這次又添了一對雙生小子！」

趙明軒高興地拿出銀子給王嬸，即便已經是兩個大孩子的爹了，趙明軒還是不敢抱剛出生的小寶寶，實在是他力氣大，怕傷到了孩子。待進屋看已經熟睡的陳蕾，趙明軒柔情地注視著她，給她蓋好被子。

有兩個寶寶鬧騰，陳蕾在月子裡也不無聊。兩個小傢伙一個要是哭了，另一個跟著扯嗓子，卻一滴眼淚也不掉，看得人牙都癢癢。小胖墩天天聽著弟弟們的哭喊聲也是煩了，弟弟們一哭，他那細小的眉毛就扭成兩條麻花，逗得人直發笑。

起初陳蕾的奶水還夠兩個孩子吃，可吃到後來越是不夠了，兩口子沒轍只能找王嬸求助。王嬸先幫著找了個村裡也剛生孩子的婦人，讓陳蕾抱著孩子過去喝了幾天，可畢竟人家也要餵孩子的。陳蕾開始乾著急，後來拍了自己的腦門一下，真是一孕傻三年，就在陳蕾問小助理有沒有母乳可以賣的時候，明顯感覺到小助理的聲音有一絲波動。

小作坊即便再神奇，也沒有母乳可以賣，倒是有經過加工的羊奶足以媲美母乳。陳蕾花了二十兩銀子開啟羊奶加工，家裡的兩個寶寶有奶喝了，這才算是放下心。

王嬸還熱心地幫著找來奶娘，陳蕾解釋自己吃了幾副催奶的藥方，現在倒是不缺奶水了，王嬸這才放心。陳蕾抱著小寶寶，這才感慨來到古代，身邊關心自己的人越來越多，這樣的福分一定要珍惜。

趙老三已不在，新出生的兩個小傢伙沒能讓爺爺娶名，兩口子倒是圓了給兒子取名字的心願。老三大名叫趙煊，煊有光明之意；老四叫趙瑞，瑞字代表吉祥如意，老三的小名則是煊兒，老四的小名就叫做瑞兒了。

一家四小坐在炕上，趙明軒笑著說：「倒是老二的小名取得隨意了一些。」

陳蕾摀嘴偷笑，到底是怪她太隨興了。

小松離家已有三年之多，第一次回來，阿言也跟著回來了。兩人看起來長高了，也瘦了，皮膚變成健康的小麥色。陳蕾激動地抱著自家弟弟直哭，阿芙也跑了過來，抱著陳蕾和小松，姊弟三人好是傷感了一會兒。待阿薇得了信，帶著孩子過來看到小松，也是哭得不行，一家人總算能好好地一起吃上一頓飯。

幾年的磨練讓小松無論見識還是性子，都沈穩許多，再也不是當初那個嬉皮笑臉的小孩子了。陳蕾不禁感嘆，果真是歲月不饒人。

小松這次回來也只能待幾天，便要到京城去，親戚之間自然要走動一番。當初村裡的人都知道小松要去從軍，不少人對陳蕾有些怨言，可現在看著小松有出息了，也都替他高興，一時都誇他們姊弟倆有見識。

小松這次回京，依他和阿言的軍功，怕是會分個在京中的職位。阿言就不必多說，陳蕾只是私下教導小松，雖說他們在軍營的功勞差不多，可小松萬不可因嫉妒毀了自己的前途，阿言終究是不同的，再說他以後要承擔的擔子，也比小松多得多。

好在小松從小知理，出去這麼多年，也知道了阿言的身分，萬不會為了這些個名利，毀了兄弟情誼，陳蕾也算是放心了。只願有生之年，朝廷盛世，百姓安樂，她弟弟也能少打幾場仗。

阿言這次來的目的不言而喻，表面上是過來看看師父和師母，可陳蕾兩口子仍然心裡有數。阿言如今正是說親的年紀，怕這次回京，京中不少世家都會盯著這塊肥肉不放，坐在皇宮裡的那位說不定也有這個打算，若是想掌控阿言，聯姻是最好的辦法。

陳蕾和趙明軒頗是憐愛阿言，只要這孩子不說出口，他們也打算裝糊塗。

阿言出去歷練了幾年，心思更加細膩了，也看出他們在裝傻，趁著小松出去的時候，他跪在陳蕾兩口子面前，開門見山地說：「師父、師母，徒兒有一事相求。」

陳蕾目光悠長，沈默了片刻問道：「可是關於阿芙的？」

阿言身子一僵，即刻點了頭。「徒兒想娶阿芙為妻。」

陳蕾和趙明軒對視了一眼，陳蕾略有笑意地說：「阿言你先起來，咱們慢慢說。」

阿言聽到這話也明白了，眼神一下子亮起來，抬頭堅定地說：「阿言知道師父和師母擔心的是什麼，徒兒保證一生一世只娶她一人，不會讓她受半點委屈。」

陳蕾心頭一顫，眼裡略有疑慮，趙明軒望了一眼陳蕾，似乎也看出了陳蕾的猶豫，剛想說這事容他們再想想之時，阿芙就跑了進來，焦急地說：「阿言哥哥你起來，我不嫁。」

陳蕾張口欲言，可卻沒說出來，現在阿言言之鑿鑿地說出誓言，可誰能保證以後真是這樣呢？不行，她不能拿阿芙的幸福去賭阿言今天的承諾。

阿言眼神暗淡地看著阿芙，阿芙緊抿嘴角，上前把阿言扶起來，終究是力氣太小扶不起來，阿芙氣憤得跺了跺腳說道：「阿言哥哥，你對阿芙一直很好，阿芙知道，可是阿芙只是把你當成哥哥而已，在阿芙心中，你和小松哥哥是同樣地位的，阿芙不想亂了這份感情；況且，這裡有阿芙深愛的家人，京城那般遙遠，我不會去。」

阿言倔強地說：「京城也有小松不是嗎？」

阿芙搖搖頭。「阿言哥哥，我要的是像姊姊和姊夫那般的感情，你給不了我。」

話至此，在場的都是聰明人，陳蕾和趙明軒是因相愛才會有這般深厚的感情，阿芙說阿言給不了，就已經表示阿芙不愛他。

阿言一下子沮喪了起來。陳蕾站起身，點了下阿芙的腦袋。「這麼大的姑娘了也不知羞，快回屋去。」

阿芙知道這事自家姊姊會幫她，吐了吐舌頭就跑了，趙明軒起身把阿言拉了起來，正好小松進來，沒心沒肺地說：「這是在唱哪齣戲？」

第五十四章

過後趙明軒和阿言聊了幾句，待他們回京後，這事便也算過去了。不過阿言的脾氣是倔強的，時不時就捎來一些京中的物品給阿芙，阿芙也如往常一般回信，字裡行間卻漸漸地疏遠一些，時日久了，他總會放下的。

本來陳蕾猜想小松這次去京城也不會有多大的官可以做，卻沒想到半個月後，小松寄來了書信，說自己和阿言被提到了皇上身邊當近身侍衛，也算是出乎意料了。說來小松雖沒有什麼有名的爹娘，但皇上跟趙明軒師出同門，而小松也是趙明軒教出來的，皇上自然偏愛一些，其實小松這是被分到了將軍府派系裡了，陳蕾不知是好還是壞，只能走一步、看一步了。

眼見阿芙也快及笄，陳蕾早在一年前就開始給阿芙攢嫁妝，平時看到什麼好的都給阿芙留著，便是心中再不願也該為阿芙想想親事了。如今阿芙可是村子裡出了名的美人，柳眉、杏眼、櫻桃嘴，那白嫩的小臉都能掐出水來，清澈明亮的眼睛更是賞心悅目，難得的是性子好，心思聰慧。陳蕾一時犯難起來，自家妹子這般好的條件，嫁給平常人家多少有些可惜了，這真是太高的不行，太低的也不行，陳蕾打算先琢磨著，自家妹妹這般資質也不怕嫁不出去，至少還能留個兩、三年。

秋闈過後，趙陳村又是一片熱鬧，阿樺和林竹都登了榜，如今已算是舉人了，兩家紛紛擺了酒席，全村人都覺得臉上有光。熱鬧過後，陳家三孀又要體會母子別離的滋味了，當初放在陳蕾這的銀錢，三孀這才拿了回去，一股腦地都給了阿樺，又再添上一些，也夠他在京城裡用的了。

阿樺臨出發時，陳蕾也給了不少盤纏，窮家富路，多少趕考的學子因為路上的艱難而喪命出事的，阿樺不是奢侈的人，多給些盤纏不礙事，好在京城裡還有小松在，兄弟倆也有個照應。

阿樺這次跟林竹他們一起走，待臨走的前幾天，一位媒婆登門，看架勢陳蕾還以為是想來讓她幫著給阿樺說親的呢！

不想媒婆說了幾句話，陳蕾才聽出來是給阿芙說親的，這幾年陳蕾家的門檻也被踩得快爛了，陳蕾也是淡定，便問道：「大娘說的是誰家？」

媒婆像是很肯定這門親事能成，也不像以往先把男方誇得天花亂墜的再說是誰家。「便是林家新任的舉人林二公子。」

林竹？陳蕾頗是錯愕，按理來說這林家一直沒有說親，怕也是打著讓自家兒子高中後再挑人家的打算吧！怎麼會現在過來說親？

那媒婆看陳蕾愣住，以為陳蕾是驚喜得反應不過來，拍著腿說道：「要說這林家二公子可是一表人才，若是阿芙能嫁過去，可是享福嘍！」

陳蕾笑了笑，這婚事當然不能一下子就答應的，陳蕾說要想想後，媒婆也理解，喝了碗茶水，接過陳蕾的打賞錢後，便開開心心地離開了。

待人走後，趙明軒才過來，也以為是為了阿樺的事，聽完陳蕾說的話，也是震驚。「我記得阿芙和林家二公子，是從小便玩在一起的？」

陳蕾點了點頭。「這倒是，只是後來大了，便也疏遠了。」

趙明軒點了點頭，小倆口其實有同樣的心思，便是都捨不得把阿芙嫁給鄉野村夫，不說別的，從阿芙小時候到現在便沒受過一分苦和委屈，吃的穿的都不比別人差了去，真的嫁給尋常人家，他們多少有些不捨；可林家的這門親事，又不知林竹以後的成就會是如何，若是不中，回來當個舉人老爺也不錯，就怕一路高中去了遠一些的地方當地方官，那阿芙不就要離開他們了？這若是將來受了委屈可怎麼辦？

陳蕾說了自己的擔憂，趙明軒無奈地一笑。「妳也不能把阿芙拴在身邊一輩子，林竹家境平平，便是當了官，還有小松給她撐腰，不怕他們家讓阿芙受氣，再說多給阿芙準備些嫁妝，想來他們林家心裡也是有數的。」

「你贊同這親事？」

趙明軒點了點頭。「林家那小子倒是不錯的選擇。」

陳蕾想了會兒，確實也是，無奈地搖搖頭，養大的孩子一個個的離了家，多少有些感慨，看著炕上的四個小傢伙，有一天他們也會慢慢地長大，各自成家，到最後陪在自己身邊的終究還是趙明軒。

想到這，陳蕾笑了，阿芙嫁出去後，能時時刻刻陪她的人是她的夫君，她一輩子的幸福不是自己能給的，而是她將來的夫君。想著林竹和阿芙從小要好，說不定這門親事，也是不錯的。

待陳蕾把阿芙叫來說了此事時，阿芙臉色一紅，陳蕾便知道阿芙是心動了，若是沒有這心思，她可不會害羞，陳蕾點著阿芙的腦袋。「什麼時候起的心思，怎麼也不跟阿姊說。」

阿芙搗著腦袋說道：「哪有，阿姊不要錯怪阿芙。」

陳蕾瞥了小丫頭一眼。「不是妳和林家那小子早商量好了，來我這就是走個形式吧？」

阿芙趕忙搖頭。「沒有，我也沒想到他會來提親。」

陳蕾一愣，看來她家妹妹也是單戀過人家一陣子的，陳蕾心疼地拉著自家妹妹。「可是同意這親事？」

阿芙卻一時猶豫起來。「阿芙不想離開阿姊。」

陳蕾眼角瞬間紅潤起來。「傻孩子，嫁了人自然是要離開阿姊的，難不成還指望阿姊養妳一輩子。」

和林家的親事在林竹出發前訂了下來，待林竹這次科舉完，兩家再商議婚期，左右也就一年多的時間，陳蕾便開始忙著給阿芙準備嫁妝了。

阿芙輕鬆自在的小日子也到此為止，說來這期間一直跟她要好的小娟因為這事鬧僵了，阿芙不免有些傷感，陳蕾卻不以為然，這樣的朋友不要也罷。

因為小松孤身在外，他的婚事陳蕾是徹底地做不了主。雖說哥哥沒訂親，妹妹也不該訂親的，可是林家的小子確實是個不錯的選擇，若是這次推了婚事，對阿芙來說有可能便是錯過了，陳蕾畢竟不是古代人，沒那麼迂腐，待阿芙訂完親後便修書一封，送去給遠在京城的弟弟。

自家弟弟很快地就回信了，聽是同村的林竹也很放心，並不介意這個，陳蕾本有意也讓他趕快成家，可書信中小松只是一筆帶過，讓陳蕾不禁感嘆，兒大不由娘啊！

這幾年陳蕾利用小作坊掙的錢就有快二萬兩，其中大部分都是從香品軒掙來的，陳蕾的食品已經遍布香品軒的分店，再加上趙明軒從洛家得來的鹽商分成，也真是讓陳蕾知道了古代的鹽商有多麼暴利。兩口子之前就小有資產，如今手裡也有個十幾萬兩的銀子，這日子過得可是踏實又舒心。

條件好了，陳蕾給阿芙備嫁妝的時候，恨不得把所有好的都給自家妹妹，錢花起來也沒有一分心疼。在她心裡阿芙也等於自己的女兒，再說自家孩子還小，等他們嫁娶還要十多年呢，那會兒肯定也攢了更多錢，不差阿芙的這一份嫁妝。

年後的春闈過後又半個月，陳蕾接到小松來信，阿樺和林竹榮登杏榜，已是貢生，要繼續留在京中考科舉，人生最重要的考試也就在這一次了，著實是個好消息。而信中還寫到阿言被賜婚，是位郡主，這倒沒讓陳蕾有太大的意外，意外的是當天皇上給不少青年才俊賜了婚，小松也在其中，賜婚的姑娘便是御史大夫的嫡次女，說起來算是小松高攀了。

陳蕾放下信後，不禁琢磨，什麼大臣的女兒不找，就偏偏是御史呢？陳蕾過後和趙明軒說了此事，趙明軒沈思片刻，說道：「皇上是怕小松年紀小，容易走偏了，特地給他找了個明事理的岳父。」

陳蕾不禁搖頭，可後來一想其實也好，京城中的紛爭變化莫測，小松難免不懂事得罪人，有個岳父指點也不錯。嘆口氣，小松的婚期是八月初十，也沒幾個月了，聘禮和房子都要準備，怕是要去一趟京城了。

陳蕾修書一封過去，把自己的想法給小松說了一下，不想小松回信拒絕了，說是一對小姪子才剛剛出生沒多久，京城路途遙遠，孩子離不開娘不說，就是跟著去也禁不住馬車的顛簸。陳蕾之前擔心的也是這個，小松當然瞭解自家姊姊，在信中說到七月會有一位大臣告老還鄉，皇上說待那大臣走後，留下的宅子便賜給他，這樣一來也夠他們小倆口住的了。

小松也看出來陳蕾過來，多半是為了給他辦婚禮，回信中表示自己一人就行，銀錢他也不缺，陳蕾看得哭笑不得，自家弟弟也有自己的驕傲了。

洛家在京城有生意，自然有人常常往來，陳蕾托洛一鳴給自家弟弟捎過去五千兩銀票，阿薇自己也掏了三千兩過去。小松這些年得的賞賜和攢的錢有多少陳蕾是不知道，怕給多了自家弟弟反倒會原封不動地還回來，便也就捎過去五千兩，還要在信中略加威脅一番。

看著炕上咿咿啞啞的兩個小傢伙，陳蕾抱起老三，親了一口。「你們也快些長大吧。」

家裡有孩子做什麼都不方便，陳蕾已經許久都沒出過村，這也是家裡沒有老人的壞處吧。

村裡的日子很平常，開春翻地、種地，沒事弄弄菜園子，一年也就過去了，京中人才濟濟，阿樺和林竹在他們村子裡可能是天驕之子，可是到了京中不免就有些落後，畢竟身處環境不同，林竹的學問更好上一些，待殿試過後，林竹三甲靠前，阿樺打了個擦邊球而已，不過兩人均已是進士出身。

因成績並不突出，兩人會被直接分配從地方小官做起，不能進翰林院。阿樺被分到了南邊一個州當知縣，林竹則很幸運地回到靠近趙陳村的地方當知縣，雖是七品芝麻小官，可他們都年輕，有慢慢往上爬的機會；而最開心的便是阿芙了，這樣一來，她離陳蕾也算是近的。

林家得了消息後就匆匆過來與陳蕾商量婚期，而在京中的小松再沒幾日也要成親了，眼看弟弟、妹妹都要各自成家，陳蕾不禁有些傷感，卻也欣慰。婚期定在十月初五，阿芙徹底地被關在屋裡繡嫁衣了。

讓陳蕾放心的便是林竹的官位並不是很大，在村裡可能大家不瞭解趙明軒背後的關係網，可等林竹回來待上幾個月，應該就能知曉，不管以後他對阿芙會不會有感情，想來都不敢輕易動阿芙的。

別的朝代陳蕾不瞭解，聽趙明軒說他們這個朝代的知縣是一次要管理好幾個縣的。而林竹要入住的便是最靠近趙陳村的一個縣城，陳蕾確定了消息後，便開始打聽縣城周邊的鎮上可有莊子要賣的，當初都幫阿薇買了幾個鋪子與莊子，阿芙自然更不用說，也是要買的。這幾年給阿芙攢的金銀首飾也能裝上一小箱，又攢了不少絲帛布疋，家具也早在半年前就開始讓人打造，成親之前定是不會耽誤。

第五十五章

過了幾日陳蕾又特意帶著阿芙去縣城逛逛，孩子便只能交給三嬸來照顧，三嬸一直稀罕孩子，放在她那陳蕾也放心。

來到縣城後，陳蕾找了一家最大的首飾店，讓掌櫃的拿出今年最流行的首飾時，那掌櫃的還頗是探究地看著陳蕾，陳蕾老神在在的在桌面上放了一張五百兩的銀票，那掌櫃的立刻就換了笑臉，恭恭敬敬地去拿首飾了。

陳蕾覺得心中舒爽，阿芙拽了拽自家阿姊的袖子。「姊，不用給我買這些了，我又不喜歡戴。」

陳蕾瞪了阿芙一眼。「妳懂什麼，以後妳是要做官太太的，出去應酬難免，免不了有那看不起人的要與妳比個高下，若是被比下去便失了夫家的臉，次數多了，怕是妳連她們的小圈子都進不去。」

阿芙眨了眨眼，不說話了，待掌櫃的拿了不少首飾過來，陳蕾看著不錯。她剛才瞄了外面那些婦人一眼，一些穿著打扮都不錯的人戴的首飾也與老闆拿的差不多，陳蕾一一挑起來細看，點點頭，樣式別致，阿芙皮膚白嫩，戴什麼都好看，再看了玉飾也不錯，陳蕾問道：「怎麼樣？看著可喜歡？」

那掌櫃的趁勢誇讚自家的飾品是縣城獨一家，陳蕾看阿芙很喜歡的樣子，似乎在想要挑哪些，陳蕾直接打斷了掌櫃的話。「掌櫃，都包起來吧。」

那掌櫃一驚，看了陳蕾許久。陳蕾悠悠地喝著茶，待掌櫃樂呵呵地出去後，阿芙焦急地說：「姊，怎麼買這麼多。」

陳蕾咳了咳。「姊也就只能給妳買這麼一次，好歹過過癮不是。」

阿芙頓時無語，眼角慢慢地紅起來，陳蕾握住阿芙的手。「妳我雖是姊妹，可在姊的心裡妳跟女兒也沒什麼差別了，從小妳便懂事，不吵不鬧，沒讓阿姊操過一分心，卻也讓阿姊最心疼。妳是聰明的孩子，便因為這樣，許多事都是放在心裡，不該說的從來不說，壞的也不說，妳出嫁後怕是有難捱的地方也不會跟姊姊說了，阿姊只能多給妳備些嫁妝，好歹讓妳在面子上不受委屈。」

姊妹一時都熱淚盈眶，這麼一會兒就花了陳蕾三千兩銀子，她卻也沒半點心疼。鎮上的衣裙到底還是不如縣城的，陳蕾拉著阿芙到裁縫面前，挑好了樣式，讓裁縫量好阿芙的身材，照著各個樣式都做上一件，春夏秋冬各六套，做好送到鎮上大堂哥的鋪子裡便是。

又買了不少顏色素雅的布疋，讓阿芙沒事給自己做兩套衣服。胭脂水粉自然是讓女人愛不釋手的，陳蕾和阿芙在胭脂鋪裡待了許久才出來，姊妹兩人逛了一天十分開心，下一次姊妹兩人能一同逛街，也不知是什麼時候了。

待回客棧後，趙明軒看著一堆東西不禁問道：「怎沒給妳自己買些？」

陳蕾搗嘴偷笑。「在村子裡穿戴這些還不被人笑話死，再說這些年你也沒少給我買不是，哪裡用得著再買。」

趙明軒看著自家仍舊嬌俏可人的小媳婦兒頗無奈，想著等下次讓洛家帶點京中流行的首飾回來給自家媳婦兒。

知縣有縣府可住，倒是不用林家再準備房子，村裡早就知道陳家和林家訂了親，當得知林家小哥當了官，有些村民說了不少閒話，無非也就是說阿芙高攀了，也有明理的在那，說阿芙身後畢竟還有個在京城當官的哥哥小松呢！可那嘴碎的婆子卻說著陳家那般條件，有個當官的哥哥又能怎樣，還不如娶個大戶人家的媳婦來得實在一些，那嫁妝可都是幾千兩的在辦，哪是陳家能出得起的。

村裡一時閒言閒語不少，還有專門等著看阿芙送嫁那天的，陳蕾聽著這些頗淡定，依舊悠哉地給阿芙準備嫁妝。

陳蕾給阿芙買了兩個莊子都是附帶良田千畝的，又買了幾家鋪子，待小倆口去了縣城也不至於只吃那點俸祿錢；好在林家也不是多講究規矩的人家，到時候買家僕都是他們小倆口的事，陳蕾也沒事先給阿芙買丫鬟、婆子，畢竟以林家現在的條件，阿芙的陪嫁丫鬟過去，究竟是要伺候她還是要伺候公婆，恐怕多少會讓林家生了隔閡，小倆口剛成親還要親熱一段時間，突然多出一個伺候的丫鬟也彆扭。

阿薇那邊也陸陸續續地送來不少添妝，她拿了二千兩銀子給阿芙壓箱。小松也從京城送來了些東西，其中還有一箱是阿言特意送來的，打開一看衣裙、首飾、布疋樣樣齊全，陳蕾不禁搖頭，只怪有緣無分，也給阿芙添進了嫁妝裡。

林家送來的聘禮只能說比普通人家好得多，陳蕾也不介意，光是供林竹進京趕考，怕也是花光了家底的，如今能弄出這麼體面的聘禮算是不錯了，老規矩陳蕾一樣不留的都算在阿芙的嫁妝裡。

婚禮是在村裡辦，可兩口子成親後就要趕往縣城住了，為了不折騰，做好的家具都直接送到縣府裡，陳蕾給阿芙壓箱底的錢拿了一萬兩，阿芙本來說什麼都不肯要這銀兩，陳蕾說了好半天她才收下，心裡對自家姊姊更是敬重。

可以說阿芙的嫁妝已經不比世家嫡女的差到哪去了，當一箱箱的嫁妝送過去，嫁妝禮單一樣樣的唸出來時，本是熱鬧的院子頓時鴉雀無聲，眾人心裡都是驚嘆，沒想到陳蕾會這般有錢。

一時等著說閒話的人也紛紛閉上嘴，待第二天，阿芙梳妝打扮完，蓋上喜帕前，眼睛通紅很不捨地望著陳蕾，看得陳蕾一陣心酸。姊妹兩人說了幾句話後，阿芙被大堂哥揹了出去，望著吹拉彈唱、熱熱鬧鬧的迎親隊伍，陳蕾不禁撲進趙明軒的懷裡，她的妹妹從今往後便有自己的家了，這兒便只是她的娘家。

回想自己初來時，倔強的阿薇、內向的小松還有乖巧呆萌的阿芙，那會兒因為爹娘的去世，讓他們眼裡時刻都填滿了無助驚慌與迷茫，他們還不知該如何活下去，可漸漸地學會了相信陳蕾、依賴陳蕾。越是孤獨的人越是想去保護一些人，從沒體驗過親情的陳蕾渴望並期盼著親情，當有了弟弟、妹妹們時，她是真的想保護他們，能得到他們給予的親情，是陳蕾這輩子最寶貴的情感之一，陳蕾流著眼淚，望著遠去的花轎，願她心愛的妹妹一生平安喜樂。

從生完老三和老四後，陳蕾便再沒有身孕，也是在幾年後，陳蕾才知道在這個醫學不發達的年代裡，生產很容易傷到身子，在她一次生完兩個孩子後，大夫就說怕是不能生了；當時趙明軒瞞了下來，後來也是大伯娘多嘴說溜了，陳蕾才知道，心裡雖有點小失落，倒也能接受，畢竟她現在有了四個孩子，也該知足了。

阿芙婚後的日子很幸福，沒有大家大戶的規矩束縛，娘家又能給她撐腰，縣城裡的名門淑女哪個不是人精，光看小松和趙明軒跟她的關係，也不敢針對她，何況林竹年紀輕輕便進士出身，以後的前途不可小覷，能拉好關係的自然要拉好。

阿芙頭胎便生了個小子，如今公婆都已經接到府裡住，她公婆都是明理之人，從沒說過要給兒子娶妾的事，兩老抱著孫子大有享兒孫之福的愉悅。家裡內院的事便也都是阿芙說了算，經過幾年的琢磨與阿薇的傳授，阿芙把自家的小院子掌管得嚴嚴實實；而她和林竹自小便好，兩口子感情很是甜美，偶爾小吵小鬧卻從不吵過夜。

小松因為官職在身一直沒能抽空回來，自從成親後他媳婦兒逢年過節便送來一車禮物，卻連面都沒見過，著實不像話。

如今老三和老四都五歲了，今兒也十一歲了還沒出過遠門，陳蕾和趙明軒商量了一下，打算去京城看看小松，趙明軒也想起在京城的兄弟，點了點頭，應下了。

陳蕾跟阿薇和阿芙也提了此事，阿薇這麼多年來一直防著公婆送小，院子裡也有不少有心思的丫鬟，京城一來一回少說也得個把個月，為了家庭到底是不能同去。阿芙倒是歡歡喜喜地要跟著去，她兒子才三歲，身邊有婆子照顧著也沒什麼，陳蕾打趣地問自家妹妹，把妹夫一人留在家裡可放心。阿芙嘻笑地說著他不會，便是會了婆婆也定饒不了他，陳蕾看她這般堅定，想來是心裡有數的，便答應阿芙一同跟著去京城了。

路上四個孩子湊在一起如同十幾隻鴨子亂叫，真是讓人心煩，一開始看那些青山綠水還有些新奇，待行走幾天一個個都累了，也沒了最初那般的歡快勁了。

陳蕾一行人行駛七天才進了京城，早早就有僕人接應，待進了府中內院，小松媳婦兒已經站在那等著陳蕾他們了。

陳蕾觀察了下這個弟媳婦，相貌清秀溫婉，一顰一笑皆是大家風範，很是有禮，對陳蕾和阿芙挺恭敬，並沒有輕視，再看院子裡的格局別致，陳蕾滿意地笑了。

美中不足的便是小倆口至今還沒有孩子，不知是小松太忙了，還是因一直沒有身孕導致弟妹的壓力過大，不容易受孕。好在小松還年輕，雖然他們陳家這一脈只剩小松這一支獨苗，陳蕾也不是太著急。

小松的媳婦兒好酒好菜地款待著，衣食住行樣樣貼心，因車行勞累，見了小松後，陳蕾他們便先回屋休息，小孩子也早早就睡著了。
待第二日陳蕾和弟妹相處一段時間，發現她的性格不錯，這時代的嫡女都很有保障，本來像小松這種由姊姊養大的孩子，應該敬長姊為母，可這些年下來陳蕾除了成熟一些，人還是水靈靈的，再加上陳家的姑娘都身材嬌小，娃娃臉讓二十多歲的陳蕾硬是看起來還要小了幾歲，小松的媳婦兒想敬為長母都難，一時相處下來也有些緊張。
陳蕾也無奈，好在一日相處下來，小松的媳婦兒也看出陳蕾不是那種鄉下的刁蠻野婦，看陳蕾說話有條有理，談吐之間親和有度，不比她們名門淑女差了去，便心生好感，一時也親近起來。
小松特意告假好好陪了他們一天。陳蕾和阿芙看小松對自家媳婦兒不時的貼心照顧，兩人相視一笑，小松幸福，她們心裡自然是高興的。
趙明軒陪著待了一日，第二天便也去幾個兄弟那團聚了，之後陳蕾也收到不少請帖，算下來都是衝著趙明軒的面子來的，陳蕾不習慣應酬，只去了與趙明軒親近的人家，一番寒暄下來整個人也是疲憊。他們兄弟之間再怎麼親近，內院的女人終究不會像平常人家，雖面上溫婉柔和，可眼裡的探究窺視到底也是讓陳蕾捕捉到了。
想來也正常，當年趙明軒在京城也是風光人物，自然有不少人家盯著，如今他娶了個鄉野村婦難免那些人不會好奇。陳蕾雖然不是好面子之人，可這時候萬萬不能被看不起，她一個現代人來到古代還怕了妳們不成，人家林妹妹初到賈府，不也是看誰怎麼做就怎麼做，難不成她就不會這個？反正只要不突兀也不會有誰敢說什麼。

幾天下來陳蕾如戰鬥機一般，待晚上梳洗換了裡衣上床時，陳蕾長吁一口氣，這京城還沒逛呢，光去應酬就飽了。

趙明軒看陳蕾這般模樣，好笑道：「怎麼感覺妳這幾天像繃著一根筋似的，外面有老虎要吃妳不成？」

陳蕾抖著白嫩圓滑的小腳趾玩。「別說，我還真感覺天天被一些笑面虎盯著，你是不知道，這幾天見到的夫人們是有多麼嚴肅，一個個的規矩我看著都累。」陳蕾蹭到趙明軒的懷裡，又說道：「你說這些名門貴婦們這般過日子累不累？還是在村裡過得自在，弄得我都不想再來京城了。」

趙明軒順勢把陳蕾的長髮梳順了，看陳蕾一副很享受的樣子，不禁彈了陳蕾的額頭一下，陳蕾怒瞪著趙明軒，惹來趙明軒一陣大笑，兩人鬧了一會兒，陳蕾好奇地問道：「想當初某人也有不少世家，想拉著做乘龍快婿呢！」

趙明軒一樂，刮了下陳蕾的鼻子。「吃醋了？」

陳蕾笑了開來，眼睛亮晶晶的。「那倒沒，只是好奇你當初怎麼不娶個大家閨秀做媳婦兒咧？」

「妳光看著都累，覺得我跟她們過日子會輕鬆嗎？」趙明軒挑眉問道，眼睛炯炯有神。

陳蕾眼睛彎成小月牙，抱著趙明軒的腰，腦袋枕在他的胸膛上笑嘻嘻地說道：「自然也累了，不是一家人不進一家門，你也就適合我這樣的。」

趙明軒一樂，寵溺地看著懷裡的人兒，他知道她懂的，不用太多的解釋，她永遠信他。

說來陳蕾參加幾天宴席，幾乎都能碰到一位婦人，看陳蕾的眼光頗是輕蔑，多少讓陳蕾惱火。阿薇沒能跟過來卻把得意的貼身丫鬟借給陳蕾用，那丫鬟也看出了不對，花了點銀錢便從府裡的丫鬟口中套出話來，原來那婦人跟趙明軒當初有過那麼一點關聯，這位婦人便是趙明軒結拜大哥的妹子。

當初甚是愛慕趙明軒，大有非卿不嫁的意思，如今傾慕的人卻娶了個鄉下婦人，難免感覺受了屈辱，甚至覺得自己比陳蕾高出一丈天，所以瞅著陳蕾的眼神便也摻雜了情緒。

陳蕾得知也只輕笑一聲，回來跟趙明軒說笑幾句，便也不大在意了。人生在世幾十年，還是過得灑脫一些吧！

出去應酬得差不多後，陳蕾是說什麼也不願再出去了，相處這麼多天，阿芙和小松的媳婦兒也好得似多年好友，陳蕾私底下問道：「感覺小松媳婦怎麼樣？」

阿芙點了點頭。「人挺好的，對小松也是上心，只是……」

陳蕾頗是疑惑地看著阿芙，阿芙想了許久才說道：「不知是我多想了還是怎樣，這幾天嫂子娘家的妹子來過幾次，聊天很是熱絡，感覺是故意拉攏我；而且嫂子不在的時候，她家妹子總會透露點嫂子的身子不太好的事，不知可是有了別的心思……」

陳蕾微挑眉頭。「嫡出還是庶出？」

「庶出。」阿芙看了一眼陳蕾。

陳蕾拿起水杯喝了口茶，隨後嘆口氣，這庶女這般明目張膽怕也是經過嫡母同意的，多半是真的怕自家女兒生不了孩子，與其讓別人搶了先，不如送上自己府中的庶女；一般嫡母都有控制庶女的手段，真生下兒子就留在嫡女身邊養著，大了有感情了，親生母親也不算什麼了。

陳蕾不禁搖頭，她不想自家弟弟的後院出現這般爭鬥，時日久了，人心變了，感情也就淡了，最後小松剩下的不過是權勢和一些明爭暗鬥的子孫。他們陳家幾百年來都是老實人，若是陳家子孫這般爭權奪勢，甚至有一天為了利益謀害手足，那真真是他們陳家造下孽來了。

果然待了幾日陳蕾發現御史大夫家的庶女來得很是頻繁，話中有拍馬屁的意思，陳蕾也心裡有數，看著小松媳婦兒強顏歡笑，便知道她也是不想，怕是被自己老娘洗了腦。

趁著小松不忙，陳蕾把小松叫到屋裡，小松還如從前那般，在陳蕾面前像個沒長大的孩子似的。「姊，有啥事？」

陳蕾瞪了他一眼。「沒事便不能找你？如今當了官，卻擺起架子來了。」

小松尷尬地撓了撓頭。「姊妳這脾氣也見長了，我才說一句話，妳就幾句話等著我。」

陳蕾白了小松一眼，咳了一聲。「說來你如今也二十多歲了，沒個孩子的，我看你媳婦兒……」

「姊，妳這是要幹啥？可別說給我納妾，咱們啥人家，可不講究這個，便是我媳婦兒生不出來，那也是我沒兒子的命。」小松著急地說道。

陳蕾氣憤地打了小松一拳，倒是被他硬得跟石頭似的胳膊給弄疼了。「你還知道這個，卻沒看出你媳婦兒心裡一直有事？」

小松撓了撓頭。「最近是覺得她有心事，問了也說沒什麼。」

陳蕾瞪了他一眼，待把其中的道理說完，小松也懂了個大概，他不接觸內宅又不是在大戶人家長大的，許多手段自然不知，待陳蕾說了，他還頗是驚訝，最後也明白陳蕾這次叫他的目的，拍著桌子說道：「姊，妳放心，咱們不是那種會要三妻四妾的人家，我萬不會納妾給自己找罪受的。」

陳蕾噗哧一笑。「你心裡有數就好，這事我便不插手了；不過說來，若是你三十歲還無子倒是要考慮了，畢竟我們家就……」

小松立刻打斷了陳蕾的話。「姊，妳這話就不對了，在咱們村裡若女人不能生孩子，不就全都要休妻了？」

陳蕾瞪了小松一眼，不再說這個了，姊弟倆又天南地北地聊了許多，多年不見卻沒有一絲生疏，這大概便是親情血脈的神奇之處吧！

待了這麼久，陳蕾和趙明軒也決定了歸程，在回家前兩天，府裡來了位貴客，小松一家上上下下都是恭敬有禮，還特意宣陳蕾、阿芙和孩子們過去見上一面，見面之時只是行了平常之禮，可看那通身的氣勢，陳蕾也猜想到此人的身分。

那人看了陳蕾一眼便笑開來。「你倒是眼光好。」

趙明軒笑著附和幾句，那人看了眼阿芙便問了可是小松的妹妹，待得了回應後點了點頭，又看了眼幾個孩子，頗是喜愛，拉著老三和老四看了許久，大概是好奇雙生兒吧！

那人倒是對晨兒頗感興趣，得知晨兒四歲啟蒙點了點頭，問了許多，晨兒也不怕生地一一回答，條理很是清晰，那人臨走時還給了晨兒一塊玉珮，陳蕾看了一眼，和趙明軒當初給阿言的一模一樣，陳蕾不禁深思許久，輕聲一笑，怨自己有點杞人憂天了。

一家人好好逛了一次京城後，便打算離開了，小松媳婦兒臨別之時，握著陳蕾的手，滿眼感激之意，陳蕾拍了拍她的手，便上了馬車。

京城雖繁華熱鬧，可在陳蕾眼裡就如同煙花一般，不過是過眼雲煙，她心心念念的還是那個在一個小村子裡、不大不小卻只屬於她的家。

靠著趙明軒的肩膀，陳蕾問道：「我們這一輩子都待在趙陳村好不好？便是孩子將來長大，去了別的地方，或是成家立業了，我們也要待在趙陳村。」

趙明軒點了點頭，聲音溫柔。「嗯，我們就在趙陳村過一輩子。」

——全書完

2016年9月出版

夫婿找上門

文創風 442～444

這世道，雖說寡婦難為，
可若撿到一個好男人回家當夫婿，
再憑著她這雙會蒔花弄草、種菜養果的好手，
日子還不經營得有滋有味？

筆鋒溫潤似玉，情思明媚若春／微雨燕

她一穿越就成農家寡婦，還附帶兩支拖油瓶在身旁，
上有婆婆要逼嫁，下有小叔在覬覦，
唉，這世道可真艱難唷！
可自從她救了這來歷不明的男子「溪哥」，風水就輪流轉了——
他自願做上門女婿，她又有發家致富的本領，
兩人攜手合作便能讓一家四口過上好日子。
無奈好景不常，堂堂郡主親臨便攪亂了一切，
更令她詫異的是，這枕邊人原來竟是名震西北的小將軍！
照常理說，從鄉里寡婦晉升為小將軍夫人應是喜事，
可她偏偏只想帶著孩子在村中過自己的日子。
如今兩人是道不同不相為謀，
既然能做半年開心的夫妻，和離時應該也能好聚好散吧？

2016年8月出版

一妻獨秀

文創風 439～441

重生於他的意義，只有一個——
再好好愛她一次，絕不錯過有她的每一天！

你儂我儂　唯愛是寶／芳菲

前世從小婢女升級許國公世子最寵愛的姨娘，卻糊裡糊塗死在世子夫人手中，
今生再次被賣為奴，阿秀忍痛決定——慎選主家，保住小命優先！
但她左挑右選，居然還是進了一心想把女兒送進許國公府當世子貴妾的商戶，
主子正是被寄予厚望的大小姐，萬一事成，她這個貼身丫鬟不就要跟著陪嫁？!
那遠離國公府、遠離世子爺、只想過平安日子的願望，豈不全化作泡影……

哭棺竟哭回了八年前，蕭謹言還顧不得驚嘆自己的神奇遭遇，
如今的當務之急，是依照記憶尋找讓他又疼又憐又不捨的阿秀，
上輩子沒能護住她已經大錯特錯，這輩子哪還能讓她「流落在外」、「無家可歸」？
雖然此時的她仍是個小姑娘，他也心甘情願養著她、等她長大！
可他來不及阻止她當別家丫鬟了，現在該怎麼把人帶回許國公府啊……

LOVE 流浪貓狗介紹所

為流浪貓狗加油 和貓寶貝 狗寶貝

廝守終生(一定要終生喔！)的幸福機會

對人來說，貓寶貝狗寶貝只是生活的一部分，
但妳（你）對牠們來說，卻是生活的全部，領養前請一定要考慮清楚——

▲ 活潑可人的俏姊妹　晶晶&亮亮

性　　別：都是女孩
品　　種：晶晶為黑白賓士；亮亮為混暹羅
年　　紀：皆為5個月大
個　　性：非常親人、愛撒嬌、愛呼嚕嚕、愛蹭蹭
健康狀況：均已施打三合一預防針，已除蟲除蚤，
　　　　　二合一過關(愛滋、白血)
目前住所：新北市永和區（中途之家）

本期資料來源：台灣認養地圖http://www.meetpets.org.tw/content/62422

第272期推薦寵物情人

『晶晶&亮亮』的故事：

可愛的晶晶和亮亮是一位愛媽在防火巷餵養的流浪貓所生，本想等牠們斷奶後，要幫母貓結紮並將小貓送養的。然而，在晶晶和亮亮一個月大左右時，卻因呼吸道嚴重感染，導致滿身跳蚤與螞蟻，緊急之下將晶晶及亮亮送醫治療，同時也安排了母貓節育。

經過妥善的治療和照顧後，晶晶和亮亮兩姊妹已經恢復了健康，牠們不但愛吃、愛玩，也相當活潑好動，總是聚在一起嬉鬧，逗趣的模樣令人喜愛！

晶晶及亮亮一個月大時就在中途之家等待領養了，至今也有一段時間。牠們的幼兒時期幾乎是在籠內度過，真的讓人非常心疼。好希望牠們可以有自由奔跑的空間，也有柔軟的床可以休息，更重要的是有爸爸或媽媽的疼愛及照顧。

幼貓在成長時就像小朋友一樣，愛玩、愛咬，有時會亂抓、打破東西等。牠們需要時間訓練大小便，也需要更多時間的陪伴，因此照顧幼貓要有很大的耐心與包容，希望請先評估自身狀況與環境是否可接受喔～希望大家能給晶晶及亮亮一個機會，給牠們一個溫暖的家。來信請寄globe1028@hotmail.com（范小姐）主旨註明「我想認養晶晶／亮亮」；或傳Line: globe1028。

亮亮

晶晶

認養資格：

1. 認養者須年滿25歲，有獨立經濟能力。
2. 須同意簽認養寵物切結書。
3. 同意送養人送養前的家訪及日後之追蹤探訪，請放心我們絕不會無故打擾。（主要是確認飼養環境是否合適，陽臺門窗是否有防護措施防止貓咪溜走）
4. 對待晶晶與亮亮絕對一輩子不離不棄。

來信請說明：

a. 個人基本資料：姓名、性別、年齡、家庭狀況、職業與經濟來源等。
b. 想認養晶晶或亮亮的理由。
c. 過去養寵物的經驗，及簡介一下您的飼養環境。
d. 若未來有結婚、懷孕、出國或搬家等計劃，將如何安置晶晶或亮亮？

文創風
455

收服小蠻妻 下

國家圖書館出版品預行編目資料

收服小蠻妻 / 一染紅妝著. --
初版. -- 臺北市 : 狗屋, 2016.10
冊 ; 公分. --（文創風）
ISBN 978-986-328-644-8（下冊 : 平裝）. --

857.7　　105015125

著作者　一染紅妝
編輯　江馥君
校對　沈毓萍　周貝桂
發行所　狗屋出版社有限公司
地址　台北市104中山區龍江路71巷15號1樓
電話　02-2776-5889～0
發行字號　局版台業字845號
法律顧問　蕭雄淋律師
總經銷　知遠文化事業有限公司
電話　02-2664-8800
初版　2016年10月
國際書碼　ISBN-13　978-986-328-644-8
原著書名　《田园小作坊》，由北京晉江原創網絡科技有限公司授權出版

定價250元
狗屋劃撥帳號：19001626
網址：love.doghouse.com.tw　E-mail：love@doghouse.com.tw